황새

2

LE VOL DES CIGOGNES
By Jean-Christophe Grangé

Copyright © Editions Albin Michel S.A.- Paris 1994
Korean Translation Copyright © RANDOM HOUSE KOREA INC., 2008
This Korean edition is published by arrangement with Les Editions Albin
Michel through Shin Won Agency.

이 책의 한국어판 저작권은 신원 에이전시를 통해 Les Editions Albin Michel과의
독점계약으로 랜덤하우스코리아에 있습니다.

저작권법에 의해 한국 내에서의 보호를 받는 저작물이므로 어떠한 형태나 수단으로든
책의 내용을 이용하려면 본사의 서면허락이 있어야 합니다.

황새 2

Le Vol
Des cigognes

장 크리스토프 그랑제 지음 | 이재형 옮김

랜덤하우스

| 차례 |

제2권

제1권

제4장

정글 속으로

9월 13일 밤, 에어 아프리카라는 표지판이 붙은 샤를드골 공항의 유리문이 열리는 순간 이미 검은 대륙 안으로 들어섰다는 것을 깨달았다. 키가 큰 여자들은 얼룩덜룩한 색깔의 긴 윗도리를 펼쳐놓고 있었고, 외교관 복장을 하고 가죽 띠로 허리를 동여맨 무척 심각한 표정의 흑인 남자들은 판지로 만든 자기네들의 가방을 지켜보고 있었다. 환한 색깔의 두건 달린 긴 소매 옷을 입고 머리에 터번을 두른 거한들은 한 손에 나무 지팡이를 들고 출발을 알리는 스크린 아래서 초초하게 기다리고 있었다. 아프리카 행 항공기들은 대부분 밤에 출발하기 때문에 밤인데도 카운터에는 승객들이 길게 줄을 서 있었다.

나는 짐을 부친 다음 에스컬레이터를 타고 대합실로 갔다. 그날 낮에 나는 필요한 장비를 완전히 갖췄다. 방수가 되는 작은 배낭과 방수포로 만든 간편한 망토, (중앙아프리카에는 우기가 시작됐다.) 고급 양모로 된 침대 시트, 물에 젖어도 금방 마르는 합성소재를 꿰매서 만든 등산화, 그리고 날이 톱니 모양인 위협적인 단도를 샀다. 뜻하지 않게 야영을 할 경우에 대비해서 1, 2인용의 가벼운 텐트를 구입한 다음 말라리아 치료제와 설사약, 모기약 등을 약상자 속에 집어넣었다. 또한 원숭이구이나 영양(羚羊)꼬치구이를 먹어야 하는 일이 생기지 않게끔 비상식량(막대기처럼 생긴 아몬드파이, 콘플레이크)도 챙겼다. 마지막으로 혹시 신문을 하게 될 경우에 대비해서 구술 녹음기와 120분짜리 카세트테이프도 샀다.

밤 11시경, 비행기에 탑승했다. 비행기는 남자 승객들뿐 반쯤 비어 있었다. 백인은 나 혼자였는데, 중앙아프리카는 관광하러 갈 만한 곳은 아닌 것 같았다. 흑인들은 자리를 잡더니 음절이 딱딱 떨어지고 억양이 날카로운 낯선 언어로 얘기를 나누기 시작했다. 나는 그들이 중앙아프리카의 언어인 상고어를 사용하고 있다는 것을 눈치 챘다. 그들은 프랑스어를 쓰기도 했는데, 그것은 저음 아니면 고음에, r음이 꼭 구슬이 또르르 굴러가는 것처럼 소리 나는 프랑스어였다. 나는 그 낯선 언어가 금방 마음에 들었다. 어떤 언어가 실제로 발음되는 단어뿐만 아니라 그 음향을 통해서도 전달될 수 있다는 사실을 나는 처음 알았다.

밤 12시, 비행기가 이륙했다. 옆에 앉은 승객들이 가방을 열더니 진과 위스키 병을 꺼냈다. 나에게도 한 잔 권했지만, 사양했다. 비행기 밖에서는 어둠이 빛을 발하고 있었는데, 그 기묘한 달무리가 우리를 둘러싸고 있는 듯 보였다. 옆에 앉은 승객들이 나누는 얘기가 자장가처럼 부드럽게 들려왔다. 나는 곧 잠이 들고 말았다.

새벽 2시, 비행기는 중간기착지인 차드의 은자메나에 잠시 착륙했다. 비행기 창문으로 보이는 것이라곤 활주로 끝에 서 있는 어슴푸레한 건물 하나뿐이었다. 열린 문을 통해서 자극적이면서 굶주린 듯한 더위가 비행기 안으로 밀려 들어왔다. 밖을 보니 희끄무레한 모습의 물체들이 어둠 속에 떠 있었다. 순식간에 모든 것이 사라졌다. 비행기가 다시 이륙한 것이다. 은자메나는 꿈을 꾸듯 그렇게 덧없이 사라져갔다.

새벽 5시, 나는 갑자기 잠에서 깨어났다. 햇빛이 구름 위에서 빛나고 있었다. 그 회색빛은 꼭 수은처럼 떨리며 반짝거렸다. 비행기가 구름 속에서 80도로 급강하했다. 우리는 검은색과 푸른색, 회색 층을 지나 짙은 어둠 속으로 가라앉았다. 그리고 일순간에 아프리카가 나타났다.

숲이 눈 아래로 끝없이 펼쳐져 있었다. 물결이 너울거리는 듯한 그 드넓은 에메랄드빛 바다는 비행기가 밑으로 내려가면 내려갈수록 점점 더 분명하게 나타났다. 짙은 초록색은 조금씩 환해지고 명암도 뚜렷해졌다. 머리털이 헝클어진 것 같은 모양의 나무들, 양떼구름으로 덮인 능선, 뾰족뾰족한 산봉우리들이 눈에 들어왔다. 강은 노란색, 땅은 핏빛이었고, 나무들은 마치 이제 방금 벼린 검(劍)처럼 미세하게 떨고 있었다. 모든 것이 생생하고 날카롭고 밝게 빛났다. 정글 속에 세운 아주 작은 오두막들이 나타났다. 나는 거기서 살고 있는, 그 풍요로운 세계에 속해 있는 사람들을 상상해보았다. 동물들의 울음이 귓가에서 울리는, 발을 디딜 때마다 땅이 움푹 패는 물에 잠긴 생활을, 그 금빛 아침을 그렸다. 비행기가 착륙하는 동안 나는 얼빠진 사람처럼 그런 상상을 즐기고 있었다.

나는 북회귀선이 정확히 어디에 위치해 있는지 알지 못했지만, 비행기에서 내리는 순간 내가 북회귀선을 지나서 이제는 적도에 가까워지고 있다는 것을 깨달았다. 공기는 뜨거운 돌풍에 불과했다. 하늘은 아침에 내린 소나기에 젖은 듯 한없이 부드럽고 깨끗한 색깔을 띠고 있었다. 그리고 특히 온갖 냄새가 사방에서 콧구멍 속으로 흘러 들어왔다.

입국대합실은 장식품도 하나 없이 그냥 콘크리트만 발라놓은 건물에 불과했다. 건물 한가운데 나무로 만든 작은 카운터가 두 곳 있었고, 그 뒤에서 무장 군인들이 여권과 예방접종 증명서를 검사하는 것이었다. 그곳을 지나자 세관이 나타났다. 고장이 난 긴 컨베이어 벨트가 있었고, 승객들은 거기서 자기 가방을 하나하나 열어 보여야 하는 것이었다. 내 권총은 여전히 분해돼 가방 두 개에 나눠 들어 있었다. 군인이 축축한 분필로 십자 표시를 하더니 통과시켰다. 나는 밖으로 나가 형제나 사촌을 기다리고 있다가 반갑다며 고함을 지르는 가족들 속에 섞였다. 습도가 더 높아졌는지 꼭 한없이 넓은 스펀지 속에 발을 디딘 것 같은 느낌이었다.

"어디로 가십니까요, 나리?"

키가 큰 흑인 하나가 미소를 지으며 앞을 가로막고 안내를 하겠다고 나섰다. 일단 부딪쳐보자는 오기에서 그랬던 게 아니었을까. 나는 별다른 생각 없이 말했다.

"시카민 광산에 갈 거야. 늘 가던 호텔에 데려다주게."

나는 허세로 한번 그래봤던 것인데, 광산 이름이 꼭 주문(呪文)처럼 들렸나보다. 그 남자가 두 손을 모아 휘파람을 불자 아이들이 나타나 내 가방을 받아 들었다. 그 남자는 재촉하듯 계속해서 "시카민! 시카민!"이라고 외쳐댔다. 1분 뒤, 나는 차체가 땅을 계속해서 긁으며 달리는 먼지투성이의 노란 택시를 타고 방기로 향했다.

방기는 도대체 도시 같지가 않았다. 차라리 길게 뻗은 엉성한 촌락에 가까웠다. 집들은 짚을 섞은 벽토로 지어져 있었고, 지붕은 함석으로 덮여 있었다. 밟혀서 다져진 땅이 곧 도로였고, 많은 사람들이 그 주황색 비포장도로를 따라 걷고 있었다. 꼭 기름을 친 듯 매끄러워 보이는 하늘을 보며 나는 아프리카가 검은색과 빨간색을 갖고 있다는 것을 깨달았다. 살[肉]과 땅의 색깔. 새벽에 내린 비가 땅을 적신 탓에 도로에는 반짝거리는 웅덩이가 여기저기 패어 있었다. 남자들은 아주 우아하게 반소매 셔츠 차림에 샌들을 신고 있었다. 그들은 서서히 시작되는 무더위에도 아랑곳하지 않은 채 태평스럽게 걷고 있었다. 하지만 특히 눈에 띄는 것은 여자들이었다. 꽃받침 위에 꽃이 놓인 것처럼 봇짐을 머리에 이고 호리호리한 몸을 뒤로 젖힌 채 걷는 그들의 모습은 감탄사가 절로 흘러나올 만큼 아름다웠다. 목은 우아한 목걸이를 연상시켰고, 얼굴에서는 부드러움과 결단력이 느껴졌으며, 발등은 짙은 갈색이고 발바닥만 밝은 색인 벌거벗은 긴 발은 정말 고혹적이었다. 그 야생의 날씬한 자태들이 황량한 하늘 아래로 걸어가는 모습은 내가 본 것 중에서 가장 아름다운 광경이었다.

운전사 옆에 앉은 내 안내인이 "시카민, 돈 많아!"라며 농담하듯 말했다. 그는 집게손가락과 엄지손가락을 계속해서 문질러대고 있었다. 나는 미소를 지으며 맞장구를 쳐주었다. 노보텔 호텔 앞에 도착했다. 호텔의 초벽은 희끄무레 했고, 정면의 발코니는 나무로 돼 있었다. 주변의 키 큰 나무들이 호텔을 내려다보며 서 있었다. 그 흑인 청년에게 프랑스 프랑으로 지불을 한 다음 호텔 안으로 들어갔다. 하룻밤 숙박비를 선불로 낸 나는 정글 탐험에 소요될 5천 프랑을 중앙아프리카 프랑으로 바꿨다. 호텔 종업원이 이국적인 정원 사이로 수영장이 보이는 넓은 안뜰을 지나 1층에 있는 방으로 나를 안내했다. 나는 어깨를 으쓱했다. 우기인데도 불구하고 네모진 수영장의 물은 유리처럼 깨끗하고 맑았던 것이다.

내 방은 넓고 밝아서 그럭저럭 지낼 만해 보였다. 장식품은 평범했지만, 왠지 그 색깔(갈색, 황토색, 흰색)만은 아프리카의 독특한 색이 아닐까 하는 생각이 들었다. 에어컨이 윙윙거리며 작동하기 시작했다. 샤워를 한 다음 옷을 갈아입고 나서 당장 조사에 들어갔다. 서랍을 뒤졌더니, 무슨 별책부록처럼 30페이지가 될까 말까한 중앙아프리카 전화번호부가 있었다. 거기서 시카민 광산 본사 전화번호를 찾아냈다.

곧 총무부장이라는 장 클로드 보나페라는 사람과 연결이 됐다.

"신문기자인데 피그미족에 관한 탐방 기사를 쓰고 싶습니다. 그런데 시카민 광산의 채광지 중 일부가 피그미족의 영토 안에 있더군요. 그곳에 가려고 하는데 좀 도와주실 수 있겠습니까?"

아프리카에서 백인들은 끈끈한 연대의식으로 맺어져 있다. 내 말이 끝나자마자 보나페는 정글 기슭까지 갈 수 있도록 차를 한 대 빌려주는 한편, 자기가 아는 안내인도 한 사람 파견하겠다고 제안했다. 하지만 동시에 그는 시카민 광산의 부지를 돌아서 가야 한다고 덧붙이는 걸 잊지 않았다. 사장인 오토 키에퍼가 부지 안에 살고 있는데, 상대하기가 꽤 까다로운 사람이라는 것이었다. 그는 내가 오랜 친구라도 되는 양 이렇게 토를 달았다.

"그런데 내가 당신을 도와줬다는 걸 키에퍼가 알면 좀 귀찮아질지도 모르겠군요……."

그러고 나서 보나페는 오전 중에 자기 사무실에 들러 이것저것 준비할 게 있으면 하라고 권유했다. 나는 그러겠다고 대답하고 전화를 끊었다. 그리고 방기에 거주하는 프랑스 교민들에게도 전화를 몇 통 했다. 토요일이었지만 다들 일을 하는 것 같았다. 나는 광산의 각 부장들과 제재소의 책임자들, 프랑스 대사관 사람들과 통화를 할 수가 있었다. 열대지방에서 일하다보니 뿌리가 뽑히고, 지치고, 속이 비어버린 이 사람들은 나와 얘기를 나누는 게 즐거운 모양이었다. 그들과 얘기를 나누다보니 그곳 사정도 대충 파악이 되고 오토 키에퍼가 어떤 인물인지도 알 수가 있게 됐다.

그 체코인은 중앙아프리카 남부에 흩어져 있는 네 군데의 광산을 운영하고 있었는데, 이곳은 대초원이라 불리는 거대한 열대림이 콩고와 자이레, 가봉 쪽으로 확대되기 시작하는 지역이었다. 그는 지금 현재 중앙아프리카 정부를 위해 일하고 있었다. 모든 사람들의 의견을 종합해볼 때 불행히도 광맥은 이미 고갈됐다는 것이었다. 중앙아프리카에서는 많은 양의 다이아몬드가 생산되지는 않지만 계속해서 그냥 형식적으로 파 내려가고 있었다. 보석이 왜 그렇게 고갈되었는지에 대해서 내가 개인적으로 다른 생각을 갖고 있었음은 물론이다.

나와 통화를 한 사람들은 예외 없이 키에퍼가 폭력적이고 잔인하다는 사실에 동의했다. 비록 늙긴 했지만,(그는 육십 대였다.) 그 어느 때보다 더 위험하다는 것이었다. 그는 광산에서 일하는 사람들을 더 잘 감시하기 위해서 깊은 정글 속에 자리를 잡았다. 키에퍼가 다이아몬드를 밀수할 가능성이 가장 큰 인물이라는 데 이의를 제기하는 사람은 아무도 없었다. 그가 정글의 어둠 속에서 사는 것은 다이아몬드 원석을 더 많이 빼돌린 다음 황새들을 이용해서 공범인 뷤에게 보내기 위해서였다.

나는 상황에 따라서 정글로 찾아가 키에퍼와 대결하거나, 그가 황새들을 찾아 떠날 때까지 미행하기로 결심했다. 뷤이 죽었다고 해서 그 체코인이 황새를 이용한 다이아몬드 밀수를 그만두지는 않으리라는 것은 분명하다. 황새들은 아직 중앙아프리카에 도착하지 않았다. 그렇다면 광산에서 키에퍼를 체포하기까지는 아직 여드레쯤 남아 있는 셈이다. 11시였다. 나는 소매가 짧은 웃옷을 걸치고 보나페를 만나러 갔다.

　시카민 광산 본사는 도시 남쪽에 자리 잡고 있었다. 택시를 타고 키 큰 나무들이 그늘을 드리우고 있는 황톳길을 따라 광산까지 가는 데는 15분가량이 걸렸다. 방기에서는 길을 가다가도 거대한 핏빛의 바퀴자국이라든가 코끼리 떼가 밟고 지나간 듯 폐허로 변해 잡초만 무성한 건물들을 볼 수가 있었다.

　사무실은 일종의 오두막 안에 있었다. 나는 안내실에 들러서 보나페 씨를 찾아왔다고 말했다. 어깨가 딱 벌어진 여자가 데려다주겠다고 나섰다. 나는 허리를 나긋나긋하게 흔들면서 걷는 그녀의 뒤를 따라갔다.

　장 클로드 보나페는 살집이 좋고 머리가 벗겨진 오십 대의 키 작은 백인이었다. 그는 하늘색 남방셔츠와 삼베바지를 입고 있었다. 언뜻 보면 프랑스 회사의 여느 사장들과 다를 바가 전혀 없었다. 눈에 진한 광기가 어려 있는 것만 빼면 말이다. 그의 눈은 유리창처럼 반짝거렸고, 긴 이빨은 아랫입술 위에 놓여 있었다.

그가 얘기를 시작했다.

"이렇게 만나게 돼서 정말 기쁩니다. 전 벌써 당신의 계획을 검토해봤습니다. 믿을 만한 안내인을 한 사람 구해놓았죠. 제가 데리고 있는 사람의 사촌인데 로바에 출신이에요."

그는 원목으로 만든 책상 뒤에 앉아 있다가 매니큐어를 칠한 손으로 뒤쪽 벽에 걸려 있는 중앙아프리카 지도를 가리켰다.

"사실 중앙아프리카에서 가장 잘 알려진 지역은 남붑니다. 수도인 방기가 있기 때문이죠. 온갖 부의 원천인 밀림이 바로 여기에서 시작되기 때문이기도 하구요. 그리고 또한 이 지역은 중앙아프리카의 진정한 지배자인 엠바카족의 영토이기도 합니다. 보카사가 바로 이 부족 출신이죠. 당신이 관심을 가지고 계신 지역은 그보다 더 아래로 내려간 엠바이키 너머의 남쪽 끝입니다."

보나페는 지도 위에 초록색으로 칠해진 넓은 부분을 가리켰다. 도로도, 촌락도 전혀 표시돼 있지 않았다. 그저 숲만 끝없이 펼쳐져 있는 것이었다.

그가 말을 이었다.

"바로 이곳에 우리 광산이 있어요. 콩고 바로 위죠. 피그미족의 영톱니다. 키 큰 흑인들은 절대 이곳에 안 가요. 겁이 나서 그러는 겁니다."

한 가지 생각이 내 머릿속에 뚜렷이 떠올랐다. 어둠의 지배자인 키에퍼는 군대에 둘러싸여 있는 것보다는 그곳에서 삶으로써 더 잘 보호받을 수가 있는 것이다. 나무, 동물, 전설이 그의 파수병들이었다. 나는 상의를 벗었다. 끔찍하게 더웠던 것이다. 에어컨이 작동되지 않았다. 나는 보나페를 흘낏 쳐다보았다. 그의 남방셔츠가 땀에 흠뻑 젖어 있었다. 그가 말을 계속했다.

"전 피그미족을 무척 좋아해요. 즐거움과 신비에 가득 차 있는 특별한 민족이죠. 하지만 정글은 훨씬 더 놀랍습니다."

그의 눈은 황홀하게 빛났고, 깨진 병조각처럼 생긴 이는 도취된 듯 살짝 벌어졌다.

"그 세계가 어떻게 움직이는지 아십니까, 앙티오슈 씨? 대초원은 빛 속에서 자신의 생명을 구합니다. 그 빛은 하늘에서 아주 조금씩 조금씩 내려오지요."

보나페는 통통하게 살이 찐 손가락으로 지붕 모양을 만든 다음 비밀이라도 털어놓는 사람처럼 목소리를 낮췄다.

"나무 한 그루만 쓰러져도 탁! 하고 그 틈으로 햇빛이 희미하게 새어 들어오는 겁니다. 식물은 햇빛을 끌어 모으면서 순식간에 자라 그 틈을 메우죠. 정말 환상적이에요. 땅에서는 쓰러진 나무가 토질을 기름지게 해서 새로운 세대를 탄생시키는 겁니다. 그리고 이런 식으로 계속되는 거죠. 숲은 정말 굉장한 곳입니다. 강렬하고 혼잡하고 탐욕적인 세계예요. 고유의 리듬과 규칙, 원주민들을 가진 그 자체로서의 세계죠. 수많은 종류의 식물들과 무척추동물, 척추동물들이 그곳에서 살아가고 있어요!"

나는 축 처진 어깨 속에 박혀 있는 것처럼 보이는 보나페의 그로테스크한 밀랍빛 얼굴을 바라보고 있었다. 아무리 발버둥 쳐

봤자 소용없었다. 그는 열대의 무기력 상태 속에서 쇠약해지고 여위어가는 중이었다.

"정글은…… 위험하겠죠?"

보나페가 나지막하게 웃었다.

"물론 그렇죠. 무척 위험합니다. 특히 곤충들이 위험하지요. 대부분의 곤충은 병을 옮기니까요. 퀴닌을 복용해도 잘 안 낫는 풍토성 말라리아를 옮기는 모기가 있고, 뼈가 부서질 정도로 고열에 시달리게 하는 뎅기열이 있죠. 개미 떼가 한 번 지나가면 그곳은 폐허로 변해버려요. 또 사상충(絲狀蟲)이란 놈은 인체의 혈관에 가느다란 섬유 같은 걸 주입해서 혈관을 완전히 막아버립니다. 발가락을 갉아먹는 모래벼룩이나 피를 빨아먹는 흡혈파리 같이 정말 끈질기고 비열한 놈들도 있어요. 아니면 사람의 살 밑에서 부화하는 아주 특별한 유충도 있고요. 내 머릿속에도 많이 있죠. 나는 그놈들이 내 머리가죽 밑을 파들어 가고, 긁고, 기어가는 걸 느낍니다. 상대방과 얘기를 나누다가 그 사람의 눈썹 밑을 기어가고 있는 놈들을 심심찮게 보기도 합니다."

보나페가 웃었다. 그는 자기가 내린 결론에 스스로 놀라워하는 것 같았다.

"숲은 정말 위험해요. 하지만 그런 것들은 모두 우연하고 예외적인 사고에 불과합니다. 그러니 걱정하실 것 없어요. 삼림지대는 경이 그 자체예요. 정말 놀랍죠……"

보나페가 전화기를 들더니 상고어로 뭐라고 말을 했다. 그러고 나서 내게 물었다.

"언제쯤 떠나실 건가요?"

"가능하면 빨리 떠날 생각입니다."

"허가는 받으셨죠?"

"허가라니요?"

그의 눈이 똥그래졌다. 그러고 나서 보나페는 다시 한번 웃음을 터뜨렸다. 그가 손뼉을 치면서 말했다.

"무슨 허가냐구요?"

그의 얼굴이 땀으로 흠뻑 젖어 있었다. 그가 히죽히죽 웃으면서 면 손수건을 꺼냈다. 보나페가 설명을 해주었다.

"당신은 정부의 허가 없이는 단 한 발자국도 움직일 수가 없어요. 아무리 작은 도로나 마을도 경찰서의 감시를 받고 있거든요. 도대체 무슨 생각을 하시는 겁니까? 우리는 아프리카에 있고, 여전히 군사정권의 지배를 받고 있단 말입니다. 게다가 최근에는 소요와 파업이 일어나기까지 했어요. 당신은 정보통신부에 허가를 요청해야 합니다."

"얼마나 걸리죠?"

"최소한 사흘은 걸릴 것 같은데 큰일이군요. 허가를 요청하려면 월요일까지 기다려야 하니까 더 걱정이네요. 하지만 제가 나서서 장관에게 직접 부탁을 할 수가 있죠. 장관이 흑백 혼혈아에 친구거든요."

그는 이 두 가지 사실이 연관돼 있는 것처럼 말했다.

"절차를 좀 단축시켜보기로 합시다. 하지만 당신 사진하고 여권이 필요해요."

나는 그가 요구하는 것을 마지못해 내줬는데, 그중에서 사진 두 장은 필요 없게 된 수단 비자에서 뜯어낸 것이었다.

"당신은 허가증을 얻자마자……."

노크소리가 들려왔다. 덩치가 큰 흑인 한 사람이 들어왔다. 얼굴은 둥글고 코는 들창코였으며, 눈은 툭 튀어나와 있었다. 살갗이 꼭 가죽처럼 반들반들했다. 삼십 대쯤으로 보였고, 푸른색이 주조를 이루는 두건 달린 긴 소매 옷을 입고 있었다.

보나페가 입을 열었다.

"가브리엘, 이분은 프랑스에서 오신 루이 앙티오슈 기자시라네. 정글에 가서 피그미족에 관한 탐방 기사를 쓰시겠다는군. 자네가 도움을 드릴 수 있을 것 같은데?"

가브리엘이 나를 뚫어지게 바라보았다. 보나페가 내게 얘기했다.

"가브리엘은 로바에 출신이에요. 가족이 전부 다 정글 기슭에 살고 있지요."

가브리엘은 입가에 미소를 띤 채 여전히 나를 바라보고 있었다. 보나페가 말을 계속했다.

"가브리엘이 당신 서류를 정보통신부에 제출할 겁니다. 사촌 중 한 사람이 거기서 일을 하죠. 허가가 나면 바로 차를 한 대 구해 드리겠습니다."

"정말 감사합니다."

"감사해하실 필요 없습니다. 자동차는 아무런 도움도 안 될 테니까요. 엠바이키를 지나 30킬로미터만 더 가면 거기서부터는 정글입니다. 찻길이 없어요.”

“그럼 어떻게 하죠?”

“거기서부터 우리 채광지까지는 걸어가야 해요. 나흘 정도는 걸어야 할 겁니다.”

“광산까지 도로를 내지 않았나요?”

그러자 보나페가 낄낄거리고 웃었다.

“도로라구요?”

그가 흑인 쪽으로 고개를 돌렸다.

“도로를 왜 안 깔았냐고 그러시는군, 가브리엘. 당신 정말 웃기는 사람이군요, 앙티오슈 씨. 정글에 대해서 아무것도 모르고 있어요. 밀림에서는 몇 주만 있으면 길이 흔적도 없이 사라져버리죠. 우린 칡넝쿨 천지인 그 정글에 길 내는 걸 이미 오래전에 포기했다구요. 그리고 또, 잘 모르시는 것 같은데 다이아몬드는 엄청 가벼운 물건입니다. 그러니 트럭이라든가 다른 특별한 장비가 필요 없는 거죠. 그 대신 우리에겐 헬리콥터가 한 대 있어서 채광지를 정기적으로 왕래합니다. 하지만 당신 한 사람 때문에 헬리콥터를 세벌 순 없겠지요.”

뱀장어 한 마리가 뿌연 물속으로 미끄러져 들어가듯이 한 줄기 미소가 그의 입술 위에 슬그머니 떠올랐다.

“그런데 일단 깊은 정글 속에 도착하고 난 뒤에는 우리 광산 사람들을 믿으면 안 됩니다. 광부들은 험한 일을 하는 사람들이에요. 그리고 우리 현장감독인 클레망은 정신이 오락가락하는 사람이고요. 키에퍼로 말하자면, 미리 말씀드리는데, 아예 접근을 하지 마세요. 그러니까 우리 광산을 돌아서 전도관으로 가는 게 좋을 겁니다."

"전도관이라뇨?"

"거기서 더 들어간 정글 속에 알사스 출신의 수녀 한 분이 무료진료소를 세웠어요. 피그미족을 치료하고 교육시키는 곳이죠."

"거기서 혼자 산단 말입니까?"

"그래요. 한 달에 한 번씩 보급품 싣는 걸 감독하려고 방기에 오죠. 우리는 그분이 헬리콥터를 이용할 수 있도록 허용하고 있습니다. 그러고 나면 짐꾼들이랑 같이 다시 정글 속으로 들어가서 한 달 동안 사는 거죠. 만일 당신이 조용한 걸 원하신다면 거기가 좋을 겁니다. 그 이상 가는 오지는 찾아보기 힘들거든요. 파스칼 수녀는 가장 흥미로운 피그미족의 야영지를 알려줄 거예요. 어때요, 괜찮으시겠어요?"

깊은 정글, 피그미족의 보호를 받는 수녀, 암흑 속의 키에퍼. 아프리카의 광기가 내게 스며들기 시작했다.

"마지막으로 부탁드릴 게 있습니다."

"어디 들어봅시다."

"자동권총용 45밀리 실탄을 좀 구해주실 수 있을까요?"

내 대화 상대자가 진의를 파악하려는 듯 나를 위아래로 한 번 훑어보았다. 그는 가브리엘에게도 잠깐 눈길을 던지고 나서 대꾸했다.

"문제없죠."

보나페는 책상을 손바닥으로 치면서 흑인 쪽으로 몸을 돌렸다.

"잘 알겠나, 가브리엘? 자네가 앙티오슈 씨를 정글 기슭으로 모셔다드리게. 그 다음에는 자네 사촌에게 전도관까지 이분을 모셔다드리라고 부탁해."

흑인이 알았다며 고개를 끄덕였다. 그는 내게서 눈을 떼지 않았다. 보나페는 꼭 선생이 학생에게 하듯 가브리엘을 대했다. 하지만 가브리엘은 우리를 눈 깜짝할 사이에 속여먹을 수 있는 사람처럼 보였다. 그는 교활한 곤충처럼 숨 막히는 더위 속에서 우리를 내려다보고 있었다. 나는 보나페에게 감사하다는 말을 하고 화제를 키에퍼 쪽으로 돌렸다.

"그런데 당신 회사 사장이라는 양반은 그런 오지에 살다니 참 이상하지 않습니까?"

보나페가 다시 한번 낄낄댔다.

"사람이 어디서 살건 그거야 관점의 문제겠죠. 다이아몬드 채광은 현장에서 엄격한 감시를 해야 합니다."

나는 위험을 무릅쓰고 다른 질문을 던졌다.

"혹시 막스 뵘이라는 사람 알고 계십니까?"

"스위스 사람 말예요? 개인적으로는 모릅니다. 전 그 사람이 1980년에 중앙아프리카를 떠난 뒤에 왔으니까요. 키에퍼 전에 그 사람이 시카민 광산을 운영했다더군요. 아는 사인가요? 좀 미안한 얘기지만 다들 뵘이 키에퍼보다 더 나빴다고 얘기들 해요. 하기야 이런 얘기해서 뭐 합니까?"

그가 어깨를 으쓱거렸다.

"할 수 없잖습니까? 누구든 아프리카에서 살다보면 성격이 잔인해지게 돼 있는데."

"어째서 막스 뷤이 아프리카를 떠났답니까?"

"전혀 모르겠는데요. 건강이 나빠서였던 것 같아요. 아니면 보카사랑 무슨 문제가 있었던지. 둘 다일 수도 있고요. 정말 난 잘 몰라요."

"키에퍼 씨가 그 스위스인과 지금도 관계를 유지하고 있다는 생각은 안 드세요?"

내가 쓸데없는 질문을 한 모양이었다. 보나페는 눈을 똥그랗게 뜨고 나를 유심히 살펴보았다. 홍채 하나하나가 내 저의를 캐내느라 모여 있는 것 같았다. 그는 아무 대답도 하지 않았다. 나는 살짝 미소를 짓고는 일어섰다. 보나페는 문 앞에서 내 등을 두드리며 다시 한번 말했다.

"키에퍼한테는 아무 얘기 하지 말라는 내 말 잊어버리면 안 됩니다."

나는 키 큰 나무들의 그늘 속을 걸어가기로 했다. 태양이 중천에 떠올라 있었다. 느닷없이 누군가가 내 어깨에 손을 얹었다. 고개를 돌렸다. 가브리엘이 동그란 얼굴에 미소를 띤 채 내 앞에 서 있었다. 그가 낮은 목소리로 말했다.

"당신은 제가 선인장에 관심을 갖듯 피그미족에게 관심을 갖고 계시는군요. 그런데 전 막스 뷤과 오토 키에퍼에 관해 얘기를 해줄 수 있는 사람을 알고 있습니다."

나는 숨이 턱 막혔다.

"그게 누굽니까?"

"우리 아버지요."

가브리엘이 목소리를 낮췄다.

"우리 아버지는 막스 뷤의 안내인이었어요."

"언제 만날 수 있죠?"

"내일 아침에 방기에 오실 겁니다."

"오시는 대로 바로 노보텔로 모셔 와요. 기다리고 있을 테니까."

나는 호텔 테라스의 그늘에 앉아 점심을 먹었다. 식탁들이 수영장 주위에 놓여 있기 때문에 손님들은 열대나무 그늘 아래 앉아 민물고기 요리를 맛볼 수가 있었다. 몇 안 되는 손님들은 모두 유럽에서 온 사업가들로 오직 하나, 가능하다면 빨리 계약을 맺은 다음 비행기를 타고 돌아갈 생각만을 하고 있는 사람들이었다.

나는 호텔이 마음에 들었다. 넓은 테라스 바닥에는 밝은 색깔의 돌들이 깔려 있고 잎이 무성한 나무들이 빽빽하게 둘러서 있었다. 호텔은 식민지 시대 건물의 우수를 풍기고 있었다.

나는 정원사에게 뭐라고 잔소리를 늘어놓고 있는 호텔 지배인을 관찰하고 있었다. 지배인은 얼굴이 창백해 보이는 젊은 프랑스인이었는데, 화가 머리끝까지 치밀어 오른 모양이었다. 그는 흑인 정원사의 부주의한 발길에 밟혀 쓰러진 장미 묘목을 다시 일으켜 세우려고 애를 쓰는 중이었다. 그 장면에 대화가 등장하지 않았다면 아마 코미디를 하는 줄 알았을 것이다. 얼굴이 붉으락푸르락 화가 나 있는 백인, 그의 과장된 동작, 건성으로 고개를 끄덕이며 자기가 지금 잘못을 뉘우치고 있다는 걸 얼굴에 나타내려고 애쓰는 흑인. 그 모든 것이 마치 무성영화에 등장하는 우스꽝스런 장면 같았다.

희극 공연을 마치고 난 지배인은 이번에는 내게 다가오더니 반갑다는 인사를 하고는 내가 중앙아프리카에 온 이유를 알아내려고 애썼다. 나는 그가 내 입술에 생긴 흉터를 유심히 살피면서 얼굴을 찡그리는 것을 보았다. 나는 탐방 기사를 쓰러 왔다고 말해주었다.

이번에는 그가 자기 애기를 털어놓았다. 방기 노보텔을 운영해보려고 일부러 지원했다는 것이었다. 그는 경력을 쌓으려면 반드시 이곳 근무를 마쳐야 한다고 말했지만, 내 귀에는 이곳에서는 조그만 숙소라도 하나 가지고 있으면 걱정할 게 아무것도 없다는 말로 들렸다. 그는 아프리카인들이 얼마나 무능하고 게으르며 온갖 실수를 저지르는지에 대해서 장광설을 늘어놓기 시작했다. 그는 혁대에 차고 있는 무거운 열쇠 꾸러미를 흔들어 보이며 말했다.

"열쇠로 꼬박꼬박 잠그고 다니지 않으면 안 된답니다. 저렇게 말끔하게 생겼다고 해서 믿으시면 안 돼요. 하기야 저것도 오랜 '투쟁'의 결과긴 하지만 말입니다."

이 지배인이 말하는 '투쟁의 결과'라는 것은 바로 모든 종업원들이 무슨 코미디라도 공연하는 것처럼 입고 다니는 나비넥타이 달린 짧은 소매의 분홍색 와이셔츠였다.

"일단 호텔 문을 나서서 오두막으로 돌아가기만 하면 맨발로 돌아다니고 땅바닥에서 자거든요."

지배인의 얼굴 표정은 보나페의 그것과 똑같았다. 그것은 인간들의 피를 빨고 인간들의 몸속에서 번식하는 일종의 세균을 연상시켰다. 그가 목소리를 낮추면서 말을 끝맺었다.

"그런데 계시는 방에 도마뱀이 득실거리지는 않습니까?"

내가 그렇지 않다고 잘라 말하고 입을 다물어버리자 그는 멋쩍은 듯 가버렸다.

점심을 먹고 난 뒤, 파리에서 준비해온 다이아몬드와 심장 수술에 관한 자료를 읽어보기로 했다. 나는 우선 다이아몬드의 채광법과 분류법, 캐럿 등에 관한 자료를 재빨리 훑어보았다. 뷤과 그의 주요 조직에 관해서는 이제 웬만한 건 다 알아낸 셈이다. 기술적인 정보와 전문가들의 주석이 큰 도움이 될 것 같지는 않았다.

나는 의학 백과사전에서 발췌한 심장 수술에 관한 자료를 읽기 시작했다. 심장 수술의 역사는 무모하다고 손가락질 받던 선구자들이 쓴 한 편의 진정한 서사시였다. 이렇게 해서 나는 또 다른 시대 속으로 빠져 들어갔다.

—……심장 수술은 필라델피아에서 찰스 베일리에 의해 최초로 시작되었다. 그가 처음으로 심장 판막 수술을 한 것은 1947년

말의 일이었다. 수술은 실패로 끝났다. 환자가 출혈로 사망한 것이었다. 그러나 이 수술을 통해 베일리는 자신의 방법이 옳다는 확신을 갖게 되었다. 그의 동료들은 그에게 수술 기회를 주지 않았다. 그는 미친놈, 백정 취급을 당했다. 베일리는 심사숙고했다. 1948년 3월. 그는 윌밍턴 메모리얼 병원에서 다시 판막 절개 수술을 했고, 그 결과는 만족스러운 듯했다. 그러나 사흘째 되는 날, 환자는 또다시 사망하고 말았다.

자신의 계획을 실현시키기 위해 베일리는 수술을 허용해줄 만한 타지의 병원으로 가서 의사 노릇을 해야만 했다.

1948년 6월 10일. 찰스 베일리는 두 명의 협심증 환자를 같은 날 수술하게 되었다. 첫 번째 환자는 수술이 끝나기도 전에 심장이 멈춰버리는 바람에 사망하고 말았다. 찰스 베일리는 수술이 실패했다는 소식이 알려져서 수술실에 들어가지도 못하게 될까 부랴부랴 다른 병원으로 달려갔다. 그리고 기적이 일어났다. 두 번째 수술이 성공한 것이다. 이로써 드디어 심장 판막 수술법이 탄생했다…….

나는 대충 읽어 내려가다가 최초의 심장 이식을 다룬 부분은 꼼꼼히 읽었다.

―……우리가 흔히 알고 있는 것과는 달리 남아프리카의 의사인 크리스티앙 니들링 버나드가 1967년 12월 3일 인간에게 시도한 심장 이식 수술은 최초가 아니다. 그 이전인 1960년 1월, 프랑

스 출신 의사인 피에르 세니시에가 침팬지의 심장을 심장 판막 기능 부전증의 최후 단계에 있는 예순여덟 살의 한 환자에게 이식시켰던 것이다. 이 수술은 성공적이었다. 그러나 이식된 심장은 겨우 몇 시간 밖에는 뛰지 않았다……

몇 장 더 넘겨보았다.

—……심장 이식 수술의 역사에 있어 중요한 날짜 중의 하나는 남아프리카에서 크리스티앙 버나드 교수에 의해 1967년도에 이뤄진 심장 이식일 것이다. 얼마 지나지 않아 미국과 영국, 프랑스에서 개선된 이 수술법은 미국인 교수 슘웨이에 의해 완성되었기 때문에 '슘웨이 방식'이라 불린다.

환자인 루이스 워쉬켄스키는 쉰다섯이었다. 그는 7년 동안 심근경색을 세 번이나 일으켰는데, 세 번째 심근경색으로 인해 결정적으로 심장 판막 기능 부전증을 앓게 되었다. 1967년 10월 내내 마취의와 의사, 기술자로 이뤄진 서른 명의 의료진이 크리스티앙 버나드 교수에 의해 날짜와 시간이 결정되기를 기다리면서 남아프리카의 그루트 슈어 병원에 항시 대기하고 있었다. 결정은 12월 3일 밤에서 4일 사이에 이루어졌다. 스물다섯 살의 젊은 여성이 자동차 사고를 당해 방금 전 사망한 것이다. 그녀의 심장이 루이스 워쉬켄스키의 허약한 심장을 대신하게 되었다. 수술 결과 환자는 3주 동안 생존했지만 결국 폐렴에 굴복하고 말았다. 심장의 거부반응을 방지하기 위해 면역 억제제를 너무 많이 투여하는 바람에 감염에 저항할 수 있도록 해주는 방위 체계가 약화되었던 것이다…….

절개된 살덩어리, 떨어져나간 기관들을 생각하자 구역질이 났다. 나는 막스 뵘이 이 심장 수술의 연혁에서 한 자리를 차지했다는 것을 알고 있었다. 뵘은 1969년에서 1972년 사이에 남아프리카에서 일했다. 나는 그가 어떻게 해서 심장 이식 수술을 받게 되었을까 요모조모 생각해보았으나 확실한 감이 잡히지 않았다. 어쩌면 그는 남아프리카에서 크리스티앙 버나드나 다른 의사들을 만났는지도 모른다. 1977년에 발작을 일으키자 특별히 이식 수술을 받으려고 그곳에 돌아갔는지도 모르는 것이다. 아니면 이식 수술을 할 수 있는 의사들 중 한 사람이 1977년에 콩고에 있었다는 사실을 알아내고 그곳으로 갔는지도 모르겠다. 하지만 이런 식의 해석은 그 실현 가능성이 너무 적다. 그리고 수술을 받은 뵘이 과연 어떻게 그 정도의 신체적 내성을 보일 수 있었을까 하는 수수께끼는 여전히 풀리지 않는다.
나는 내성에 관련되는 문제들을 다룬 구절을 읽어보았다.

—……심장 이식의 분야에서 생기는 문제들은 많이 해결되었으며 아직까지도 남아 있는 문제들은 면역에 관한 것이다. 쌍둥이 같은 예외적인 경우를 제외하면 증여자의 인체 기관은 이식받은 자에 의해 다른 것으로 인식되어 거부반응을 보이게 된다. 그러므로 거부반응의 가능성을 줄이기 위해서는 피이식자에게 반드시 면역 억제 치료를 해줘야만 한다. 통상적인 치료(아자티오프린, 코티

존)는 특수한 것은 아니며 상당한 위험, 특히 감염의 위험을 안고 있다. 보다 최근인 1980년대에 시클로스포린이라는 약품이 개발되었다. 일본산 버섯에서 추출해낸 이 물질을 사용할 경우 거부 현상을 대부분 방지할 수가 있다. 이로써 환자는 생명을 연장시킬 수 있다는 희망을 갖게 되었고 이식 수술은 일반화될 수 있었다.

거부 현상을 방지할 수 있는 또 다른 방법은 가능하면 서로 간에 거부반응을 보이지 않는 기관을 가진 증여자를 선택하는 것이다. 가장 바람직한 해결책은 쌍둥이가 아니더라도 조직 적합 항원을 환자와 공유하고 있는 형제 혹은 가까운 친족의 신체 기관을 이식하는 경우다. 여기서 우리가 말하고 있는 것은 예를 들면 신장처럼 생명을 유지하는 데 있어 필수적이지는 않은 기관에 대해 이야기하고 있다. 그렇지 않을 경우, 기관이 시신에서 적출되면 근거리에서 기관들을 교환함으로써 가능하면 가장 잘 일치하는 배합을 이루려고 노력해야 한다. 상이한 조직 적합 항원은 무려 2만 가지나 존재하고 있다…….

나는 자료를 덮어버렸다. 오후 6시였다. 밖에는 이미 어둠이 내리고 있었다. 일어나서 창문을 여니 뜨거운 공기가 확 밀려 들어왔다. 숨이 막히는 듯했다. 내가 열대의 무더위와 대면한 것은 그때가 처음이었다. 열대의 무더위라는 것은 부수적인 사실이나 다른 여러 가지 상황 중 하나가 아니었다. 그것은 살갗을 난폭하게 후려쳤으며, 몸과 마음을 묘사하기 힘든 심연 속으로 단숨에 끌고 들어갔다. 살과 기관들이 녹더니 자기 자신의 체액 속에 용해되어 묽어지면서 존재가 연화(軟化)되는 듯했다.

　밤 산책을 하기로 했다. 방기의 긴 가로수 길은 텅 비어 있었고 드문드문 서 있는 진흙투성이의 투박한 건물들은 한낮보다 더 을씨년스러워 보였다. 강 쪽으로 걸어갔다. 우방기 강의 둑은 침묵에 잠겨 있었다. 정부 청사와 대사관 건물들은 꿈이 없는 잠을 자고 있었다. 맨발의 군인들이 보초를 서고 있는 모습이 보였다. 강물 가까이의 어스름 속에서 나는 강둑을 따라 늘어서 있는 나무들을 바라보았다. 이따금씩 저 아래쪽에서 텀벙거리는 소리가 들려오곤 했다. 반은 짐승이고 반은 물고기인 거대한 동물 몇 마리가 도시의 냄새와 소음에 이끌려 축축한 풀밭 속으로 슬그머니 기어들어가는 모습이 상상됐다.

　더 멀리까지 걸어갔다. 방기에 도착한 뒤로 한 가지 생각이 나를 끈질기게 괴롭혔다. 이 미개국은 어린 시절에 내가 살았던 나라였다. 섬 같은 정글 속에서 나는 자랐으며 읽고 쓰는 법을 배웠다. 왜 우리 부모는 아프리카에서도 가장 외진 지방까지 와서 파묻혀 살았던 걸까. 왜 그들은 재산과 안락, 안정 등 모두 걸 다 버린 채 이 구석진 정글 속으로 들어왔던 걸까.

　나는 나의 과거에 대해서, 돌아가신 부모님이나 내 인생의 그 어두컴컴한 부분에 대해서 누군가에게 언급한 적이 단 한 번도 없었다. 단 한 사람, 사라만 빼고는……. 나는 내 가족에 대해 관심이 없었다. 물론 늘 그랬던 것은 아니다. 스무 살 무렵에는 나의 가족과 내 어린 시절에 대한 향수가 여러 가지 의혹과 궁금증으로 뒤범벅된 채 나를 극심한 혼란에 빠트린 적도 있었다. 그러나 내가 들여다본 것은 어둡고 깊은 구멍일 뿐이었다. 나는 그게 어쩌면 내 손의 흉터만큼이나 흉물스럽고 암울한 세계일 거라는 결론을 내렸다.

그 후 나는 내 과거로부터 자유로울 수 있었다. 지난날이야 어찌 됐든 좋았다. 지금의 나는 젊고 건강한데다 더욱이 돈 걱정 따위는 필요 없는 선택받은 존재였으니까.

그리고 나는 그 같은 무관심을 감각이 없는 내 손과 자주 비교하곤 했다. 내 팔의 피부는 완벽하게 반응했다. 그런데 그 팔을 넘어서면 감각을 전혀 느낄 수가 없는 것이었다. 눈에 안 보이는 나무 막대기 하나가 내 두 손을 감각 세계로부터 떼어내버린 것 같았다. 나는 내 과거로 이어져 있는 줄을 여섯 살 때까지는 붙잡고 거슬러 올라갈 수가 있었다. 하지만 그 너머는 무(無)요, 부재요, 죽음이었다. 내 두 손은 타버렸다. 내 영혼 역시 타버렸다. 그리고 내 살과 내 정신은 똑같은 식으로 흉터를 남기고 아물었다. 망각과 무감각이라는 딱지를 남기고.

문득 걸음을 멈췄다. 강변을 벗어나 지금은 어두컴컴한 대로를 걷고 있었다. 나는 눈을 들어 철책에 걸린 도로 표지판을 유심히 살펴보았다. 머리끝에서 발끝까지 온몸이 후들거렸다.

프랑스 가(街)였다. 내 발이 어느새 나를 비극의 현장으로 데려간 것이었다. 내 추측에 의하면, 부모님이 1965년의 생 실베스트르 축일 밤에 잔인하게 살해당했던 바로 그곳으로 말이다.

다음 날 아침, 파라솔 그늘 아래서 아침식사를 하고 있는데 누가 내 이름을 불렀다.

"루이 앙티오슈 씹니까?"

눈을 들어 보았다. 오십 대로 보이는 한 남자가 앞에 서 있었다. 키는 작았지만 덩치가 컸고 남방셔츠에 카키색 바지를 입고 있었다. 그에게서는 권위가 풍겼다. 이 남자를 보는 순간 막스 뵘과 그의 체격, 복장이 떠올랐는데, 그만큼 두 사람은 흡사해 보였다. 나와 대화를 나누는 사람이 꼭 영국 우산만큼이나 새까맣다는 점만 빼면 말이다.

"맞아요. 그런데 누구시죠?"

"조제프 엠콘타올시다. 시카민 광산에서 일하는 가브리엘의 아비 되는 사람이지요."

나는 즉시 일어나서 자리를 권했다.

“아, 네. 앉으시죠.”

조제프 엠콘타는 자리에 앉더니 두 손을 모아 배 위에 올려놓았다. 그는 어깨를 잔뜩 움츠린 채 호기심 어린 눈길로 주위를 둘러보았다. 그의 얼굴은 납작했고 콧구멍이 무척 컸으며 눈은 상냥함으로 축축하게 젖어 있는 것처럼 보였다. 하지만 그의 입술은 보는 사람에게 불쾌감을 안겨줄 정도로 떨리고 있었다.

“뭘 좀 드시겠습니까? 커피? 차?”

“커피요. 감사합니다.”

엠콘타 역시 힐끗힐끗 곁눈질을 하면서 나를 살펴보고 있었다. 커피가 나왔다. 중앙아프리카에 와보니 어떠냐, 덥지 않느냐, 여행은 어땠느냐는 둥 의례적인 인사말을 몇 마디 던지고 난 엠콘타가 다급한 어조로 물었다.

“막스 뵘 씨에 관한 정보를 원하신다구요?”

“그렇습니다.”

“왜 그분한테 관심을 갖나요?”

“막스 뵘 씨와는 친구 사이였습니다. 돌아가시기 전에 스위스에서 알게 됐죠.”

“뵘 씨가 돌아가셨다구요?”

“한 달쯤 전에 심장마비로 돌아가셨지요.”

그는 그 소식을 듣고도 별로 놀라는 표정이 아니었다.

“그럼 작은 괘종시계가 멈춘 모양이군요.”

그는 이렇게 말하고 나서 잠시 입을 다문 채 뭔가를 깊이 생각하더니 말을 계속했다.

“뭘 알고 싶으신가요?”

“뭐든지 다요. 중앙아프리카에서 무슨 일을 했는지, 일상생활은 어떠했는지, 왜 이곳을 떠났는지 따위의 것 말입니다.”

“무슨 조사를 하는 건가요?”

“그렇다고 할 수도 있고, 그렇지 않다고 할 수도 있습니다. 저는 그분에 관해 좀 더 알아보려고 애쓰고 있죠. 그뿐입니다.”

엠콘타는 미심쩍은 말투로 물었다.

“형사신가요?”

“절대 아니에요. 당신이 말씀하시는 건 전부 다 저만 아는 비밀로 할 겁니다. 약속드리죠.”

“성의 표시를 할 준비는 돼 있으신가요?”

나는 무슨 말인가 싶어 의아한 눈길로 바라보았다. 그가 불만스러운 듯 입을 삐죽거리면서 토를 달았다.

“말하자면 지폐나 몇 장……”

그래서 나는 대꾸했다.

“당신이 무슨 말을 해주시느냐에 따라 달라지겠죠.”

“전 막스 뵘 노인을 잘 알죠……”

잠시 협상을 벌인 끝에 나는 ‘우정의 대가’를 지불하기로 합의했다. 그의 말은 빨랐다. 단어들이 물살에 휩쓸린 구슬처럼 구르다가 갑자기 솟아나곤 했다.

“막스 뵘 씨는 이상한 사람이었어요. 이곳에서는 아무도 그를 뵘이라고 부르지 않았어요. 엔가콜라라고 불렀죠. 요술을 부리는 사람이란 뜻이에요.”

"왜 그렇게 불렀죠?"

"뷤에게는 어떤 힘이 있었거든요. 그 힘은 머리카락 아래 숨겨져 있었지요…… 머리카락이 새하얗고…… 하늘을 향해 똑바로 자랐어요. 야자수처럼…… 머리카락 때문에 그렇게 힘이 강했답니다. 사람들 마음을 다 읽었죠. 아무도 저항할 수가 없었다구요…… 다이아몬드가 얼마나 나가는지도 한눈에 알았어요. 언제나 강한 사람이었어요. 굉장히 강한…… 하지만 그분은 어둠의 편이었죠."

"그게 무슨 말입니까?"

"어둠 속에서 살았어요. 그분의 영혼은…… 어둠 속에서 살았답니다."

엠콘타가 커피를 한 모금 마셨다.

"막스 뷤과는 어떻게 알게 되셨습니까?"

"1973년, 건기가 오기 전에…… 막스 뷤이 숲 기슭에 있는 우리 마을 바간두에 나타났죠. 보카사가 보내서 온 거였어요. 커피 농장을 감시하러…… 그 당시 농장에는 도둑들이 들끓었어요. 몇 주 만에 뷤은 도둑들을 싹 다 몰아냈죠."

"어떻게요?"

"도둑놈을 하나 붙잡아서 실컷 두들겨 팬 다음 마을의 광장으로 데려갔죠. 거기서 송곳을 집어 들더니…… 씨앗을 심을 때 구멍을 뚫는 송곳 말입니다. 도둑놈의 고막을 뚫어버렸죠."

나는 더듬거리며 물었다.

"그래서 어떻게 됐습니까?"

"그래서…… 그 뒤로 바간두에서는 아무도 커피 씨를 훔치지 않게 됐죠."

"누구, 같이 온 사람이 있었나요?"

"아뇨, 혼자였어요. 막스 뵘은 아무도 무서워하지 않았거든요."

엠콘타가 말을 계속했다.

"그 다음해에 뵘이 다시 왔어요. 이번에는 다이아몬드 광산을 감시하러 온 거였죠. 여전히 보카사를 위해서. 광맥이 정글 기슭에 있는 큰 제재소인 스캐드까지 뻗어 있었어요. 밀림이란 곳이 어떤 곳인지 아십니까? 잘 모르신다구요? 정말 울창합니다. 하지만 뵘은 무서워하지 않았어요. 결코 두려워하지 않았다고요. 그분은 남쪽으로 내려가려고 했어요. 그래서 안내인을 찾았던 거죠. 전 정글과 피그미족을 잘 알고 있었고, 피그미족이 쓰는 말도 할 줄 알았어요. 그래서 뵘이 저를 선택했……."

"채광 지역에는 다른 백인들도 있었나요?"

"딱 한 명 있었죠. 클레망이라고…… 완전히 돌아버린 사람인데 피그미족 여자랑 결혼했어요. 그래서 권위가 서질 않고 도대체 질서가 없었죠."

"그래서, 그 광맥에서 다이아몬드를 찾아냈습니까?"

"세계에서 가장 아름다운 다이아몬드였죠. 강에 들어가서 그냥 고개만 숙이면 될 정도였어요. 그래서 보카사가 뵘을 파견한 겁니다."

엠콘타가 날카롭고 짧게 웃었다.

"보카사, 그 사람 보석을 되게 밝혔거든요."

커피를 다시 한 모금 마시고 난 엠콘타가 내 앞에 놓인 초승달처럼 생긴 빵을 쳐다보았다. 나는 그에게 접시를 내밀었다. 그가 빵을 입 안 가득 넣고 씹으며 말을 계속했다.

"그 해에 봄은 넉 달 동안 머물러 있었어요. 처음에는 문제가 있는 흑인들을 내쫓았죠. 그러고 나서는 광산을 재조직하고, 채광 기술도 바꿨습니다. 그런데 그게 효과가 좋았다는 거 아닙니까. 우기가 끝나자 그분은 다시 방기로 돌아갔지요. 그 이후로는 매년 같은 무렵에 다시 나타나곤 했고. 그걸 그분은 '감독 시찰'이라고 말했어요."

"봄이 케이블 절단기를 사용한 게 그땝니까?"

"그 이야긴 아십니까? 사실 절단기를 사용했다는 얘긴 좀 과장됐어요. 딱 한 번 시카민 광산의 야영지에서 그걸 쓰는 걸 봤죠. 그것도 다이아몬드를 몰래 훔쳐 가지고 나오는 광부가 아니라 여자를 강간한 놈을 벌주려고 그런 거였어요. 어린 소녀를 범한 뒤에 죽여서 정글에 버린 나쁜 놈이었죠."

"무슨 일이 있었죠?"

엠콘타가 얼굴을 아까보다 더 찌푸리는 바람에 보기가 역겨웠다. 그가 빵을 하나 더 집어 들었다.

"끔찍했습니다. 정말 끔찍했다구요. 두 사람이 그 살인자의 배에 올라타고서 두 다리를 들어 올렸어요. 그놈은 덫에 걸린 짐승 같은 눈으로 우리를 쳐다보고 있더군요. 설마 어쩌랴 싶었는지 킥킥대고 웃기도 했어요. 그때 엔가콜라가 커다란 절단기를 들고 나타났습니다. 그분은 절단기를 벌리더니 그걸 놈의 발목에 대고 눌렀어요. 살인자 놈이 비명을 질렀죠. 뵘이 집게를 한 번 더 눌렀고, 그걸로 끝이었어요. 힘줄이 잘린 겁니다. 전 놈의 발을 봤습니다. 제 눈을 믿을 수가 없었어요. 발이 발목에 대롱대롱 매달려 있었습니다요. 뼈가 드러나 있더군요. 피는 사방으로 튀고…… 파리 떼가 몰려들고…… 온 마을 사람들은 말을 잃은 채 다들 입을 다물고 있고…… 막스 뵘은 그냥 서 있기만 했어요. 아무 말도 않더군요. 셔츠는 피범벅이 돼 있었어요. 하얀 얼굴에는 땀이 줄줄 흐르고 있고…… 정말이지, 전 그 일을 결코 잊을 수가 없을 겁니다. 그때 뵘이 아무 말 없이 그 살인자를 발로 차서 몸을 뒤집어놓은 다음 절단기를 휘두르더니 이번에는 놈의 그걸 잘라버린 거예요.”

“뵘이 그렇게 잔인했단 말예요?”

“맞아요. 냉혹했습니다. 하지만 자기 나름대로 공정하게 처신했어요. 사디즘이나 인종차별주의 때문에 그런 건 아니었죠.”

“막스 뵘이 인종차별주의자가 아니었습니까? 흑인을 싫어하거나 그러지 않았어요?”

“전혀 안 그랬습니다요. 잔인하긴 했지만 인종차별주의자는 아니었죠. 엔가콜라는 우리랑 함께 살았고, 우리를 존중해줬으니까요. 피그미족이 쓰는 상고어를 할 줄 알았고 정글을 사랑했습니다. 그리고 그분은 샤가트도 좋아했는걸요, 뭘.”

“뭘 좋아했다구요?”

“샤가트요. 여자 엉덩이말예요. 그분은 흑인 여자를 좋아했어요."

엠콘타는 생각만 해도 흥분이 된다는 듯 두 손을 흔들었다. 나는 말을 계속했다.

"뵘이 다이아몬드를 훔쳤습니까?"

"훔쳐요? 그런 일은 결코 없었어요. 제가 말씀드렸죠. 그분은 공정했다고요."

"하지만 뵘은 보카사의 암거래를 감독했잖습니까. 안 그래요?"

"그분은 만사를 그런 식으로 보지는 않았어요. 질서와 규율을 세우려고 애를 썼을 뿐이었습니다. 그분이 원한 건 광산이 아무런 문제없이 잘 돌아가는 것이었습니다. 그러고 나서는 누가 다이아몬드를 챙기든, 누가 돈을 벌든 그건 상관 안 했어요. 관심이 없었던 거죠."

막스 뵘, 그는 자신의 본심을 감쪽같이 숨기면서 나중에 밀수를 시작한 걸까.

"엠콘타, 막스 뵘이 황새에 무척 관심이 많은 조류학자였다는 걸 알고 있나요?"

"황새 말입니까요? 물론 좋아했죠. 저도 그분이랑 같이 황새들을 보러 가곤 했었으니까요."

그가 웃음을 터뜨렸다. 그러자 그의 얼굴에 칼자국이 뚜렷하게 나타났다.

"어디로 말입니까?"

"시카민 광산 너머 서쪽에 있는 바양가라는 곳이었습니다. 황새들이 수천 마리씩 그곳으로 몰려왔죠. 그놈들은 메뚜기 같은 작은 곤충을 잡아먹었어요."

엠콘타가 다시 웃음을 터뜨렸다.

"하지만 바양가 사람들은 황새를 잡아먹지 못했어요. 뵘이 그런 짓을 용서치 않았거든요. 그분은 국립공원으로 지정해도 좋다는 허가를 보카사한테서 얻어냈어요. 수천 헥타르의 숲과 초원에 맘대로 발을 들여놓으면 안 된다는 명령이 느닷없이 떨어졌죠. 전 도대체 이해가 안 가요. 숲이란 건 원래 모든 사람들의 것인데 말입니다요. 하지만 결국 바양가에서는 코끼리라든가 고릴라, 영양이 보호를 받게 됐죠. 그리고 황새도요."

이렇게 해서 막스 뵘은 자신의 새들을 보호할 수 있게 된 것이었다. 그는 새들을 밀수에 이용할 수 있다는 계산을 일찌감치 했던 걸까.

"막스 뵘의 가족에 대해 알고 계신 게 있습니까?"

"조금요…… 그분의 부인은 한 번도 못 봤어요. 늘 아팠거든요."

엠콘타가 이빨을 다 드러내놓고 웃었다.

"진짜 백인 여자였죠. 하지만 뵘의 아들은 달랐어요. 가끔씩 우리랑 어울리곤 했습니다. 하지만 통 말이 없었어요. 늘 꿈을 꾸는 듯한 표정을 짓고 있었습니다. 숲 속을 혼자 돌아다녔죠. 엔가콜라는 자기 자식을 교육시키려고 애썼어요. 사륜구동 트럭을 운전하는 연습도 시켰죠. 사냥도 시키고, 광산 인부들을 감독하는 일도 시켰어요. 남자로 만들어보려고 했던 거죠. 하지만 그

어린 백인은 겁에 질려서 멍한 표정으로 꼼짝 않고 서 있기만 했
어요. 바보였죠. 놀라운 건 그 아들과 그 아버지가 빼다 박았다
고 해도 될 만큼 닮았다는 사실이었습니다. 제 말 믿으셔도 되는
데, 정말 똑같았어요. 체격도 똑같고, 머리를 짧게 깎은 모양이
나 수박처럼 생긴 얼굴도…… 하지만 뵘은 아들을 싫어했습니
다."

"왜요?"

"그 아이가 겁이 많았거든요…… 그런데 뵘은 아들이 느끼는
이 두려움을 못 견뎌했어요."

"그게 무슨 말입니까?"

엠콘타가 망설이다가 가까이 다가와서는 목소리를 한층 더 낮
춰 말했다.

"그분 아들은 꼭 거울 같았어요. 이해하시겠습니까요? 그분
자신이 갖고 있는 두려움을 비추는 거울 같았단 말입니다."

"뵘은 그 누구도 두려워하지 않았다고 방금 말하지 않았나
요?"

"자기 자신은 빼놓고 그렇다는 말입니다."

나는 엠콘타의 축축하게 젖은 눈을 뚫어지게 쳐다보았다.

"그분의 심장 말이에요. 그분은 자신의 심장을 두려워했어
요."

엠콘타가 손을 가슴에 갖다 댔다.

"그분은 이 속에서 그게 뛰지 않을까봐 두려워했던 겁니다. 그
래서 늘 맥박을 재보곤 했어요. 방기에 오면 항상 병원에 입원했

구요⋯⋯."

"방기의 무슨 병원이죠?"

"백인 전용 병원이에요. 프랑스 병원이라고."

"그 병원, 지금도 있나요?"

"있다고 해야겠죠. 지금은 흑인에게 개방돼 있고 중앙아프리카 의사들이 진료를 하긴 하지만요⋯⋯."

나는 중요한 질문을 던졌다.

"뵘의 마지막 탐광에 따라갔었습니까?"

"아뇨. 저는 그 조금 전에 바간두에 정착했었거든요. 그 뒤로는 정글에 가지 않았습니다요."

"어쨌든 그 일에 관해서 아는 건 있죠?"

"소문만 들었죠, 뭐. 엠바이키에서는 그 여행이 전설이 됐거든요."

"그 사람들이 어느 쪽으로 간 겁니까?"

"조코를 넘어서 훨씬 먼 데까지 갔죠. 콩고 국경을 지나서요."

"그런 다음에는요?"

"길을 가던 도중에 엔가코라는 한 피그미족이 가져온 전보를 받았답니다. 아내가 죽었다는 소식을요. 그래서 그분 심장이 견뎌 내질 못하고 쓰러진 거죠⋯⋯."

"계속해보세요."

엠콘타가 입술이 위로 치켜 올라갈 정도로 얼굴을 더욱더 찡그렸다. 나는 한 번 더 말했다.

"계속하세요, 엠콘타."

"하지만 숲과 비밀 계약을 맺은 덕분에 엔가콜라는 다시 소생했어요. 마술과, 또 우리 아이들을 잡아가는 표범 유령 덕분에……."

귀아르가 뒤마에게 해줬다는 얘기가 생각났다. 엠콘타의 얘기는 그 기술자의 얘기와 일치했다. 그것은 누구나 공포를 느낄 만한 이야기였다. 암흑 속으로의 여행, 억수처럼 쏟아지는 빗속에서 벌어진 무시무시한 미스터리. 그리고 사자들 속에서 돌아온 백발의 그 악마 같은 주인공…….

"전 뵘의 흔적을 찾아 숲으로 떠날 겁니다."

"그건 잘못된 생각입니다요. 지금은 우기거든요. 지금 다이아몬드 광산은 살인자 오토 키에퍼 한 사람이 운영하고 있어요. 당신은 무척 많이 걸어야 하고, 예상치 못한 위험에 빠질 수도 있습니다. 그건 아무짝에도 쓸모가 없는 일이에요. 거기 가서 뭘 할 건데요?"

"1977년 8월에 과연 무슨 일이 있었는지 알아내고 싶습니다. 막스 뵘이 어떻게 심장 발작을 일으키고도 살아남을 수 있었는지 알아내고야 말겠어요. 유령 얘기로는 설명이 다 안 돼요."

"그건 그렇지 않습니다요. 도대체 어떻게 하려는 생각이신가요?"

"광산은 피해서 가고, 잠은 파스칼 수녀 집에서 잘 겁니다."

"파스칼 수녀요? 키에퍼나 그 수녀님이나 성질이 고약하긴 매한가진데……."

"조코라는 피그미족 동네가 있다는 얘길 들었는데 거기서도 묵을 생각입니다. 거기다 자리를 잡아 놓고 여기저기 돌아다녀

보려고요. 1977년에 광산에서 일했던 사람들에게 물어볼 겁니다."

엠콘타는 그건 아니라는 듯 머리를 젓더니 남은 커피를 마저 마셨다. 손목시계를 보니 11시가 넘었다. 그날은 일요일이었기 때문에 아무런 계획이 없었다.

나는 그에게 물었다.

"엠콘타. 프랑스 병원에 혹시 누구 아는 사람 없나요?"

"사촌이 거기서 일하고 있어요."

"지금 거기 좀 가볼 수 있을까요?"

"지금요? 가족을 만나야 하는데……."

"얼마나 더 드릴까요?"

"1만 프랑만 더……."

나는 겉으로는 웃고 속으로는 욕을 퍼부으며 돈을 그의 남방 셔츠 주머니에 찔러 넣었다. 엠콘타는 눈을 찡긋하더니 찻잔을 내려놓았다.

"자, 가시지요."

　프랑스 병원은 우방기 강변에 자리 잡고 있었다. 강물은 눈부신 태양 아래 느릿느릿 흘러가고 있었다. 움직이지 않는 것처럼 보이는 검고 거대한 강이 가시덤불 사이로 나타났다 사라지곤 했다. 강은 진한 시럽처럼 보였다. 그 속에 들어간 낚시꾼들과 그들이 탄 카누가 끈끈이에 잡힌 곤충처럼 거기서 헤어나지 못할 것만 같았다.

　우리는 내가 전날 밤에 거닐었던 바로 그 제방 위를 걸었다. 비포장 도로 양쪽으로 파스텔 색조의 가로수들이 늘어서 있었고, 오른쪽에는 황토색과 장미색, 붉은색의 육중한 정부 부처 건물들이 우뚝우뚝 서 있었다. 왼편의 강 근처에는 과일이나 카사바(열대 지방의 관목─옮긴이)를 파는 상인들, 그리고 잡화상들이 버려두고 간 목조 가건물들이 드문드문 풀밭 속에 서 있었다.

　사방이 고요했다. 먼지조차도 햇빛 속을 날아다니기를 포기한 모양이었다. 이 세상 어느 곳이나 마찬가지로 방기에서도 일요일은 차분하고 느긋한 날이었다.

드디어 병원이 나타났다. 꼭 성냥갑처럼 네모지게 생긴 2층짜리 건물이었다. 식민지 시대의 건축술을 사용했기 때문에 발코니가 돌로 만들어져 있었다. 그 위에 희끄무레한 벽토 장식물을 붙여놓은 것이 보였다. 홍토(紅土)와 풀이 건물 전체를 갉아먹고 있는 중이었다. 정글의 발톱과 홍토의 불그스레한 손이 벽을 기어오르고 있는 것이었다. 돌은 습기를 잔뜩 먹어 부풀어 올라 있는 것처럼 보였다.

우리는 정원 안으로 들어갔다. 의사 가운이 나무에 널린 채 햇볕에 마르고 있었다. 가운은 온통 진홍색 얼룩으로 더럽혀져 있다. 엠콘타가 내 얼굴 표정을 본 모양이었다. 그가 웃음을 터뜨렸다.

"저건 핏자국이 아닙니다요. 흙이 묻어서 저렇게 된 거라구요. 홍토 말예요. 한 번 묻으면 절대 안 지워지거든요."

그는 내가 들어갈 수 있도록 옆으로 비켜섰다. 홀은 텅 비어 있었다. 엠콘타가 손으로 카운터를 두드렸다. 오랜 시간이 흘렀다. 드디어 빨간 무늬가 그려진 흰 작업복 차림의 키 큰 남자가 나타났다. 그가 두 손을 모으더니 고개를 숙여 인사를 했다.

그가 짐짓 꾸민 목소리로 말했다.

"뭘 도와드릴까요?"

"알퐁스 엠콘타 지금 있나?"

"일요일이라서 아무도 없는데요."

"자넨 사람이 아닌가?"

"전 제쥐 보몽고입니다."

남자가 다시 한번 꾸벅 절을 하더니 달콤한 목소리로 덧붙였다.

"손님들을 도와드리려고 이렇게 나와 있습니다."

"이분께서는 이곳에 백인들만 있었을 때의 기록을 보고 싶어 하신다네. 가능한가?"

"지금 말씀하신 사항은 저의 책임이기 때문에⋯⋯."

엠콘타가 내게 눈길을 던지며 노골적으로 돈을 주라는 손짓을 했다. 나는 1만 중앙아프리카 프랑을 또 집어 주었다. 엠콘타가 나를 놔두고 가버렸다. 나는 새 안내인을 따라 어둠 속에 잠겨 있는 시멘트 복도를 걸어갔다. 계단을 올라갈 때 내가 물었다.

"당신 의삽니까?"

"웬걸요, 간호삽니다. 하지만 여기선 간호사나 의사나 그게 그겁니다."

계단을 오르자, 햇빛이 채광창을 뚫고 들어오는 환한 복도가 다시 펼쳐졌다. 코를 찌르는 듯 강한 에테르 냄새가 공기를 가득 채우고 있었다. 병실에는 환자가 단 한 명도 보이지 않았다. 회전의자라든가 커다란 쇠막대, 분홍색 시트, 벽에 기대어 놓은 침대 등만 어지러이 널려 있을 뿐이었다.

병원 꼭대기에 올라온 것이었다. 열쇠 꾸러미를 꺼낸 보몽고가 철제문에 걸린 빗장을 벗기자 삐걱거리는 소리가 나며 문이 열렸다.

그가 문 앞에 서서 말했다.

"기록들은 여기 뒤죽박죽으로 쌓여 있습니다. 보카사가 물러나자 병원 원장도 함께 도망을 쳐버렸어요. 그 바람에 병원은 2년 동안 문이 닫혀 있었는데 그 뒤에 우리가 병원을 다시 열어서 중앙아프리카 사람들을 받아들인 겁니다. 이젠 여기 출신 의사들이 있으니까요. 기록이 많이 남아 있진 않을 겁니다. 방기에서 치료를 받은 백인들은 얼마 되지 않거든요. 위급해서 다른 병원으로 이송될 겨를이 없었던 경우에만 이 병원에 입원했죠. 아니면 가벼운 병에 걸렸을 경우에도 이곳에 입원해 있었습니다. 아프리카 의학은 정말 하나의 재난이에요. 모두 그걸 알고 있죠."

말을 마치고 난 그는 돌아서서 어디론가 사라졌다. 나 혼자만 남게 되었다.

자료실은 허름했다. 책상 몇 개와 의자 몇 개가 여기저기 널려 있을 뿐이었다. 벽에는 빗물이 흘러내린 듯 길고 거무스레한 얼룩이 남아 있었다.

고함이 멀리서 들려왔다. 철제 캐비닛을 열어보니 서류들이 들어 있었다. 캐비닛은 네 칸으로 나뉘어져 있었고 각각의 칸에는 습기를 먹어 여기저기 떨어져나가고 누렇게 변색된 서류들이 차곡차곡 쌓여 있었다. 서류를 뒤적거리던 나는 그것들이 그저 아무 순서 없이 뒤죽박죽 쌓여 있다는 사실을 깨달았다.

나는 서로 지탱할 수 있도록 여러 개의 책상을 한데 모은 다음 서류들을 그 위에 무더기로 올려놓았다. 서류는 모두 열다섯 뭉치였는데, 한 뭉치는 각각 수백 페이지로 이루어져 있었다. 나는 얼굴의 땀을 닦아낸 다음 서류를 살피기 시작했다. 허리를 숙이고 선 채 첫 번째 서류철을 끌어당겼다. 거기에는 환자의 이름과 나이, 국적이 기재되어 있었다. 그 다음에는 병명과 처방된 약품이 기록되어 있었다. 나는 그런 식으로 수천 페이지의 서류를 넘겨보았다.

프랑스인과 독일인, 스페인인, 체코인, 유고슬라비아인, 러시아인, 중국인의 이름이 온갖 종류의 병들과 결합되어 내 눈 아래로 지나갔다. 말라리아, 설사, 알레르기, 일사병, 성병……. 그 뒤에는 항상 똑같은 약품명이 등장했고 드물기는 하지만 해당 대사관 앞으로 보내는 본국 송환 요구서가 클립으로 꽂혀 있는 경우도 있었다. 시간이 지나면서 내가 검토를 마친 서류들도 늘어갔다.

오후 5시쯤에 나는 조사를 다 마쳤다. 뵘의 이름이나 키에퍼의 이름은 눈을 씻고 들여다봐도 찾을 수가 없었다. 심지어 이곳에서까지도 막스 뵘은 자신의 흔적을 말끔히 지워버린 것이었다.

뒤에서 발소리가 울렸다. 보몽고가 궁금해서 와본 것이다.

"어떻게 됐습니까요?"

그가 목을 앞으로 내밀면서 물었다.

"헛수고를 한 것 같군요. 내가 찾는 사람은 조그마한 흔적조차 찾을 수가 없어요. 이 병원에 정기적으로 왔던 걸로 알고 있는데 말예요."

"이름이 뭔데요?"

"뵘이요. 막스 뵘."

"그런 이름은 들어본 적이 없는데."

"1970년대에 방기에서 살았어요."

"뵘이라면 독일 이름 아닌가요?"

"스위스인이에요."

"스위스인이라구요? 선생님께서 찾고 계시는 분이 스위스인이란 말인가요?"

보몽고가 웃음을 터뜨리더니 박수를 쳤다.

"스위스인이라…… 그렇다면 진작 그렇게 말씀을 하셨어야죠. 그런 경우라면 여기서 찾아봤자 아무 소용이 없습니다. 스위스인들의 의료기록은 다른 곳에 있거든요."

나는 다급하게 물었다.

"어디 말입니까?"

보몽고는 불쾌한 표정을 지었다. 그는 잠시 침묵을 지키고 난 뒤 긴 집게손가락을 휘둘렀다.

"스위스인이란 원래 진지한 사람들 아닙니까? 그 사실을 잊어선 안 되죠. 병원이 1979년에 문을 닫았을 때 오직 스위스인들만 자기네의 의료기록을 가져갔어요. 자기 나라 국민 중에 누구 한 사람이라도 아프리카의 병균을 묻혀 가지고 돌아올까 두려웠던 거죠."

보몽고가 한심하다는 표정을 지으며 눈을 들어 하늘을 바라보았다.

"간단히 말해서 그들은 자기네의 서류를 비행기에 실어 가려고 했던 겁니다. 하지만 중앙아프리카 정부에서 거부했죠. 아시 다시피 환자는 스위스 사람인지 몰라도 병은 아프리카 것 아니 겠습니까요? 그래서 이것저것 골치 아픈 일이 많이 생겼 죠……."

나는 짜증이 난 나머지 그의 말을 중단시키고 물었다.

"아니, 그래서 도대체 서류가 어디 있다는 거요?"

"그건 비밀에 속한다고 볼 수 있습니다. 지금 선생님께서 알고 싶어 하시는 건 의료기관의 비밀로서……."

나는 1만 중앙아프리카 프랑을 다시 한 장 꺼내서 그의 손에 쥐여주었다. 그는 함박웃음을 지으며 감사를 표하고 나서 즉시 말을 계속했다.

"그 서류들은 이탈리아 대사관에 보관돼 있습니다."

늙은 뷤은 그 같은 일이 일어났다는 것을 분명히 알고 있었을 것이다. 보몽고가 말을 계속했다.

"대사관 수위가 제 친굽니다. 하산이라고 하죠. 대사관은 도시 의 반대편 끝에 있습니다."

나는 지저분하기 짝이 없는 택시를 타고 방기를 가로질러 갔 다. 10분쯤 뒤 나는 이탈리아 대사관의 계단 앞에서 택시를 세 웠다. 이번에는 나도 구차하게 협상 같은 것은 하지 않기로 했 다.

나는 키가 작고 곱슬머리에 눈언저리에 연보라색 무리가 진 하산이라는 사람을 보자마자 주머니에 5천 프랑짜리 지폐 한 장 을 찔러주고 나서 무조건 건물 지하로 내려갔다. 잠시 후 나는 넓은 회의실 안에 앉아 앞에 놓인 네 개의 철제 서랍을 바라보고 있었다. 그것은 1962년에서 1979년 사이에 중앙아프리카에 온 스위스인들의 의료기록이었다.

그들의 의료기록은 알파벳순으로 완벽하게 잘 정돈되어 있었다. 나는 B자로 시작되는 기록부에서 뵘의 의료기록을 찾아냈다. 꽤 두꺼운 그의 의료기록에는 처방전이라든가 검사 보고서, 심전도가 포함되어 있었다.

1972년 9월 16일 입국하자마자 막스 뵘은 바로 프랑스 병원을 찾아가서 건강 진단을 받았다. 곧바로 주치의인 이브 칼은 과로를 하지 말고 안정을 취하라는 충고와 함께 스위스에서 직수입한 약으로 처방해주었다. 칼 의사는 개인 소견서에 만년필로 비스듬하게 써넣었다.

'심장이 약함. 늘 가까이서 관찰할 필요가 있음.'

문장의 뒷부분에 밑줄이 그어져 있었다. 그래서 석 달에 한 번씩 늙은 뵘은 병원에 와서 처방전을 받아 가곤 했다. 시간이 지나면서 약의 복용량은 계속해서 늘어났다. 막스 뵘은 유예된 삶을 산 것이었다. 기록은 엄청난 분량의 새로운 약을 처방한 날짜인 1977년 7월로 끝이 나 있었다.

이렌느 뵘의 기록은 1973년 5월부터 시작되었다. 스위스에서의 치료 경과를 복사한 기록이 맨 처음에 붙어 있었다. 칼 의사는 나팔관 질병을 앓고 있는 이 환자의 병세를 지켜보는 것으로 만족했다. 치료는 8개월 동안 계속되었다. 뵘 부인은 완치됐지만 기록에는 '불임'이라는 조항이 명기되었다. 그 당시 이렌느 뵘은 서른네 살이었다.

2년 뒤 칼 박사는 뵘의 부인이 또 다른 병을 앓고 있다는 사실을 밝혀냈다. 기록에는 로잔의 주치의에게 보내는 긴 편지가 첨부되어 있었는데, 이 편지에는 새로운 검사를 시급히 실시해야 한다는 의견이 적혀 있었다. 칼은 자궁암의 가능성이 있다고 써넣었다. 그 아래에는 아프리카 병원들의 의료 수준이 형편없다는 내용의 혹평이 곁들여 있었다.

결론 부분에서 칼은 이렌느 뵘을 설득해서 중앙아프리카를 가능하면 자주 방문하지 않도록 하는 게 좋겠다고 동료 의사에게 권했다. 이렌느 뵘의 의료기록은 1976년에 끝이 나 있었다.

나는 그 이후에 일어난 일을 알고 있었다. 로잔에서 검사한 결과 그녀가 암을 앓고 있다는 사실이 밝혀졌다. 그녀는 자신의 병세를 남편과 아들에게는 숨긴 채 스위스에 남아 치료받는 쪽을 택했다. 그리고 1년 뒤에 세상을 떠났다.

드디어 찾아낸 막스 뵘의 아들 필리프 뵘의 기록을 읽기 시작하면서 악몽은 생생하게 다가왔다. 중앙아프리카에 오자마자 아이는 열병에 걸렸다. 열 살 때였다. 그 다음해에 그는 자주 설사를 하고 복통을 앓아서 오랫동안 치료를 받았다. 그러고 나자 이번에는 아메바에 감염되었다. 이질은 초기에 치료되었으나 어린 필리프는 이번에는 간염에 걸리고 말았다. 나는 처방전을 넘겼다.

1976년과 그 이듬해에는 병세가 많이 호전되었다. 병원에 가는 간격도 점점 뜸해졌고, 조사 결과도 고무적이었다. 그는 열네 살이 되었다. 하지만 그의 의료기록은 1977년 8월 28일에 발부된 사망진단서로 끝이 나 있었다. 검시 보고서가 클립으로 꽂혀 있었다. 나는 정성들여 쓴 구겨진 보고서를 빼냈다. '파리의과대학 학위를 가진 이폴리트 엠디아에 박사'의 서명이 그려져 있었다.

〔검시 보고서(엠바이키 병원, 로바에)〕
-피검시자: 필리프 뵘
-성별: 남(백인)
-신장: 1미터 68센티미터
-체중: 78킬로그램
-생년월일: 1962년 9월 8일
-출생지: 스위스 몽트뢰

1977년 8월 24일 중앙아프리카공화국 로바에 군 소재 엠바이키로부터 50킬로미터 떨어진 밀림에서 사망한 것으로 추정됨.

얼굴은 양쪽 뺨과 관자놀이에 할퀸 상처가 있을 뿐 다른 손상은 입지 않았음. 입안의 치아는 여러 개가 부러지고 나머지는 부서져 있는데, 턱 근육이 강한 경련을 일으킨 결과로 추정됨.(외부 피하 일혈의 흔적은 전혀 없음.) 목이 부러져 있음.

흉곽 외부의 좌측 쇄골에서부터 배꼽까지 완전한 중선 모양의 깊은 상처가 발견됨. 흉골이 세로로 길게 절단되어 열려 있음. 상반신을 따라 특히 가장 큰 상처 주위에서 여러 개의 발톱 자국이 발견됨. 두 팔은 모두 절단되어 있음. 왼쪽 손가락은 부러져 있고 오른손의 집게손가락과 약지 손가락은 뽑혀져 있음.

흉곽 내부를 검시한 결과 심장이 소실되었다는 사실이 확인됨. 복부에서도 장과 위, 췌장 등의 여러 기관이 소실되거나 훼손되었음. 사체 옆에서 동물의 이빨 자국이 남아 있는 기관 일부가 발견되었음.

우측 서혜부 아래쪽에 대퇴경골이 보일 정도로 상당히 깊은(7센티미터) 상처가 나 있음. 음경과 생식기, 허벅지 윗부분이 뽑혀져 있음. 허벅지에서 발톱 자국이 여러 군데 확인되었음. 좌우측 허벅지가 찢겨져 있음. 양쪽 발목이 완전히 부러져 있음.

결론: 스위스 국적의 필리프 뵘은 아버지인 막스 뵘과 함께 콩고 국경 근처에서 PR 154라고 이름 붙여진 탐험을 하던 도중 고릴라의 공격을 받은 것으로 추정됨. 발톱 자국으로 볼 때 이 같은 추정에는 의심의 여지가 없음. 이 젊은 희생자의 사체가 몇 군데 절단 당했는데 이것 역시 고릴라의 행위로 추정됨. 고릴라는 상대가 도망치지 못하도록 허벅지를 물어뜯고 발목을 부러뜨리는 습성이 있음. 수주일 전부터 이 지역을 배회하다가 필리프 뵘을 살해한 늙은 수컷 고릴라는 피그미족에 의해 도살된 듯함.

사체는 당일 오후에 방기 소재 프랑스 병원으로 후송되었음. 본인이 작성한 보고서와 사망 증명서의 사본을 각각 한 부씩 첨부함.

1977년 8월 28일 10시 15분.

바로 그 순간 시간이 멎어버렸다. 눈을 들어 텅 빈 넓은 회의실을 살펴보았다. 나는 얼굴에 땀이 줄줄 흘러내리는 것조차 느끼지 못하고 있었다.

필리프 뵘의 부검 보고서는 라즈코 니콜리치의 그것과 혼동될 정도로 너무나 흡사했다. 13년의 간격을 두고 두 번씩이나 누군가가 동물의 짓으로 위장하고 희생자를 살해해서 심장을 훔쳐간 것이다.

나는 막스 뵘의 운명이 안고 있는 비밀의 핵심을 PR 154 탐험 중에 정글의 어둠 속에서 일어난 일을 통해 알게 되었다. 아들인 필리프 뵘의 심장이 아버지 막스 뵘에게 이식된 것이다.

하룻밤 자고 일어난다고 해서 반드시 기분이 개운해지는 법은 아니다. 9월 16일 월요일, 잠에서 깨는 순간 나는 기분이 영 찜찜했다. 꿈에 필리프 뵘이 나타나 고통스러워하는 바람에 밤새 잠을 편안히 잘 수가 없었던 것이다. 나는 살아남기 위해 자기 아들을 희생시킨 막스 뵘의 그 소름 끼치는 행동에 아연실색할 수밖에 없었다.

내 방의 발코니에서 차를 마셨다. 8시 반에 전화벨이 울렸다. 보나페의 목소리가 들려왔다.

"앙티오슈 씨, 나한테 감사해야 할 거요. 지난 주말에 장관을 만날 수가 있었어요. 오늘 아침이라도 장관 비서실에 가면 허가서가 당신을 기다리고 있을 겁니다. 지금 당장 가봐요. 오늘 오후 2시부터 우리 자동차 가운데 한 대를 당신 마음대로 쓸 수 있게 조처해놨어요. 운전은 가브리엘이 할 겁니다. 식량이라든가 선물, 장비 등 필요한 것들을 어떤 종류로 준비해야 하는지도 설명해줄 거고요. 그리고 마지막으로 그 친구가 실탄 1백 발이 든 탄약통을 줄 텐데, 신중하게 사용해야 합니다. 그럼 행운을 빕니다.”

그가 전화를 끊었다. 이제 떠나야 할 시간이었다. 정글이 나를 기다리고 있었다.

몇 시간 뒤 나는 가슴에 ‘에이즈. 나는 스스로를 보호합니다. 나는 콘돔을 사용합니다.’라고 쓰인 티셔츠를 보란 듯이 입고 있는 가브리엘이 운전하는 푸조 404 라이트벤(원래는 사륜구동 트럭을 빌려 타기로 했었다.)을 타고 도로를 달려가고 있었다. 그의 등에는 중앙아프리카 지도가 콘돔에 끼워진 그림이 그려져 있었다.

방기를 빠져 나오자마자 군 바리케이드가 길을 가로막고 나섰다. 옷차림도 지저분하고 얼굴도 험상궂게 생긴 군인들이 먼지 투성이의 기관총을 겨누며 차를 세우라고 명령했다.

“지금부터 신분을 확인한 다음 규칙에 따라 차를 수색하겠다.”

가브리엘은 즉시 여권과 허가증을 들고 초소 안으로 들어갔다. 2분 뒤 그가 밖으로 나왔다. 바리케이드가 올라갔다.

바로 이 순간부터 풍경은 형광색을 띠었다. 나무들과 리아나(열대산의 덩굴식물—옮긴이)들이 아스팔트를 금방이라도 뒤덮어버릴 듯 무성했다. 가브리엘이 설명해주었다.

“이게 바로 중앙아프리카에서 단 하나밖에 없는 아스팔트 도로입니다. 보카사의 궁전이 있었던 베렝고로 이어지죠."

햇볕은 덜 따가워졌고 강한 바람에는 부드럽고 감미로운 향기가 섞여 있었다. 우리는 오직 흑인만이 보여줄 수 있는 우아한 발걸음으로 아스팔트 도로변을 걷고 있는 자존심 강한 여인들과 마주쳤다. 그 여자들을 보는 순간 나는 다시 한번 놀랐다. 그들이 마치 외롭고 나긋나긋하고 하늘하늘한 꽃처럼 풀밭 속을 너무나 자연스럽게 걷고 있었다.

50킬로미터쯤 더 갔을 때 두 번째 바리케이드가 나타났다. 로바에 지방에 들어선 것이다. 바리케이드를 통과할 수 있도록 또다시 가브리엘이 협상을 벌였다.

나는 자동차에서 내렸다. 하늘이 흐려졌다. 거대한 보랏빛 구름들이 하늘을 떠다니고 있었다. 나무에서는 새들이 모여 천둥과 비바람이 몰려오는 게 두려운 듯 시끄럽게 울어대고 있었다. 뭔가 혼잡하고 동요된 분위기가 느껴졌다.

트럭들이 주차되어 있었고 남자들은 임시 카운터를 따라 쭉 늘어서서 팔꿈치를 맞댄 채 술을 마시고 있었다. 여자들은 땅바닥에 갖가지 물건들을 늘어놓고 있었다. 대부분은 커다란 냄비 속에서 서로 뒤엉킨 채 몸을 비비 꼬고 있는 살아 있는 털투성이 송충이를 팔고 있었다. 여자들은 잡아 온 송충이를 앞에 놓고 쭈그리고 앉아서 큰 소리로 외쳤다.

"손님, 송충이의 계절이에요. 생명과 비타민의 계절이랍니다."

느닷없이 천둥이 치고 비바람이 몰아닥쳤다. 가브리엘은 자기처럼 회교를 믿는 사람들의 가게에 들어가서 차나 한 잔 마시자고 제의했다.

우리는 임시로 만들어놓은 베란다 아래에 자리를 잡았다. 나는 소매가 없는 긴 흰색 상의에 특이한 작업모를 쓴 사람들과 함께 처음으로 맛있게 차를 마셨다. 잠시 나는 내리는 비를 바라보고 귀를 기울이면서 감탄했다. 그것은 우정과 매혹과 자비에 대한 관심을 마음속에 불러일으키는 은밀한 만남이었다.

"가브리엘, 엠바이키에 사는 엠디아에라는 사람을 알고 있나요?"

"물론이죠. 여기 군수인 걸요. 한번 찾아가서 인사를 해야 해요. 엠디아에한테 당신 허가증에 서명을 받아야 하거든요."

30분 뒤, 비가 그쳤다. 우리는 다시 출발했다. 오후 4시였다. 가브리엘이 장갑을 넣어두는 통에서 실탄이 가득 든 플라스틱 가방을 꺼냈다. 나는 즉시 실탄 열여섯 발을 탄창에 집어넣은 다음 탄창을 글록 21에 끼워 넣었다. 가브리엘은 아무런 말이 없었다. 그저 나를 곁눈질 해가며 살펴볼 뿐이었다. 정글에서 자동 권총을 가지고 다니는 것은 하등 놀랄 일이 아니었다. 하지만 그처럼 가볍고 부드럽게 작동되는 무기를 보는 건 그로서도 처음이었다.

엠바이키가 나타났다. 그것은 흙과 함석으로 지은 허술한 집들이 야산 중턱 여기저기에 몇 채씩 옹기종기 모여 있는 마을이었다. 맨 꼭대기에 큰 집 한 채가 버티고 서 있었다.

"엠디아에 군수님 댁이에요."

가브리엘이 작은 목소리로 알려주었다. 우리 자동차는 그 집 대문으로 향했다.

우리는 리아나와 엄청나게 큰 나뭇잎들이 서로 꼬여 있어서 무질서해 보이는 정원 안으로 들어갔다. 안으로 들어가자마자 아이들이 어디선가 불쑥 나타났다. 그들은 나무 뒤에서 우리들을 재미있다는 눈길로 유심히 살피고 있었다. 건물은 식민지 시대의 유물인 것 같았다. 함석지붕이 덮여 있는 꽤 큰 그 집은 얼핏 웅장해 보였지만, 실제로는 끊임없이 쏟아지는 비와 뜨거운 태양 때문에 죽어가는 것처럼 보였다. 찢겨진 커튼이 문과 창문을 대신하고 있었다.

엠디아에는 눈이 벌게진 채 문 앞에서 우리를 기다리고 있었다. 의례적인 인사를 나눈 뒤 가브리엘은 '군수님'이라는 칭호를 계속 써가면서 내가 하게 될 탐험 여행에 대해 장황한 설명을 늘어놓았다. 엠디아에는 멍한 눈길로 가브리엘의 말을 듣고 있었다. 키가 작고 어깨가 축 늘어진 그는 땀에 젖은 밀짚모자를 쓰고 있었다. 얼굴은 윤곽이 뚜렷하지 않았고 눈동자는 완전히 풀린 상태였다. 나는 지금 이미 꽤 취한 탐욕스런 아프리카 주정뱅이의 표본을 상대하고 있는 것이었다. 드디어 그가 들어오라고 권했다.

넓은 방은 어둠에 잠겨 있었다. 벽에서는 물이 꼭 도랑 흐르듯 줄줄 흘러내리고 있었다. 엠디아에가 내 허가증에 서명을 하려고 아주 느린 동작으로 서랍에서 만년필을 꺼냈다.

또 다른 문의 커튼을 통해 뒷마당이 보였는데 젖가슴이 길쭉

한 뚱뚱한 흑인 여자가 우글거리는 송충이로 식사 준비를 하고 있었다. 그녀는 끝을 뾰족하게 자른 나뭇가지에 송충이를 꿰어서 숯불 위에 조심스럽게 올려놓았다. 그녀의 아이들은 주위를 빙빙 돌며 뛰어다니고 있었다. 엠디아에는 여전히 서명을 하지 않은 채 미적거리고 있었다. 그가 가브리엘에게 말했다.

"지금 이 계절에는 숲이 위험해."

"그렇습니다, 군수님."

"야수들이 우글거리거든. 길도 안 좋고."

"그렇습니다, 군수님."

"당신들이 이런 상태에서 떠나는 걸 허가해야 할지 어떨지 모르겠군."

"그렇군요, 군수님."

무거운 침묵이 내려앉았다. 가브리엘이 얌전한 초등학생처럼 꼬박꼬박 대답만 하고 있자 드디어 엠디아에가 가장 중요한 말을 했다.

"돈이 좀 필요할 섯 같아. 위급한 상황이 닥칠 경우 내가 당신들을 도울 수 있도록 보증금을 미리 내라는 얘기야."

나는 돈을 건네주면서 말했다.

"엠디아에 씨, 할 말이 있습니다. 중요한 일이에요."

군수가 내 쪽을 바라보았다. 그제야 나를 발견한 듯한 표정이었다.

"중요한 일이라구요?"

그의 시선이 잠시 방안을 떠돌았다. 이윽고 그가 다시 입을 열었다.

"그럼 뭘 좀 마시면서 얘기합시다."

"어디서요?"

"카페에서요. 집 뒤에 있어요."

밖에 나가니 가랑비가 다시 부슬부슬 내리고 있었다. 엠디아에는 우리를 한 싸구려 식당으로 데리고 갔다. 바닥은 단단히 다진 흙으로 되어 있었고 뒤집어놓은 바구니가 식탁으로 쓰이고 있었다. 엠디아에는 맥주를, 가브리엘과 나는 소다수를 한 잔씩 주문했다. 군수가 피곤한 눈길을 내게 던졌다.

"자, 이제 무슨 얘긴지 들어봅시다."

나는 거두절미하고 본론으로 들어갔다.

"막스 뵘이라는 사람 기억합니까?"

"누구요?"

"15년 전에 다이아몬드 광산을 감독하던 백인 말예요."

"모르겠는데."

"냉혹하고 잔인해서 정글에 살면서 노동자들을 공포에 떨게 했던 뚱뚱한 남자 말입니다."

"모르겠소."

나는 식탁을 내리쳤다. 잔이 튀어 올랐다. 가브리엘이 놀라서 나를 쳐다보았다.

"엠디아에, 당신은 젊었었죠. 의대 졸업장을 딴 직후였어요. 막스 뵘의 아들인 필리프 뵘의 부검소견서에 당신이 서명을 했어요. 잊어버릴 수가 없을 텐데요. 그 아이는 팔다리가 떨어져

나갔고 몸뚱이는 온통 상처투성이였으며 심장은 사라져버렸습니다. 저는 이런 모든 사실을 당신이 작성한 소견서를 보고 알았어요. 엠디아에 씨, 난 당신 손으로 서명한 소견서를 지금 갖고 있단 말이오."

의사는 아무 대답도 하지 않았다. 그의 불그스레한 눈이 나를 응시했다. 그는 내게서 눈을 떼지 않은 채 더듬더듬 술잔을 잡아 입으로 가져가더니 천천히 조금씩 마셨다.

나는 상의 주머니 속에 넣어둔 글록의 개머리판을 그에게 보여주었다. 다른 손님들이 도망치듯 술집을 빠져나가는 것이 보였다.

"당신은 고릴라가 저지른 짓이라고 결론지었습니다, 난 당신이 거짓말을 했다는 걸 알고 있어요. 당신은 1977년 8월 28일에 필리프 뷤이 누군가에게 살해됐다는 사실을 알면서도 돈 때문에 모른 척 눈감아준 거요. 대답해봐, 이 돌팔이의사 양반아."

엠디아에는 고개를 돌리더니 열려 있는 문 사이로 펼쳐진 하늘을 유심히 바라보다가 다시 술잔을 입으로 가져갔다. 나는 주머니에서 권총을 꺼내 그 주정뱅이의 얼굴을 후려쳤다. 그가 비틀거리더니 함석을 붙여놓은 벽에 가 부딪혔다. 그가 쓰고 있던 모자가 날아갔다. 유리 조각이 그의 살에 박혔다. 입술이 찢어지면서 새빨간 그의 잇몸이 드러났다. 가브리엘이 나를 만류하려고 했지만 나는 멈추지 않았다. 나는 엠디아에의 멱살을 잡고 총구를 콧구멍 속에 쑤셔 넣었다.

나는 고함쳤다.

“비겁한 인간 같으니라고! 당신은 거짓말로 살인사건을 덮어버린 거야! 당신은 아이를 죽인 살인자들을 비호하고……."

엠디아에가 천천히 팔을 저었다.

“말…… 말하겠소."

그는 가브리엘을 쳐다보더니 느릿느릿 말했다.

“우리끼리 할 얘기가 있네."

가브리엘이 자리를 비켜주었다. 엠디아에가 함석을 붙인 벽에 몸을 기댔다.

“시체를 발견한 게 누구요?"

“여러…… 여러 사람이었죠."

“누구 누구였어요?"

주정뱅이는 미적거리며 금방 대답하지 않았다. 나는 그의 멱살을 더 힘껏 움켜잡았다.

“백인들이…… 그 며칠 전에……."

나는 권총을 여전히 그의 콧구멍 속에 쑤셔 넣은 채 멱살을 좀 느슨하게 풀어주었다.

“탐험대였어요…… 그 사람들은 정글로 다이아몬드 광맥을 찾으러 떠났었죠."

“나도 그건 알아요. PR 154라는 탐험이었지. 내가 알고 싶은 건 그때 함께 간 사람들 이름이오."

“막스 뵘이 끼여 있었소. 아들 필리프 뵘도 있었고. 그리고 또 다른 백인이 한 사람 있었는데 보어인이었소. 그 사람 이름은 몰라요."

"그게 전부요?"

"아닙니다. 보카사의 부하였던 오토 키에퍼도 있었지요."

"오토 키에퍼도 탐험대에 끼여 있었단 말입니까?"

나는 또 하나의 새로운 관계가 존재했었음을 직감했다. 막스 뷤과 오토 키에퍼는 다이아몬드에 얽힌 이해관계뿐만 아니라 그 야만적인 밤의 사건에 의해서도 이어져 있는 것이었다. 엠디아에가 입을 닦았다. 피가 내 남방셔츠 위로 흘러내렸다. 그가 말을 계속했다.

"백인들은 이곳 엠바이키를 지나서 스캐드로 갔죠."

"그러고 나서는?"

"모릅니다. 일주일 뒤에 남아프리카인인 키 큰 백인이 혼자서 돌아왔더군요."

"무슨 설명을 하던가요?"

"아무 설명도 안 했소. 그냥 방기로 돌아가더군요. 그 뒤로는 못 봤습니다. 다시는 못 봤어요."

"그럼 다른 사람들은요?"

"이틀 뒤에 오토 키에퍼가 나타났어요. 병원으로 날 찾아와서는 트럭에 내가 볼 환자가 한 사람 있다고 하는 겁니다. 그래서 가봤더니, 세상에…… 가슴이 절개된 백인 시체가 한 구 있는 겁니다. 창자가 사방으로 튀어나와 있었소. 잠시 후에 난 그게 막스 뷤의 아들이라는 걸 알았죠. 고릴라의 공격을 받았다며 저더러 부검을 하라더군요. 나는 온몸을 부들부들 떨기 시작했어요. 그랬더니 키에퍼가 큰소리로 외쳤어요. '부검을 하란 말야,

빌어먹을! 그리고 명심해. 이런 짓을 한 건 고릴라라는 사실을!'
나는 수술실에서 부검을 시작했소."

"그래서 어떻게 됐어요?"

"한 시간 뒤에 키에퍼가 돌아왔습디다. 나는 겁이 나서 죽을
지경이었어요. 그 사람이 다가오더니 끝났냐고 묻습디다. 난 필
리프 뷤을 죽인 건 고릴라가 아니라고 말했죠. 키에퍼는 닥치라
고 하더니 빳빳한 5백 프랑짜리 지폐 뭉치를 꺼내더군요. 그러
더니 그 돈을 시체의 벌어진 가슴 속에 쑤셔 넣기 시작하는 겁니
다. 난 지폐들이 내장 속에 꽂히던 그 장면을 결코 잊을 수가 없
을 겁니다. 그 체코인이 새 지폐를 계속 쑤셔 넣으면서 말했죠.
'난 자네가 쓸데없는 얘기 하는 걸 원치 않아. 고릴라의 공격을
받아서 죽었다는 것만 확인해주면 되는 거야.' 전 뭐라고 대꾸를
하려고 했습니다만 그 사람은 절개된 가슴 속에 2백만 프랑을
넣어놓고 갔습니다. 전 그 돈을 끄집어내서 깨끗이 씻었어요. 그
러고 나서 요구대로 소견서를 써준 거요."

피가 부글부글 끓어올랐다. 엠디아에는 이제 술이 깼는지 녹
색으로 변한 눈으로 여전히 나를 뚫어져라 응시하고 있었다. 나
는 권총을 다시 그의 얼굴에 겨누고 말했다.

"시체가 어떤 상태였는지 말해요."

"상처투성이였는데…… 상처가 너무 가느다랗더군요. 발톱
자국이 아니었습니다. 메스를 댄 흔적이었죠. 분명해요. 그리고
특히 주목할 점은 심장이 없어졌다는 사실이었어요. 흉곽을 살
펴보는 순간 나는 정맥과 동맥이 절단됐다는 사실을 발견했어

요. 노련한 솜씨였소. 누군가가 그 어린 백인의 심장을 훔쳐간 겁니다."

"계속해요."

나는 떨리는 목소리로 재촉했다.

"나는 시체를 봉합한 다음, 고릴라의 공격을 받아 사망한 것으로 추정된다는 소견서를 작성했죠. 그리고 사건이 종결된 겁니다."

"왜 좀 더 간단한 사인을 꾸며내지 않았죠? 예를 들면 말라리아 같은 병에 걸려서 사망했다고 해도 됐을 텐데."

"그건 불가능한 일이었소. 방기에서 칼 박사가 시체를 검사하러 오기로 돼 있었으니까요."

"그 칼 박사라는 사람은 지금 어디 살아요?"

"죽었어요. 2년 전에 장티푸스에 걸려서 죽었어요."

"필리프 뷤의 이야기는 어떻게 끝이 났습니까?"

"난 몰라요."

"그 수술을 누가 했다고 생각해요?"

"전혀 모르겠습니다. 의사가 한 건 분명한데."

"그 뒤로 막스 뷤을 다시 만났나요?"

"아니오."

"콩고 국경 너머의 정글에 있다는 무료진료소 얘기 들어본 적 있어요?"

"없어요."

엠디아에는 피를 뱉어내고 소매로 입술을 닦았다.

"우린 그곳에 안 가요. 표범이랑 고릴라도 살고 유령도 있어 서…… 그곳은 어둠의 세계죠."

멱살을 잡고 있던 손을 놓았다. 엠디아에가 푹 고꾸라졌다. 사람들이 뛰어나오는 소리가 들렸다. 그들은 술집 창문에 달라붙었다. 들어오는 사람은 아무도 없었다. 가브리엘이 조그맣게 말했다.

"병원에 데려가야 해요, 앙티오슈 씨. 의사한테 보여야 한다구요."

엠디아에가 한쪽 팔꿈치를 바닥에 대고 간신히 몸을 일으켰다.

그가 히죽히죽 웃으며 말했다.

"의사는 무슨 의사야. 내가 의산데."

나는 경멸이 가득 담긴 눈으로 그를 바라보았다. 그가 다시 빨간 피를 토해냈다. 나는 그 비참한 광경을 물끄러미 바라보고만 있는 흑인들에게 소리쳤다.

"데려가서 치료해줘요, 제기랄!"

우리는 울퉁불퉁한 진창길을 여러 시간 달렸다. 먼지가 섞인 마른 비가 자동차 앞 유리창을 후려쳤다. 결국 가브리엘이 물었다.

"그 백인에 관한 사건을 어떻게 알게 됐습니까?"

"그건 오래된 얘기요, 가브리엘. 더 이상 거론하지 맙시다. 당신이 어떻게 생각하든 난 피그미족에 관한 탐방 기사를 쓰려고 여기 온 겁니다. 그게 내 유일한 목적이오."

오두막이 양쪽에 늘어져 있는 넓은 길이 눈앞에 펼쳐졌다. 스캐드 마을이 나타난 것이다. 멀리 오른편으로는 제재소 건물들이 서 있었다. 가브리엘이 속도를 늦췄다. 우리는 먼지를 잔뜩 뒤집어쓴 수많은 인파를 헤치고 앞으로 나아갔다. 사람들의 몸이 우리가 탄 자동차에 부딪힐 때마다 낙엽을 밟을 때처럼 사각사각 소리가 나곤 했다.

마을 맨 끝에 콘크리트 건물들이 서 있었다. 가브리엘이 설명해주었다.

"저게 바로 파스칼 수녀의 옛날 진료소입니다. 오늘 밤은 여기서 자고 내일 아침에 정글로 들어가시면 될 겁니다."

꼭 무슨 요새처럼 생긴 그 작은 건물 안에는 편안히 밤을 보낼 수 있도록 모기장을 높이 쳐놓은 야전 침대들이 놓여 있었다. 건물 뒤쪽으로는 붉은 비포장도로가 계속 이어져 있었고, 길 양쪽에는 깊은 숲이 마치 돌로 쌓은 벽처럼 높이 솟아 있었다. 내 눈에 보이는 건 오직 그 심연 속에서 방향을 잃어가고 있는 길뿐이었다.

가브리엘과 다른 몇 사람이 장비를 차에서 내렸다. 나는 보나페가 준 그 지역 지도를 살펴보았다. 하지만 아무 소용없었다. 내가 가려는 방향으로는 아예 길이라는 것이 존재하지 않았다. 스캐드는 남쪽으로 최소한 5백 킬로미터까지는 계속될 밀림이 시작되기 직전에 표시된 유일한 지점이었다.

문득 이상한 예감이 들어 눈을 들었다. 낯선 사람들이 우리를 둘러싸고 있었다. 그들의 키는 1미터 50센티미터를 채 넘지 않았고 때 긴 티셔츠와 찢어진 남방셔츠를 입고 있었다. 연한 캐러멜 색깔의 피부를 가진 그들이 우리를 보며 부드럽게 웃었다. 가브리엘이 즉시 그들에게 담배를 권했다. 그들의 입에서 히죽거리는 웃음이 터져 나왔다. 가브리엘이 설명해주었다.

"이 사람들이 피그미족입니다. 이 근처에 주미아라는 오두막 마을이 있는데 거기서 살고 있답니다."

여자 네 명이 나타났다. 그녀들은 젖가슴을 드러낸 채 걸어 다녔는데, 배는 포동포동했고 허리에는 나뭇잎이나 옷감으로 만든 띠를 두르고 있었다. 여인들은 아이를 어깨에 둘러멘 채 남자들보다 더 큰 소리로 웃었다. 그리고 담배를 받아서 열심히 피웠다.

여자들은 모두 머리가 무척 짧았고, 거기에 세련된 장신구들을 꽂고 있었다. 목에 톱니 모양의 문신을 새긴 여자도 있었고, 이마에 두 줄을 긋거나 눈썹에 여기저기 점을 찍어놓은 여자도 보였다. 여자들의 몸에는 곡선이라든가 덩굴들이 뻗어나가는 무늬, 혹은 작고 단순한 모양의 부풀어 오른 흉터가 남아 있었다. 그 여자들 모두가 이빨을 뾰족하게 잘라낸 것을 본 순간 소름이 끼쳤다.

가브리엘이 나를 조코까지 안내하게 될 사촌 베케스를 소개했다. 키가 크고 비쩍 마른 흑인이었는데, 위아래 모두 아디다스 운동복을 입고 있었다. 그는 소개를 받을 때도 선글라스를 벗지 않았다. 상대방의 마음이 어쩔 수 없이 누그러질 만큼 무척이나 침착해 보이는 사람이었다. 그는 활짝 웃으면서 다른 말은 않고 그 이튿날 아침 7시에 같은 장소에서 만나자는 약속만 했다.

가브리엘은 사촌을 따라 갔다. 스캐드에서 가족끼리 저녁식사를 하고 싶었던 것이다. 나는 가브리엘에게 여드레 뒤에 무료진료소로 다시 와달라고 부탁했다. 그는 알았다는 뜻으로 고개를 끄덕이면서 눈을 찡긋하더니 행운을 빈다고 말했다. 자동차가 멀어져가는 소리를 듣는 순간 가슴이 휑하니 뚫리는 듯한 기분이 들었다.

　이윽고 어둠이 내리기 시작했다. 여자 한 사람이 저녁식사를 준비했다. 나는 내 몫의 카사바(똥 냄새가 나는 일종의 회색 아교 같은 것이었다.)를 마신 다음 침낭 안에 누워서 눈을 크게 뜬 채 잠이 오기를 기다렸다.

　이제 몇 시간 후면 깊은 정글을 발견하게 되리라. 숲의 바다를. 고백하건데, 모험에 뛰어든 뒤 처음으로 어떤 두려움이 느껴졌다. 그것은 내게 환영인사라도 하듯 정글 깊숙한 곳에서 이빨을 갈아대는 낯선 동물들의 울음만큼이나 집요한 두려움이었다.

다음 날 7시에 베케스가 나타났다. 우리는 함께 차를 마셨다. 그는 단어가 생각이 안 날 때마다 침묵을 지키거나 "좋습니다." 라는 감탄사를 넣어가면서 서투르기 짝이 없는 프랑스어로 얘기를 했다.

하지만 남부의 정글에 관해서는 모르는 게 없었다. 그의 말에 따르면 우리 앞에 보이는 비포장도로는 제재소의 불도저들이 닦아 놓은 것인데, 길이가 겨우 1킬로미터밖에 되지 않는다는 것이었다. 그 다음부터는 좁은 길을 이용해야 하는 모양이었다. 그 길을 꼬박 사흘은 걸어야 조코에 도착할 수 있으리라는 게 그의 얘기였다. 나는 그런 식의 강행군이 뭘 의미하는지 알지도 못하면서 알았다고 고개를 끄덕였다.

함께 갈 사람들이 대기하고 있었다. 우리 짐을 들고 갈 다섯 명의 피그미족을 베케스가 고용했던 것이다. 담배를 뻐끔뻐끔

피우면서 웃음 짓고 있는 누더기 차림의 그 다섯 난쟁이들은 우리를 지옥까지라도 따라올 각오가 되어 있는 듯 보였다. 보는 사람의 마음이 괜히 싱숭생숭해질 정도로 아름다운 티나라는 이름의 젊은 요리사도 고용됐다. 실을 꼬아서 만든 아프리카인의 전통적인 긴 옷을 입은 그녀는 엉덩이를 흔들면서 걸어왔는데, 주방기구와 개인 소지품이 든 엄청나게 큰 냄비를 머리 위에 이고 있었다. 그 처녀는 계속해서 웃었다. 이번 탐험 여행에 동참하게 돼서 무척 기쁜 모양이었다.

나는 담배를 나눠준 다음 여행경로를 대충 설명해주었다. 베케스가 나의 말을 상고어로 통역했다. 나는 조코까지의 여행에 대해서만 말을 하고 그 이후의 계획에 관해서는 전혀 언급하지 않았다. 피그미족의 마을에서 남동쪽으로 수 킬로미터 떨어져 있는 오토 키에퍼의 광산까지는 혼자 갈 생각이었다.

베케스의 말에 따르면 정글에서는 동물들 각자가 고유한 영토를 차지하고 있다는 것이었다. 나무가 쓰러지면서 생긴 빈터는 멧돼지의 은신처였다. 덩굴식물들이 틈 하나 없을 정도로 얽혀 있는 큰 나무 밑의 수풀에서는 영양이 살고 있었다. 새들은 탁 트인 빈터에 둥지를 틀고 비가 내리는데도 아랑곳하지 않고 매일같이 노래를 불렀다.

무언가를 긁는 듯한 소리, 혹은 휘파람을 부는 듯 휙휙 하는 소리가 유난히 크게 들려왔다. 나는 베케스에게 물었다.

"저건 무슨 소립니까?"

그는 잠시 생각한 다음 대답했다.

"개미들이 내는 소립니다."

"개미가요?"

"저 개미는 날개와 부리가 있고 물위를 기어 다니죠."

베케스는 열대림을 꿰뚫어볼 수 있는 특별한 눈을 가지고 있었다. 피그미족이 다 그렇듯이 그 역시 정글에는 눈에 안 보이고 강력한 힘을 가진 유령들이 살고 있어서 야생동물과 비밀스런 관계를 맺고 있다는 생각을 갖고 있었다. 그렇기 때문에 중앙아프리카인이 동물에 대해 이야기하는 태도는 유럽인의 그것과는 달랐다.

그들 생각으로는 동물은 인간보다 더 우월하거나 최소한 동등하기 때문에 두려워하고 존경해야 마땅한 존재였다. 그래서 베케스는 고릴라 얘기를 할 때마다 고릴라가 화를 낼까봐 목소리를 낮췄다. 표범이 밤중에 한 번 쳐다보기만 해도 램프의 유리가 깨진다는 얘기도 했다.

첫날부터 소나기가 내리기 시작했다. 쉴 새 없이 쏟아지는 굵은 빗방울은 나무들이라든가 새 울음과 다를 바 없는 이번 여행의 한 가지 요소가 되었다. 주룩주룩 쏟아지는 소낙비는 더위를 식혀주지 못했다. 그저 우리의 발걸음을 더디게 만들었을 뿐이었다. 우리가 한 걸음씩 발을 옮길 때마다 땅은 수레바퀴 자국만큼이나 깊이 파였다. 하지만 하늘이 아무리 노여워해도 우리는 끄떡없다는 듯 모두들 계속해서 걷고 또 걸었다.

그 폭우 속에서 엠바카족 사냥꾼들을 만났다. 그들은 황토색 털을 가진 영양이나 갓난애처럼 웅크리고 있는 원숭이, 껍질에 금이 가 있는 은빛 개미 등 사냥감이 가득 들어 있는 폭이 좁은 바구니를 등에 짊어지고 있었다. 그 키 큰 흑인들은 우리의 담배를 받아들고는 웃음을 지어 보였지만 얼굴에는 불안한 기색이 역력했다. 그들은 밤이 되기 전에 북쪽의 정글 기슭까지 올라가려 애를 쓰고 있었다. 피그미족은 유령과 암흑을 두려워하지 않았다. 우리 일행은 겁도 없이 지금 남쪽으로 내려가고 있는 것이었다.

매일 밤 우리는 비를 피해 야영을 했다. 6시만 되었다 하면 순식간에 날이 어두워지면서 개똥벌레들이 불을 켜고 나무 사이를 부지런히 날아다녔다. 우리는 텐트를 치고 나서 곧바로 불 가까이에 둘러앉아 굶주린 짐승처럼 소리를 내며 식사를 했다.

식사가 끝나면 나는 텐트 속으로 들어가 빗방울이 후두둑 텐트 지붕 위로 떨어지는 소리에 귀를 기울였다. 그러면서 몸을 돌려 정적을 마주하며 내 모험의 비극적인 흐름에 관해 곰곰이 생각해보곤 했다. 황새와 내가 지나온 나라들, 그리고 내가 가는 곳마다 밀물처럼 밀어닥쳤던 폭력을 떠올렸다.

이렇게 피의 강을 거슬러 올라가다보면 그 수원을 막스 뵘이 자기 아들의 심장을 훔쳤던 바로 그곳, 뵘과 키에퍼와 반 되텐, 이 세 사람이 다이아몬드와 황새가 관련된 악마의 조약을 맺었던 바로 그곳을 곧 찾아낼 수 있을 것 같았다. 사라 생각도 했다. 후회도 슬픔도 느껴지지 않았다. 다른 상황에서라면 우리는 생을 함께할 수도 있었으리라.

솔직히 말하자면 나는 요리사인 티나 생각도 했다. 길을 걷다가 나는 그녀에게 슬쩍슬쩍 눈길을 던지지 않을 수가 없었다.

그녀의 옆모습은 꼭 여왕처럼 우아했다. 목은 완만한 곡선을 이루며 짧고 넉넉한 턱으로 이어져 있었고, 입술은 도톰한 것이 관능적이며 사랑스러워 보였다. 눈은 약간 튀어나온 이마 아래서 보석처럼 반짝반짝 빛났다. 머리는 짧게 잘라서 틀어 올렸는데, 황소의 뿔을 연상시켰다. 그녀를 흘낏흘낏 쳐다보다가 여러 차례 눈이 마주쳤다. 그럴 때마다 그녀는 웃음을 터뜨렸고 입이 수정으로 만든 꽃송이처럼 벌어지면서 이렇게 속삭였다.

"두려워하지 말아요, 루이."

"난 두렵지 않아."

나는 단호한 어조로 대답을 하고는 울퉁불퉁한 길에 정신을 집중시켰다.

사흘을 꼬박 걸었는데도 피그미족의 마을은 나타날 기미조차 보이지 않았다. 하늘은 이미 하나의 어렴풋한 기억이 되어버렸고 피로는 우리의 근육을 점점 팽팽하게 잡아당기기 시작했다. 땅속 깊은 곳으로 스며들어가 식물들의 살 속에 영영 파묻혀버리고 싶다는 욕망이 그 어느 때보다도 더 절실하게 치밀어 올랐다.

하지만 드디어 길을 가던 우리 앞에 불타고 있는 나무 한 그루가 나타났다. 식물의 바다 한가운데 떠 있는 빨간 불꽃 한 점. 인간이 근처에 살고 있음을 알려주는 징후를 길을 떠난 이후 처음으로 발견한 것이다. 그곳에 사는 사람들은 거대한 나무줄기가 소낙비를 맞아 쓰러지기 전에 아예 태워 없애버린다는 것이었다.

지겨울 정도로 쏟아지는 빗속에서 몸을 돌린 베케스가 입가에
미소를 띠며 말했다.
"자, 이제 다 왔습니다."

　조코 마을은 넓고 둥근 빈터 한가운데에 세워져 있었다. 나뭇 잎과 붉은 흙을 섞어 지은 오두막들이 나무 한 그루, 풀 한 포기 없이 텅 빈 광장을 둘러싸고 있었다. 바닥과 벽, 둥근 지붕은 정 글의 색(초록과 빨강)이 아니라 진한 황토색을 띠고 있었다. 조 코 마을은 식물들이 한 치의 틈도 없이 서로 얽혀 있는 정글이 거대한 칼에 살려나가서 생긴 하니의 틈처럼 보였다.

　마을은 몹시 분주하게 움직이고 있었다. 여자들은 열매라든가 씨앗, 덩이줄기 등을 따거나 캐서 무거운 채롱 속에 가득 담아 가지고 정글에서 돌아왔다. 남자들은 원숭이와 영양을 어깨에 둘러메고 다른 길을 통해 돌아왔다.

　푸르스름한 연기가 오두막 주위를 돌아다니다가 한데 엉키더 니 마을 한가운데에서 소용돌이치며 올라갔다. 자욱한 연기 너 머를 잘 살펴보았더니 가정마다 자기 오두막 앞에서 매캐한 연기를 피워 집안으로 들여보내고 있는 것이었다. 베케스가 내 귀에 대고 속삭였다.

"피그미족이 곤충을 쫓아내기 위해 쓰는 방법이죠."

키가 큰 흑인 한 사람이 우리를 마중 나왔다. 조코에 사는 피그미족의 교사이며 '주인'인 알퐁스였다. 그는 근처에 조금 더 좁은 빈터가 있는데 그곳에 가면 비를 피할 수 있는 약 10미터 길이의 차양이 쳐져 있으니 어두워지기 전에 짐을 풀어야 한다고 강력히 주장했다. 그의 가족은 이미 그곳에서 야영을 하고 있었다.

내가 근처에 텐트를 치는 동안 일행은 종려나무 잎으로 매트를 만들었다. 이틀 만에 처음으로 우리는 마른 땅에서 잠을 잘 수 있게 됐다.

알퐁스가 피그미족 마을을 가리키면서 저게 다 자기 땅이라고 말했다.

내가 물었다.

"그런데 파스칼 수녀는 어디서 삽니까?"

알퐁스가 눈썹을 치켜세웠다.

"무료진료소를 말씀하시는 겁니까? 마을 반대편에 있습니다. 오늘 밤에는 안 가시는 게 좋을 것 같네요. 수녀님께서 지금 심사가 불편하시거든요."

"심사가 불편하시다구요?"

알퐁스는 돌아서면서 이렇게 한마디 했다.

"도대체 맘에 드는 게 없는 양반이니까요."

짐꾼들이 불을 피웠다. 나는 그쪽으로 가서 팔걸이도 등받이도 없는 아주 작은 걸상에 앉았다. 불꽃이 탁탁 튀었다. 물에 젖은 진한 풀 냄새가 풍겼다. 화염에 휩싸인 풀들은 꼭 마지못해 불에 타는 것처럼 보였다.

별안간 어둠이 내리더니 공기가 다소 습해지고 차가워졌다. 새들이 지저귀는 밤이 시작되었다. 나는 내 존재의 밑바닥에서 무엇인가가 나를 부르는 것을, 숨결을 불어넣는 것을 느꼈다. 눈을 드는 순간 나는 그 새로운 느낌이 어디서 비롯된 것인지를 깨달았다. 우리 머리 위로 별이 총총한 맑은 하늘이 열린 것이었다. 다시 하늘을 본 것은 꼭 나흘 만이었다.

바로 그때 북이 울리기 시작했다.

내 입에서 미소가 절로 흘러나왔다. 너무나 비현실적인 그러면서도 충분히 예측할 수 있는 일이었던 것이다. 정글의 가장 깊숙한 곳에서 우리는 세계의 심장이 뛰는 소리를 듣게 됐다. 베케스가 몸을 일으키더니 투덜거리듯 말했다.

"옆 동네에서 축제가 벌어졌군요. 앙티오슈 씨, 가봐야죠."

티나가 깔깔거리고 웃더니 어깨를 흔들며 그의 뒤를 따라갔다. 잠시 후 우리는 광장 주변에 도착했다.

어슴푸레한 어둠 속에서 피그미족 아이들이 사방으로 뛰어다니는 모습이 보였다. 흙으로 지은 오두막 앞에는 라피아 야자수에서 뽑은 섬유로 치마를 만들어 허리에 두른 어린 소녀들이 서 있었다. 투창을 든 소년들이 춤사위를 몇 번 취해보다가 웃음을 터뜨리며 동작을 멈추었다.

여자들이 허리에 나뭇잎과 나뭇가지를 두르고 근처의 작은 숲에서 걸어 나왔다. 남자들은 베케스가 나눠준 담배를 피우면서 재미있어 하는 표정으로 그런 활기찬 모습을 바라보았다. 그리고 북은 이제 곧 닥쳐올 열기를 돋우려는 듯 여전히 우렁차게 울리고 있었다.

알퐁스가 바람막이 유리등을 손에 들고 달려왔다. 그가 내 귀에 대고 속삭였다.

"피그미족이 춤추는 모습을 보고 싶으신가요? 절 따라오세요."

나는 그를 따라갔다. 그가 등을 광장 한가운데에 내려놓았다. 그러자 그 작은 유령들의 몸이 뚜렷이 나타났다. 그들이 추는 춤이 어둠을 갈라놓았다.

피그미족은 두 개의 반원으로 분명하게 나뉜 채 춤을 추었다. 한쪽에서는 남자들이, 또 한쪽에서는 여자들이 모여 춤을 추는 것이었다. 그렇게 윤무를 추던 그들이 나지막한 목소리로 단조로운 가락의 노래를 읊조리기 시작했다.

"아리아 마마 아리아 마마……."

처음에는 여자들이 춤을 추는 모습이 불빛에 드러났다. 둥근 배, 나긋나긋한 다리, 곧 이어서 남자들이 나타났다. 그들의 갈색 몸은 등불을 받아 처음에는 빨간색으로, 이어서 금갈색으로, 그리고 다시 잿빛으로 바뀌었다.

망치질을 하듯 북을 두드려대는 소리가 점점 더 커졌다. 한 남자가 담배를 입에 문 채 버티고 서서 북을 연주하고 있었다. 그는 마치 독수리처럼 목을 꼿꼿이 세운 채 전신의 근육을 이용해서 북을 쳤다. 나는 온몸이 떨리는 것을 간신히 억눌렀다. 새하얀 그의 두 눈이 어둠 속에서 빛나고 있었던 것이다. 알퐁스가 웃음을 터뜨렸다.

"눈이 멀었어요. 하지만 눈만 못 볼 뿐이지 연주 하나는 최고죠."

이윽고 다른 연주자들이 그와 합류했다. 리듬이 차츰차츰 더 강렬해지더니 드디어 현기증이 일 만큼 매혹적인 대지의 찬가가 만들어졌다. '아리아 마마…… 아리아 마마…….'라는 배경음 위에서 다른 목소리들이 튀어 오르고 서로 뒤섞이고 얽혔다. 별이 총총한 하늘 아래를 날아다니는 반딧불처럼 마술이 펼쳐졌다.

여자들이 다시 등불 앞을 지나갔다. 일렬로 줄을 서서 앞사람의 허리를 붙잡고 박자에 맞추어 앞으로 걸어 나가면서 춤을 추는 것이었다. 메아리가 그들을 자극하는 외침의 연장이듯 그녀들의 육체는 진동하는 북소리의 일부분이나 다름없었다. 그녀들은 순수한 울림, 살의 진동 그 자체였다. 다시 남자들이 나타났다. 그들은 웅크리고 앉아 손으로 땅을 짚은 채 몸을 좌우로 움직이면서 짐승이 되기도 하고 망자가 되기도 했으며 정령이 되기도 했다.

"도대체 뭘 축하하느라고 저러는 겁니까?"

나는 북소리 때문에 목청을 한껏 높여 이렇게 물었다. 알퐁스가 나를 흘낏 바라보았다. 그의 얼굴에 그늘이 드리워졌다.

"뭘 축하하느냐고요? 그게 아니고 뭘 애도하느냐는 말씀이겠죠? 남쪽에 사는 어떤 가족이 어린 딸을 잃었거든요. 그 가족들이 조코에 사는 자기 형제들과 함께 춤을 추는 겁니다. 그게 관습이죠."

"왜 죽었는데요?"

알퐁스가 내 귀에 대고 소리를 지르면서 머리를 흔들었다.

"끔찍하죠, 나리. 정말 끔찍해요. 고모운은 고릴라의 공격을 받았어요."

"어떻게 해서 그런 사고를 당한 겁니까?"

"아무것도 몰라요. 그 아이를 발견한 건 마을의 연장자인 버마였죠. 고모운이 그날 밤에 집에 돌아오질 않았어요. 그래서 피그미족이 찾아 나섰던 겁니다. 그들은 정글이 복수를 한 게 아닐까 두려워하고 있어요."

"복수를 해요?"

"고모운은 전통을 지키지 않았어요. 결혼을 거부했던 겁니다. 그리고 조코의 파스칼 수녀 곁에서 계속 공부를 하려고 했죠. 귀신들은 우롱당하는 걸 원치 않아요. 그래서 고릴라가 그 아이를 공격했던 겁니다. 다들 정글이 복수를 했다고 생각하고 있습니다."

"고모운은 몇 살이었나요?"

"열다섯 살쯤 됐나?"

"어디서 살았습니까?"

"남동쪽 마을에서요. 키에퍼의 광산 근처죠."

북소리가 내 머릿속을 파고 들어와 쾅 하고 울렸다. 맹인은 우유처럼 새하얀 두 눈으로 어둠 속을 노려보며 미친 듯 북을 두드려대고 있었다.

나는 소리쳤다.

"그 이상은 몰라요? 더 자세한 건 모릅니까?"

알퐁스가 얼굴을 찡그렸다. 그가 손을 내저으며 이제 그만 얘기하자는 표정을 지었다.

"됐습니다. 이건 상서롭지 못한 얘기예요. 너무나 불길한 얘기란 말입니다."

그가 일어나려고 했다. 나는 그의 팔을 붙잡았다. 내 얼굴에서 땀방울이 뚝뚝 흘러내렸다.

"잘 생각해보세요. 알퐁스 씨."

그가 목소리를 높였다.

"도대체 뭘 원하는 겁니까? 고릴라가 다시 나타나기를? 그놈은 고모운의 두 팔과 두 다리를 찢어버렸어요. 그놈은 지나가는 길에 있는 모든 것들을 닥치는 대로 다 휩쓸고 가버렸어요. 나무든, 덩굴이든, 흙이든 전부 다 말입니다. 그놈이 당신 말을 듣길 원하는 겁니까? 그놈이 우리까지 짓이겨 죽였으면 좋겠어요?"

그가 벌떡 일어나더니 석유등을 가져가버렸다.

피그미족은 여전히 춤을 추면서 이제는 거대한 송충이 흉내를 내고 있었다. 맹인이 치는 북소리는 점점 더 빨라졌다. 그리고 내 심장 역시. 일련의 살인사건에서 희생당한 사람들의 이름과 날짜가 내 머릿속에 각인돼 있었다.

1977년 8월: 필리프 뷤

1991년 4월: 라즈코 니콜리치

1991년 9월: 고모운

이 소녀의 심장도 분명히 없어졌을 것이다. 한 가지 사실이 마음에 걸렸다. 알퐁스는 고릴라가 지나가는 길에 있는 모든 것들을 닥치는 대로 다 휩쓸고 가버렸다고 했다. 슬리벤의 숲 속에서 니콜리치의 시신을 처음 발견했던 집시도 그렇게 말하지 않았던가.

"그 전날 밤에 성스런 폭풍이 불었던 게 분명해요. 나무들이 모두 다 쓰러져 있고 나뭇잎은 갈기갈기 찢겨 있었으니까요."

왜 좀 더 일찍 깨닫지 못했을까? 놈들은 헬리콥터를 이용해서 심장을 훔쳐간 것이었다!

5시가 되자 날이 밝았다. 숲 속에서는 새들이 조용히 지저귀고 있었다. 나는 밤새 한숨도 못 잤다. 피그미족의 굿판은 새벽 2시쯤에 막을 내렸다.

나는 어둠 속에서 희미하게 빛을 내면서 마지막으로 타들어가는 숯불을 침묵 속에서 바라보며 종려나무 잎으로 엮은 차양 밑에 앉아 있었다. 이제는 두려움이 없어졌다. 그저 나를 금방이라도 쓰러뜨릴 것 같은 피로와 안도감에 가까운 평온뿐이었다.

또다시 비가 내리기 시작했다. 처음에는 이따금 한 방울씩 떨어지던 빗방울이 점점 더 굵어지면서 장대비로 변했다. 나는 일어나서 조코 마을을 향해 걸어갔다.

오두막 앞에는 벌써 불이 피워져 있었다. 아마도 그날 사냥을 하는 데 쓸 모양인지 긴 그물을 고치고 있는 여자들의 모습이 몇 명 눈에 띄었다. 광장을 가로질러간 나는 오두막 뒤쪽에서 하얀 십자가가 우뚝 솟아 있는 넓은 시멘트 건물을 발견했다. 건물 주위에는 정원과 밭이 펼쳐져 있었다. 열려 있는 문 쪽으로 걸음을 옮겼다. 키가 큰 흑인 한 사람이 적대적인 표정을 지으며 내 앞을 가로막고 나섰다. 내가 물었다.

"파스칼 수녀님, 일어나셨나요?"

그 남자가 미처 대답을 하기 전에 안쪽에서 목소리가 들려왔다.

"들어오세요. 겁내지 말고."

말대꾸를 용납하지 않는 위엄 있는 목소리였다. 나는 안으로 들어갔다.

파스칼 수녀는 베일을 쓰고 있지 않았다. 검은색 스웨터에 치마를 받쳐 입었을 뿐이다. 짧게 자른 회색머리는 윤기 없이 꺼칠꺼칠해 보였다. 비록 주름투성이였지만 얼굴은 바위와 강의 그 초(超)시간성을 여전히 간직하고 있었다. 차가운 푸른 눈은 세월의 진흙탕 속에서 불쑥 솟아오른 쇳조각의 광택을 발하고 있었다. 수녀는 어깨가 넓었고 손도 무척 컸다. 나는 그녀가 정글의 위험과 치명적인 질병들, 그리고 잔인한 사냥꾼들과 맞설 수 있는 여인이라는 것을 한눈에 알 수 있었다.

"무슨 일로 오셨죠?"

내게는 눈길조차 주지 않은 채 수녀가 물었다. 그녀는 의자에 앉아 커피잔 위에 빵을 올려놓고서 끈기 있게 버터를 바르고 있었다.

방은 텅 비어 있는 거나 마찬가지였다. 세면대와 냉장고만 안쪽 벽에 붙어 있을 뿐이었다. 벽에 매달아놓은 목제 십자고상이 고통스러운 시선으로 내려다보고 있었다.

"전 루이 앙티오슈라고 합니다. 프랑스인이죠. 몇 가지 의문에 대한 해답을 얻으려고 이렇게 수천 킬로미터를 달려왔습니다. 수녀님께선 절 도와주실 수 있을 것으로 믿습니다."

파스칼 수녀는 여전히 빵에 버터를 바르고 있었다. 그것은 보관을 썩 잘한 편이 아니어서 습기를 머금고 물렁물렁해진 빵이었다. 나는 정글 한가운데 마치 뜻하지 않은 보석처럼 나타난 빵의 그 눈부시게 하얀 색깔을 바라보았다. 내가 그렇게 쳐다보고 있는 것을 수녀가 눈치 챈 모양이었다.

"미안해요. 제가 마땅히 해야 할 의무를 게을리 했군요. 자, 앉으세요. 변변치는 않지만 식사라도 같이 합시다."

나는 의자에 앉았다. 수녀는 무관심 말고는 아무런 감정도 느껴지지 않는 눈으로 나를 홀낏 한 번 쳐다보았을 뿐이었다.

"무슨 질문이죠?"

"어린 고모윤이 어떻게 해서 죽었는지 알고 싶습니다."

수녀는 그런 질문을 받고도 놀라는 기색이 아니었다. 그녀는 몹시 뜨거워 보이는 커피포트를 손으로 잡으면서 대꾸했다.

"커피 마시겠어요? 아니면 차?"

"차 한 잔 마시겠습니다."

수녀는 어둠 속에 서 있는 하인을 상고어로 부르더니 손짓했다. 잠시 후, 나는 다르질링 홍차의 자극적인 향기를 들이마실 수가 있었다. 파스칼 수녀가 입을 열었다.

"당신은 피그미족에 관심이 있나보군요."

"아닙니다."

나는 뜨거운 차를 입으로 후후 불면서 대답했다.

"전 참혹하게 죽은 사람들에게 관심이 있습니다."

"왜지요?"

"여러 희생자들이 이 정글과 또 다른 곳에서 똑같은 방법으로 살해됐기 때문입니다."

"당신은 야생동물들을 조사하고 있나요?"

"그렇다고도 할 수 있습니다. 어떻게 보면요."

빗방울이 지붕 위에 후두둑 떨어지는 소리가 들려왔다. 파스칼 수녀가 빵을 커피에 담갔다. 커피가 스며들자 빵이 흐물흐물해졌다. 수녀가 그냥 놔두면 떨어질 것 같은 빵의 끝부분을 깨물었다. 그녀는 내 말을 듣고도 전혀 놀라는 기색이 아니었다. 하지만 그녀의 말 한 마디에는 어떤 기묘한 빈정거림이 깃들여 있었다. 나는 그런 식의 말장난에 종지부를 찍으려고 애썼다.

"수녀님, 우리, 말을 이리저리 돌리지 않기로 합시다. 전 고릴라 얘기 따위는 한 마디도 믿지 않습니다. 전 정글에 대해서는 아는 게 아무것도 없지만 이 지역에 고릴라가 거의 살고 있지 않다는 사실 정도는 알고 있습니다. 고모운의 죽음은 제가 지금 조사하고 있는 일련의 특별한 범죄와 관련돼 있다고 생각합니다."

"이봐요, 젊은이. 난 당신이 지금 무슨 얘기를 하는지 알아들을 수가 없군요. 우선 당신이 누구이고 왜 여기 왔는지, 그거부터 얘기해봐요. 여긴 방기에서 1백50킬로미터 이상 떨어져 있는 곳이에요. 당신은 이 보잘 것 없는 정글 마을에 오려고 사흘 동안 꼬박 걸었을 겁니다. 내가 짐작하기에 당신은 프랑스 군인도 광산 기술자도 아닐뿐더러 혼자서 광맥을 찾아다니는 사람은 더 더구나 아닌 것 같군요. 내가 끼어들어도 괜찮다고 생각하거든 설명을 해봐요."

나는 내가 뭘 조사하는지에 대해 간단히 설명했다. 황새들과 내가 여기까지 오는 도중에 일어난 사고들에 대해서, 그리고 야생 곰에 의해 온몸이 찢겨진 니콜리치에 관해서도 말했다. 고릴라가 필리프 뵘을 공격해서 죽였다는 것도 언급했다. 나는 그러한 사건들의 상황을 고모운의 그것과 비교해가면서 묘사했다. 하지만 심장이 없어졌다는 얘기는 하지 않았다. 다이아몬드 밀수 조직에 관해서도 언급하지 않았다. 앞서 말한 사건들이 여러 가지 점에서 일치한다는 사실을 수녀가 주목해주기만을 바랐던 것이다.

내 말을 다 듣고 난 수녀가 믿기지 않는다는 눈으로 나를 뚫어지게 쳐다보았다. 빗방울은 계속해서 함석지붕을 두들겨댔다.

"당신, 지금 말도 안 되는 소리를 하고 있는 것 같긴 한데 어쨌든 들어나 봅시다. 질문이라는 게 뭐죠?"

"고모운이 사망할 당시의 정황에 대해서 뭘 알고 계시죠? 시신을 보셨나요?"

"못 봤어요. 여기서 수 킬로미터 떨어진 곳에 묻혔거든요. 고모운은 남쪽 멀리까지 떠돌아다니는 유목민 집안 출신이죠."

"시신이 어떤 상태였다는 얘긴 못 들으셨습니까?"

“정말 그 얘길 해야 하나요?”

“꼭 해주셔야 합니다.”

“고모운의 한쪽 팔과 한쪽 다리는 떨어져나가 있었대요. 윗몸은 찢어지고 갈라진 상처투성이였답니다. 가슴이 열려 있었고, 흉곽은 갈기갈기 찢겨 있었다는군요. 야생동물들이 내장을 먹기 시작하고 있었구요.”

“어떤 야생동물 말입니까?”

“멧돼지 같은 야수겠죠, 뭐. 피그미족들 말에 의하면 목과 가슴, 양쪽 팔에 발톱 자국이 나 있었다더군요. 어떻게 알겠어요? 피그미족은 그 불쌍한 어린 것을 자기네 집안에 묻고 전통에 따라 그곳을 영원히 떠났어요.”

“시신의 다른 부위가 훼손된 흔적은 없었습니까?”

파스칼 수녀는 여전히 커피가 담긴 사발을 들고 있었다. 그녀는 망설이다가 사기로 된 사발을 내려놓았다. 나는 그녀의 두 손이 가볍게 떨리는 것을 보았다. 그녀가 목소리를 낮췄다.

“있었어요……..”

수녀가 또다시 망설였다.

“그 아이의 성기가 완전히 열려 있었대요.”

“강간당했다는 얘긴가요?”

“아녜요. 상처가 생겼다는 얘기예요. 끝부분을 발톱으로 벌려 넣은 것 같았다는군요. 음순도 조금 찢겨 있었고……..”

“몸 안은 멀쩡했다던가요? 어떤 특정한 인체 기관이 없어지지는 않았는지 묻는 겁니다.”

"몇 가지 기관이 절반쯤 먹혔다고 내가 말하지 않았던가요? 그게 내가 알고 있는 전부예요. 그 불쌍한 어린 것은 열다섯도 채 안 됐는데…… 신의 가호가 있기를."

수녀가 입을 다물었다. 나는 계속해서 물었다.

"고모운은 어떤 아이였습니까?"

"공부를 무척 열심히 하는 아이였어요. 내 수업을 열심히 들었죠. 그 아이는 피그미족의 전통에 등을 돌렸어요. 도시로 나가서 계속 공부를 하고 키 큰 흑인들과 함께 일을 하고 싶어 했거든요. 최근에는 결혼도 안 하겠다고 해서 피그미족은 숲의 정령들이 고모운에게 복수를 했다고 생각하고 있죠. 그래서 그 사람들이 어젯밤에 그렇게 열심히 춤을 춘 거예요. 숲과 화해를 하려고요. 난 더 이상 여기 머물러 있을 수가 없게 됐어요. 스캐드로 돌아가야 해요. 고모운이 나 때문에 죽었다고 수군거리고들 있거든요."

"수녀님께서는 별로 당황하고 있지 않으신 것 같은데요."

"당신은 정글을 몰라요. 우린 죽음과 함께 살고 있답니다. 죽음은 시도 때도 없이 찾아오죠. 5년 전에 난 여기서 멀지 않은 바구라는 또 다른 마을에서 주민들을 가르친 적이 있어요. 그런데 그곳에선 두 달 만에 주민 1백 명 중 예순 명이 결핵에 감염돼 죽었어요. 키 큰 흑인들이 결핵을 옮긴 거였죠. 옛날만 해도 피그미족은 세균에 감염되지 않고 살았답니다. 그런데 지금은 바깥세상에서 들어온 병으로 수없이 많은 사람들이 죽어가고 있어요. 그렇기 때문에 나 같은 사람들이 나서서 약을 주고 치료를 해줘야 하는 거예요."

"고모운은 자주 혼자서 정글 속을 돌아다녔나요?"

"외로운 아이였죠. 그래서 혼자 책을 들고서 숲 속을 걷곤 했어요. 그 아이는 숲과 숲의 향기, 숲에서 나는 소리, 숲에서 사는 동물을 좋아했죠. 그런 면에서 본다면 그 아이야말로 진정한 피그미족이었어요."

"다이아몬드 광산 쪽을 배회하기도 했습니까?"

"난 몰라요. 그런데 왜 자꾸 그런 질문을 하는 거죠? 당신은 누군가가 그 아이를 죽였다고 생각하는군요? 우스워요. 도대체 누가 정글 밖으로 나가본 적이 없는 그런 어린 피그미족 아이에게 앙심을 품을 수가 있단 말예요?"

"수녀님, 이젠 다른 얘기를 한 가지 해드려야겠군요. 불가리아에서 니콜리치라는 사람이 살해당했다고 제가 말씀드렸죠? 그리고 1977년에는 필리프 뵘이 또 이곳에서 살해당했다는 얘기도요. 그런데 이 두 살인사건은 한 가지 특이한 공통점을 갖고 있어요."

"뭔데요?"

"두 사건 모두 살인자들이 심장 이식 수술에서 사용되는 방법으로 희생자의 심장을 떼어갔다는 겁니다."

"정말 얼토당토않은 얘기군요! 그런 수술을 이런 정글 속에서 한다는 건 불가능해요."

수녀는 침착성을 잃지 않으려고 애썼다. 그녀의 눈은 여전히 차갑게 반짝였으나 눈썹은 조금씩 떨리기 시작했다.

“하지만 그건 엄연한 사실입니다. 전 불가리아에서 그 집시를 부검한 의사를 만났어요. 심장 이식 수술 방법을 사용했다는 데 대해서는 의심의 여지가 없습니다. 그 살인자들은 어느 장소에서나 최적의 상태에서 수술을 할 수 있는 엄청난 장비를 갖추고 있는 겁니다.”

“당신, 지금 그 말이 뭘 의미하는지 알고나 있어요?”

“물론이죠. 헬리콥터와 발전 장치, 압착 텐트, 그리고 또 다른 장비들…… 그 정도만 있으면 어디서고 수술을 할 수가 있습니다.”

수녀가 내 말을 잘랐다.

“그래서요? 당신은 그러니까 고모운이…….”

“그건 거의 사실입니다.”

수녀는 그럴 리가 없다는 듯 고개를 저었다. 나는 눈길을 돌려 창문 너머의 초목들을 바라보았다. 숲은 비를 너무 많이 마셔서 취해 있는 듯 보였다.

“제 얘기 아직 다 안 끝났습니다, 수녀님. 1977년 중앙아프리카의 정글 속에서 사고가 일어났다는 얘기, 제가 아까 했죠? 수녀님께서는 그 당시에 중앙아프리카에 계셨습니까?”

“아니오. 난 카메룬에 있었어요.”

“필리프 뵘은 그해 콩고 남부의 정글 속에서 시체로 발견됐습니다. 고모운만큼이나 난폭하고 잔인하게 살해됐고, 심장도 없어졌죠.”

“필리프 뵘이 누구죠? 프랑스인인가요?”

"여기서 멀지 않은 다이아몬드 광산에서 일을 했고, 수녀님께서도 아마 분명히 그 이름을 들으셨을 막스 뵘이라는 스위스인의 아들이었습니다. 사체를 엠바이키까지 옮기려고 애를 썼답니다. 병원에서 부검이 이뤄졌죠. 고릴라의 공격을 받아 사망한 것으로 결론이 났습니다. 하지만 전 사망진단서가 조작됐다는 증거를 확보했어요. 그가 인간에게 살해됐다는 것을 증명하는 몇 가지 증거들이 은폐돼 있었던 겁니다."

"어떻게 그렇게 자신 있게 얘기할 수가 있죠?"

"부검을 했던 의사를 찾아냈죠. 중앙아프리카 사람인데 엠디아에라는 의삽니다."

수녀가 웃음을 터뜨렸다.

"엠디아에는 주정뱅이예요."

"그 당시에는 주정뱅이가 아니었습니다."

"당신 도대체 무슨 얘길 하려는 거예요? 엠디아에가 수술에 대해 무슨 얘길 하던가요? 범인이 인간이라는 증거가 뭐죠?"

나는 고개를 숙이고 작은 목소리로 또박또박 말했다.

"우선은 흉곽이 절개돼 있었습니다. 메스 자국이 남아 있었구요. 그리고 동맥을 완벽하게 잘라냈어요."

나는 말을 멈추고 파스칼 수녀를 살펴보았다. 수녀의 회색 피부가 꿈틀거리고 있었다. 그녀가 한 손을 관자놀이로 가져갔다.

"오, 주여…… 왜 그런 끔찍한 짓을 했을까요?"

"한 인간의 목숨을 구하기 위해서였죠, 수녀님. 필리프의 심장은 다른 사람도 아닌 자기 아버지의 몸에 이식됐습니다. 막스 뵘은 심근경색을 일으켰던 겁니다."

"흉악한 짓이에요…… 있을 수 없는 일이에요……."

"제 말을 믿으셔야 합니다, 수녀님. 전 그저께 엠디아에에게서 증언을 들었어요. 그의 증언은 제가 소피아에서 들었던 니콜리치에 관한 증언과 일치합니다. 이 두 가지 증언은 그 두 사건이 모두 광기어린 살인행위이며 사디즘의 결과라는 걸 증명해줍니다. 그런데 그렇게 해서 다른 인간들의 목숨을 구했으니 참 기묘한 사디즘이죠. 고모운 역시 그 살인자 집단에게 희생된 겁니다."

파스칼 수녀가 손으로 이마를 짚으며 고개를 흔들었다.

"당신은 미쳤어요…… 미쳤다구요…… 고모운의 경우엔 아무 증거도 없잖아요?"

"바로 그겁니다, 수녀님. 전 그래서 수녀님의 도움이 필요한 거예요."

수녀가 사나운 표정으로 나를 응시했다. 나는 개의치 않고 물었다.

"수녀님께서는 외과에 관한 지식을 갖고 계시죠?"

수녀가 무슨 영문인지 모르겠다는 표정으로 계속해서 쳐다보았다. 그녀가 대꾸했다.

"베트남과 캄보디아의 야전병원에서 일한 적이 있긴 있어요. 그런데 왜 그러는 거죠?"

"시체를 도로 파내서 부검을 해봤으면 합니다."

"당신, 미쳤군요."

"수녀님, 전 제 생각을 확인해봐야겠습니다. 수녀님만이 절 도와주실 수가 있습니다. 살인자들이 외과수술을 해서 고모운의 심장을 이식시켰는지 아니면 그 소녀가 짐승의 공격을 받아서 죽은 것인지 말해줄 수 있는 사람은 수녀님뿐입니다."

수녀가 다시 주먹을 꽉 움켜쥐었다.

"고모운이 살던 마을은 너무 멀어서 접근이 불가능해요."

"안내인을 한 명 고용할 겁니다."

"아무도 우릴 그곳에 데려다주려고 하지 않을걸요. 당신이 무덤을 파헤치도록 놔두지도 않을 거고."

"우리가 같이 하면 됩니다, 수녀님. 수녀님과 저, 둘이서만요."

"소용없는 짓이에요. 정글에서는 시신이 더 빨리 부패하는 법이거든요. 그런데 고모운은 일흔두 시간 전에 매장됐어요. 우리가 이렇게 얘기를 하고 있는 지금쯤이면 그 아이의 몸에는 구더기만 득실득실할 거예요."

"시신이 아무리 부패했다고 해도 외과용 메스 자국이 없어지지는 않아요. 잠깐만 살펴보면 될 거예요. 수녀님과 저 두 사람만 있으면 그 일을 해낼 수가 있습니다. 그렇게 해야만 헛된 미신을 추방하고 추악한 행위 뒤에 감춰진 진실을 밝혀낼 수가 있는 겁니다."

"이봐요. 당신은 지금 누구랑 얘기하고 있는지 잊으면 안 됩니다."

"바로 그겁니다, 수녀님. 죽은 육신을 비천하게 생각해서는 위대한 진실을 밝혀낼 수가 없습니다. 신의 자식들은 빛을 갈구하고 있는 게 아닌가요?"

"입 다물어요, 이 신성모독자 같으니라고!"

파스칼 수녀가 벌떡 일어섰다. 수녀가 앉아 있던 의자가 바닥을 긁으면서 날카로운 소리를 냈다. 눈동자는 마치 거무스름한 회색 피부에 파놓은 구멍처럼 보였다. 그녀가 말했다.

"출발합시다. 지금 곧!"

그녀가 갑자기 몸을 돌리며 상고어로 뭐라고 소리치자 아까 그 흑인이 즉시 달려오더니 이리저리 분주히 움직이기 시작했다. 수녀는 검은색 스웨터에서 쇠줄이 달린 은 십자고상을 꺼내 입을 맞추더니 몇 마디 중얼거렸다. 십자고상이 다시 그녀의 가슴 위로 늘어뜨려지는 순간 나는 십자가의 횡선이 아래쪽으로 휘어져 있는 것을 발견할 수 있었는데, 그 순교의 도구가 고통의 무게를 이기지 못해 마침내 구부러진 게 아닐까 하는 생각이 들었다.

수녀를 따라 의자에서 일어나는 순간 나는 다리가 후들거리는 것을 느꼈다. 그 전날 밤부터 꼬박 굶은데다 눈도 제대로 못 붙였던 것이다. 식탁 위에는 내 찻잔이 온기를 잃은 채 그냥 놓여 있었다. 나는 찻잔을 단숨에 비워버렸다. 홍차는 미지근하고 끈적끈적했다. 꼭 피를 마시는 듯한 기분이었다.

우리는 여러 시간 동안 걸었다. 파스칼 수녀의 하인인 빅토르가 선두에 서서 우리가 지나갈 수 있도록 큰 칼을 휘두르며 길을 뚫었다. 그 뒤에서는 카키색 망토를 입은 파스칼 수녀가 몸을 꼿꼿이 세운 채 전진했다. 나는 행렬의 후미에서 결연한 표정으로 묵묵히 걸었다. 우리는 빠른 걸음으로 정남쪽으로 내려가고 있었다. 입을 굳게 다문 채. 큰 걸음으로 걷기도 하고, 미끄러지기도 하고, 기어오르기도 하면서.

오래 묵은 그루터기와 비비 꼬인 나무뿌리, 우둘투둘한 바위와 송진이 흘러서 끈적끈적한 나뭇가지, 물을 잔뜩 머금은 덤불숲, 칼날처럼 날카로운 나뭇잎 따위가 눈앞에 나타나곤 했다.

비는 계속해서 내렸다. 줄기 끝이 땅 속으로 잠기는 강의 숫자가 점점 더 늘어났다. 검은 물속에 몸이 절반쯤 잠길 때마다 우리는 영영 이대로 수장돼버리는 게 아닐까 생각했다.

반나절쯤 걸었지만 그 어떤 소리도, 그 어떤 존재도 앞을 가로막지 않았다. 정글의 동물들은 모습을 전혀 드러내지 않은 채 나뭇잎 아래나 굴속에 웅크리고 있었다. 우리가 만난 건 피그미족 세 사람뿐이었다. 그들 중 한 명은 가느다란 황갈색과 검은색 줄이 그어진 위장복 차림이었다. 좁은 띠 모양의 곱슬머리가 그의 머리를 가로지르고 있었다. 그것은 닭의 볏을 연상시키는 모히칸 식 머리였다. 맨 앞에 선 남자는 숯과 원통형 바구니를 들고 있었다.

파스칼 수녀가 그 남자와 얘기를 나누었다. 나는 수녀가 피그미어로 말하는 걸 그때 처음 들었다. 그 피그미족 남자가 바구니 뚜껑을 열어서 수녀에게 내밀었다. 우리는 꼭 우리만 겨냥해서 내리는 것 같은 비를 맞으며 꼼짝 않고 서 있었다. 비가 얼마나 세차게 내리는지, 나뭇잎이 우수수 떨어져 흩날리는가 하면 가지들이 뚝뚝 부러지기도 했다.

수녀가 쳐다보지도 않으면서 중얼거렸다.

"꿀이에요, 앙티오슈."

나는 고개를 숙여 바구니를 들여다보았다. 반짝거리는 벌집과 약탈당한 자기네들의 재물에 달라붙어 있는 꿀벌들이 눈에 들어왔다. 나는 그 피그미족 남자를 한 번 흘낏 쳐다보았다. 그가 이빨을 드러내며 활짝 웃었다. 그의 양쪽 어깨에는 벌에 쏘인 자국이 여러 군데 남아 있었다. 나는 벌들이 붕붕거리는 나무를 기어올라갔다가 분노에 찬 꿀벌 떼를 피하기 위해 잎이 무성한 나뭇가지 아래로 피신하는 그 남자의 모습을 잠시 상상했다. 또 나무

줄기 틈 속에 우글거리는 꿀벌 떼 속에 손을 집어넣고 더듬거리
며 벌집을 끄집어내는 모습도 그려보았다.

내 생각을 알아차리기라도 한 듯 그 피그미족 남자가 꿀이 줄
줄 흘러내리는 벌집을 내게 내밀었다. 나는 얼른 벌집을 한 조각
떼서 입으로 가져갔다. 육각형의 판지처럼 생긴 벌집을 혀로 꼭
누르자 부드러운 액체가 밀려 나왔다. 내 목구멍은 곧 진하면서
도 그윽한 향기로 가득 찼다. 꿀이 어찌나 그윽하고 달콤했던지
뱃속 깊은 곳에서 일종의 취기 같은 게 금세 느껴질 정도였다.
뱃속의 창자가 단숨에 취해버린 것 같았다.

30분쯤 뒤 우리는 고모운이 살던 동네에 도착했다. 그곳의 숲
은 사뭇 달라 보였다. 지금까지 우리가 지나온 넓고 빽빽한 정글
이 아니었다. 그곳의 숲은 공기도 잘 통하고 깨끗하게 정돈돼 있
었다. 아주 가느다란 검은 나무들이 거의 완벽한 조화를 이루며
끝없이 펼쳐져 있었다.

우리는 그 유령 같은 마을 안으로 몇 걸음 걸어 들어갔다. 오
두막 몇 채가 여기저기 나무 밑에 서 있을 뿐이었다. 분위기가
몹시 썰렁하게 느껴졌다. 아무것도 움직이지 않는 텅 빈 그 공간
을 보는 순간 이상하게도 내 머릿속에는 내가 떠나던 바로 그날
새벽에 뒤졌던 뵘의 집(죽음의 신이 살고 있는 또 하나의 장소)
이 떠올랐다.

파스칼 수녀는 작은 오두막 앞에서 걸음을 멈췄다. 그녀가 빅
토르에게 뭐라고 말하자 빅토르는 낡은 천에 싸인 삽을 두 자루
꺼냈다. 수녀가 최근에 쌓아놓은 흙더미를 가리켰다.

"저기예요."

타닥타닥 대는 빗소리 때문에 수녀의 목소리가 잘 들리지 않았다. 나는 배낭을 집어던지고 삽을 움켜잡았다. 빅토르가 입을 다문 채 몸을 부들부들 떨면서 나를 쳐다보았다. 나는 어깨를 한 번 으쓱거린 다음 삽날을 붉은 흙 속에 꽂았다. 단도로 사람의 허리를 찌르는 듯한 느낌이 들었다.

나는 삽질을 계속했다. 파스칼 수녀가 또다시 빅토르에게 뭐라고 말을 했다. 수녀는 우리가 여기까지 온 목적을 그에게 설명하지 않은 모양이었다. 나는 계속해서 땅을 팠다. 흙이 단단하지 않아서 땅은 아무런 저항도 하지 않았다. 단 몇 분 만에 나는 50센티미터 정도를 파낼 수가 있었다. 내 발이 곤충과 나무뿌리투성이인 부식토 속으로 빠졌다.

"빅토르!"

수녀가 소리쳤다. 나는 눈을 들었다. 빅토르가 눈을 휘둥그레 뜬 채 꼼짝 않고 서 있었다. 그의 눈길이 수녀에게서 나로, 다시 나에게서 수녀에게로 옮겨갔다. 그러고 나서 홱 돌아서더니 걸음아 나 살려라 도망치고 말았다.

침묵이 우리 머리 위로 밀려들었다. 나는 일을 계속했다. 또 다른 삽 소리가 들려왔다. 나는 눈을 들지 않은 채 중얼거렸다.

"그만두세요, 수녀님 제발요."

내 몸이 이제는 구덩이 속에 잠겼다. 구더기와 지네, 풍뎅이, 거미 같은 곤충들이 내 주위에 득실거렸다. 사정없이 삽질을 해대자 어떤 놈들은 슬슬 꽁무니를 뺐다. 내가 더 이상 흙을 파내지 못하게 하려는 듯 바지에 악착같이 달라붙는 놈들도 있었다. 삽이 진흙구덩이에 닿아 철벅거리는 소리를 냈다. 나는 내가 뭘 찾는지조차 잊어버린 채 파고 또 팠다.

그러던 나는 흙보다 더 단단한 표면에 삽이 닿는 순간 다시 현실로 돌아왔다. 수녀의 감정 없는 목소리가 들려왔다.

"관 뚜껑이에요. 이제 됐어요."

나는 순간적으로 망설이다가 삽 가장자리로 흙을 긁어냈다. 관 뚜껑이 나타났다. 나무로 짠 관의 붉은 표면은 약간 부풀고 갈라져 있었다. 삽을 밖으로 던져버린 나는 맨손으로 관 뚜껑을 들어 올리려고 했다. 처음에는 손이 미끄러지면서 진흙탕 속으로 넘어지고 말았다. 무덤 가장자리에 서 있던 파스칼 수녀가 손을 내밀었다. 나는 소리쳤다.

"가만히 좀 계세요!"

다시 시작했다. 이번에는 관 뚜껑이 좀 더 또렷하게 보였다. 빗물이 흘러 들어오면서 구덩이를 채우기 시작했다. 내가 손으로 당기고 있던 관 뚜껑이 어느 순간 불쑥 열렸다. 그 바람에 나는 다시 벌렁 나자빠지면서 관 뚜껑에 머리를 부딪쳤다.

기묘할 정도로 부드러운 촉감이 느껴졌다. 일순간 그 생소한 느낌을 즐기던 나는 온 힘을 다해 소리를 지르고 말았다. 그것은 고모운의 살에 내 몸이 닿는 감촉이었던 것이다.

나는 다시 일어나서 마음을 가다듬었다. 소녀의 시신이 내 앞에 누워 있었다. 가엾게도 그 아이는 바랜 작은 꽃무늬 원피스에다 해진 윗도리를 입고 있었다. 그 불쌍한 모습을 보자 가슴이

미어지는 듯했다. 하지만 나는 그 아이가 순결무구하다는 표현이 지나치지 않을 만큼 너무나 아름다운 데 놀랐다. 소녀의 가족들은 정성껏 화장을 해서 몸의 상처를 감춘 다음에 묻었던 것이다.

두 손과 발목에만 가벼운 상처 자국이 가느다랗게 나 있었다. 얼굴은 멀쩡했다. 감긴 두 눈은 커다란 갈색 색조의 무리에 둘러싸여 있었다. 흔히들, '잠을 자듯 숨을 거뒀다.'라고 말하는데, 이 표현은 고모운의 경우에 영락없이 맞아떨어졌다. 발이 물에 젖어 차가워지자 나는 상황이 다급하다는 사실을 깨달았다.

"이제 수녀님 차렙니다. 내려오세요! 이러다간 구덩이가 빗물로 넘치겠어요."

망토를 벗어 던진 파스칼 수녀는 무덤 옆에 꼼짝 않고 서서 십자고상을 만지작거릴 뿐이었다. 흰 머리칼과 잿빛을 띤 얼굴 등 모든 것이 빗줄기 속에서 반짝거리고 있어서 수녀는 마치 쇠로 빚은 입상처럼 보였다. 나는 다시 소리쳤다.

"빨리요, 수녀님! 시간이 없어요!"

수녀는 여전히 그 자리에서 움직이지 않았다. 그녀는 꼭 전기에 감전된 사람처럼 온몸을 바들바들 떨고 있었다.

"수녀님!"

수녀가 손가락으로 무덤을 가리키며 자동인형 같은 목소리로 말했다.

"오, 주님. 저 아이가…… 저 아이가 안 보여요……."

내 발밑을 흘끗 본 나는 진흙투성이의 벽에 몸을 착 갖다 붙였다. 이제는 도랑을 이룬 빗물이 고모운의 옷 아래로 스며들고 있었다. 한쪽 다리가 시신에서 1미터쯤 떨어진 웅덩이 속을 떠다녔다. 오른쪽 팔이 어깨에서 떨어져나가기 시작하면서 희끄무레한 뼈가 드러났다.

"세상에!"

나는 그렇게 중얼거렸다. 불그스레한 빗물 속으로 걸어 들어간 나는 즉시 바닥에 드러누워서 아이의 겨드랑이 아래로 두 손을 집어넣었다. 완전히 떨어져나간 아이의 팔이 관 뚜껑에 부딪쳐 찰랑찰랑 소리를 냈다. 아이의 옷이 내 손가락에서 자꾸 빠져나갔다. 나는 미친 듯이 소리쳤다.

"도와줘요, 수녀님! 제발 도와주세요!"

수녀는 꼼짝도 하지 않았다. 고개를 들어 보았다. 진짜 전기에 감전된 것처럼 그녀는 팔다리를 바들바들 떨고 있었다. 수녀의 입술이 꿈틀거렸다. 갑자기 그녀의 목소리가 들려왔다.

"……무덤에서 친구인 나사렛을 위해 눈물 흘리셨던 주 예수님. 저희들의 눈물을 닦아주소서. 간절히 기도하옵나이다……."

나는 다시 한번 두 팔을 진흙탕 속으로 집어넣고 아이의 시신을 더 힘껏 잡아당겼다. 그렇게 힘을 주자 아이의 입이 열리면서 구더기가 쏟아져 나왔다. 고모운의 몸은 이제 썩은 고기를 먹는 구더기들을 보호하는 외피에 불과할 뿐이었다. 나는 위액을 토해낼 정도로 구역질이 났지만 그렇다고 해서 손을 놓지는 않았다.

"……죽은 자들을 소생시키셨던 주 예수여. 우리 자매에게 영

생을 주소서. 간절히 기도하옵나이다……."

나는 시신을 다시 한번 잡아당겨서 밖으로 끌어냈다. 고모운은 한쪽 다리와 오른쪽 팔을 잃어버렸다. 나는 거기서 가장 가까운 오두막을 찾아보았다. 잠시 후 시신의 상반신을 두 손으로 붙잡고 나뭇잎으로 지붕을 엮어놓은 오두막 아래로 끌고 갔다.

"……주님께서는 세례수로써 우리 자매의 죄를 씻겨주셨습니다. 이제 우리의 자매에게 주님의 자식으로서의 충만한 생명을 불어넣어주소서. 간절히 기도하옵나이다……."

나는 아이의 자그마한 시신을 어둠에 잠긴 마른 땅 위에 내려놓았다. 지붕이 너무 낮아서 무릎을 꿇어야만 했다.

나는 밖으로 뛰어나가 파스칼 수녀의 배낭을 들고 다시 돌아왔다. 배낭에서 이것저것 장비를 꺼냈다. 외과수술용 기구들, 고무장갑, 샴페인, 바람막이 유리등, 그리고 어디에 쓰이는지는 모르지만 차바퀴를 들어 올리는 잭, 또 초록색 종이로 만든 마스크와 여러 개의 물병도 그 안에서 나왔다. 나는 입과 눈, 코에서 곤충들이 기어 나오고 있는 고모운의 시신을 일부러 쳐다보지 않으려고 애쓰면서 장비들을 전부 다 우의 위에 올려놓았다.

시신의 배를 덮고 있는 옷을 슬며시 들어올렸다. 그 안에서는 신을 모독하는 것들이 수천 마리씩이나 득실거리고 있었다. 견디기 힘들 정도의 악취가 풍겨 나왔다. 하지만 단 몇 분이면 모든 게 끝날 것이다.

"……주님께서는 주님의 몸을 희생하셔서 우리 자매를 살리셨습니다. 이제 우리 자매를 천국의 식탁에 맞아들여주십시오.

간절히 기도하옵나이다……."

나는 다시 오두막 밖으로 나갔다. 파스칼 수녀는 여전히 서서 기도를 올리고 있었다. 나는 신비적인 전신강직증에 빠진 수녀를 깨우기 위해 두 팔로 붙잡고 거칠게 흔들었다. 나는 소리쳤다.

"수녀님! 제발 정신 차리세요!"

그녀는 내가 두 팔을 놓칠 정도로 소스라쳐 깨어나더니 잠시 후에 알았다는 듯이 눈꺼풀을 움직였다. 나는 그녀를 부축해서 오두막까지 데려갔다.

나는 등에 불을 켜서 나뭇가지에 매달아놓았다. 번개가 번쩍하며 지나갔다. 나는 수녀의 얼굴에 마스크를 씌워주고 가운을 입힌 다음 손에 고무장갑을 끼워주었다. 수녀의 손은 더 이상 떨리지 않았다. 그녀의 빛깔 없는 눈이 아이 쪽으로 향했다. 그녀가 숨을 내쉴 때마다 마스크가 부풀어 오르곤 했다. 수녀가 수술 기구들을 가까이 가져다 달라고 말했다. 나는 그녀의 말을 따랐다. 나도 가운을 입고 마스크와 장갑을 끼었다. 파스칼 수녀가 가위를 집더니 고모운의 옷을 잘라 내서 상반신이 드러나게 했다.

나는 또다시 구역질이 나서 속이 뒤집힐 것 같았다.

어린 소녀의 윗몸은 이제 가지각색의 아주 작은 상처들이 모인 것에 불과했다. 자그마한 젖가슴 중 한 쪽은 거의 절단돼 있다시피 했다. 오른쪽 겨드랑이에서 사타구니 위쪽에 이르는 부위는 온통 깊게 찢겨 있었고 그 가장자리는 갈라져서 검게 변한 상태였다. 그 위쪽으로 팔이 떨어져나간 어깨 부분은 뼈끝이 드러나 보였다. 하지만 가장 눈에 띄는 것은 흉곽 상부를 가로지른 깊고 길고 뚜렷한 상처였다. 정말 끔찍한 모습이었다. 양쪽으로 갈라진 살덩어리가 마치 새로운 생명을 얻은 듯 가볍게 꿈틀거리고 있었다.

하지만 그 모든 것도 어린 소녀의 성기보다는 끔찍하지 않았다. 아직 완전히 발달되지 않은 배꼽까지 열려 있어서 은밀한 부분의 거무스름한 주름이 다 드러나 보였고, 거기서 구더기와 반짝거리는 껍질을 가진 곤충들이 기어 나왔다. 나는 금방이라도 까무러칠 것 같았지만 그 같은 공포의 와중에서도 한 가지 사실을 깨달을 수가 있었다.

그 순간 내 앞에 펼쳐진 광경이야말로 뵘이 가지고 있던 사진들 중 하나의 정확한 복사판이었다. 관계. 죽은 자들의 살덩어리와 암흑 속에서 맺어진 관계가 여전히 그곳에 존재하고 있었다.

"앙티오슈, 뭐하는 거예요? 잭을 이리 줘요!"

수녀의 말소리는 마스크 때문에 잘 들리지 않았다. 나는 더듬거리며 물었다.

"재, 잭을요?"

수녀가 그렇다며 고개를 끄덕였다. 나는 잭을 넘겨주었다. 그녀가 잭을 옆에 내려놓더니 명령했다.

"날 도와줘요."

수녀는 흉골을 단단히 누르면서 흉곽에 난 상처의 왼쪽 가장자리를 두 손으로 움켜잡았다. 나는 오른쪽에서 그렇게 했다. 그런 다음 우리는 각자 양쪽에서 잡아당겼다. 틈이 벌어지자 수녀는 잭의 양쪽 끝 부분이 뼈의 가장자리에 잘 끼워지도록 신경을 쓰면서 잭을 밀어 넣었다. 그녀는 즉시 톱니 달린 손잡이를 돌리기 시작했다. 소녀의 자그마한 흉부가 열렸다.

"물!"

수녀가 소리쳤다. 나는 물병 하나를 내밀었다. 그녀는 1리터나 되는 물을 전부 다 그 안에 부었다. 구더기들이 쏟아져 나왔다. 파스칼 수녀는 주저하지 않고 두 손을 소녀의 몸속에 집어넣더니 어떤 인체 기관이 남아 있는지를 살펴보기 시작했다. 나는 눈을 돌리고 말았다. 수녀가 맑은 물을 조금 더 붓더니 등을 좀 더 잘 비추라고 말했다. 그녀는 팔목이 안 보일 정도까지 손을 소녀의 가슴 속으로 밀어 넣었다. 그러고 나서도 그녀의 얼굴이 시신의 가슴에 닿을 정도까지 손을 더 깊숙이 집어넣었다.

얼마 동안 그러고 있던 수녀가 손을 끄집어내더니 팔꿈치로 밀어서 잭을 빼냈다. 흉곽이 꼭 풍뎅이 날개처럼 다시 닫혔다.

수녀가 마지막 경련을 일으키며 뒷걸음질 쳤다. 그녀가 마스크를 벗어 던졌다. 그녀의 피부는 뱀의 피부처럼 까칠해 보였다. 회색 눈동자가 나를 뚫어지게 쳐다보더니 중얼거렸다.

"당신 말이 맞군요. 저 아이는 수술을 받았어요. 누군가가 저 아이의 심장을 떼어내 가버린 거예요."

오후 5시. 우리는 조코로 돌아갔다. 날이 벌써 어둑어둑해지기 시작했다. 방수복과 물에 젖은 신발을 벗고 난 파스칼 수녀는 아무 말 없이 차와 커피를 끓였다. 사망진단서를 써달라는 요구를 받아들였고 나는 그걸 받자마자 주머니 속에 집어넣었다. 파스칼 수녀가 의사가 아니므로 큰 가치는 없을 것이다. 하지만 분명히 하나의 증거로 삼을 수는 있으리라.

"수녀님, 다른 질문을 드려도 대답해주시겠습니까?"

"한번 들어봅시다."

파스칼 수녀는 다시 침착해졌다.

"이곳 정글 한가운데에 착륙할 수 있는 중앙아프리카 헬리콥터가 어떤 겁니까?"

"딱 한 대 있어요. 시카민 광산을 운영하는 오토 키에퍼의 소유죠."

"그 광산에서 일하는 사람들이 이런 짓을 할 수 있다고 생각하세요?"

"아녜요. 고모운은 직업적인 의사들에 의해서 수술을 받았어요. 그런데 시카민 광산에서 일하는 사람들은 미개한 야만인이죠."

"수녀님께서는 그들이 돈을 받고 그런 수술을 하도록 도와줄 가능성이 있다고 생각하십니까?"

"그럴 가능성은 있죠. 양심의 가책이란 걸 모르는 자들이니까. 키에퍼는 이미 오래 전에 감옥에 갔어야 할 인물이에요. 그런데 이유가 뭐죠? 왜 정글에 사는 어린 피그미족 소녀를 노린 걸까요? 왜 그런 상황에서 그런 짓을 저지른 걸까요? 왜 그 아이의 몸을 그렇게 절단한 거예요?"

"다음 질문을 드릴게요, 수녀님. 조코에 사는 주민들의 HLA 유형을 알아낼 방법이 있을까요?"

"조직 적합 항원 말예요?"

"맞습니다."

수녀가 망설이는 듯하더니 손을 이마로 가져가면서 중얼거렸다.

"오, 주님……."

"대답해주세요, 수녀님. 방법이 있나요?"

"음, 그래요……."

수녀가 자리에서 일어났다.

"따라와요."

수녀가 회중전등을 집어 들더니 문 쪽으로 걸어갔다. 밖에 나가니 날은 이미 어두워졌고 비는 여전히 내리고 있었다. 발전기 돌아가는 소리가 멀리서 들려왔다. 파스칼 수녀가 열쇠를 꺼내서 진료소 가운데에 있는 방문을 열었다. 우리는 방안으로 들어갔다.

진한 방부제 냄새가 기껏해야 가로 4미터 세로 6미터 이상은 될 것 같지 않은 그 방 안에 가득 차 있었다. 왼쪽으로는 침대 두 개가 어둠 속에 놓여 있었다. 방 한가운데에는 X선 촬영기라든가 현미경 등 검사기구들이 놓여 있었다. 오른쪽을 보니 컴퓨터 한 대가 복잡하게 얽혀 있는 케이블선과 밝은 회색의 또 다른 장치들과 함께 간이 책상 위에 설치돼 있었다. 전등이 여러 개의 CD롬을 갖춘 그 정보 매체를 비췄다.

나는 눈을 의심하지 않을 수가 없었다. 엄청난 양의 정보를 저장할 수 있는 기계가 이런 곳에 갖춰져 있다니! 그림이나 사진을 기록, 저장할 수 있게 해주는 스캐너까지 장착돼 있었다. 하지만 뭐니 뭐니 해도 가장 놀라운 것은 컴퓨터와 연결된 화상 전화였다. 파스칼 수녀는 자기 오두막에서 전 세계와 통화할 수 있는 것이다. 아무런 장식도 없이 시멘트만 발라서 정글 한가운데에 세워놓은 그 방과 너무나 정교한 그 의료기구들은 도대체 어울리지가 않았다.

"당신은 모르는 게 너무나 많군요. 조코 진료소는 현재 한 인도주의 단체의 도움을 받아서 시범적으로 운영하고 있는 기관이에요."

"무슨 단체의 도움을 받는데요?"

"'세계는 하나'라는 단쳅니다."

그 말을 듣는 순간 나는 숨이 막혔다. 경련이 일어나면서 심장
이 죄어드는 것 같았다.

"3년 전에 우리 수녀회는 '세계는 하나'와 계약을 체결했어
요. 그 단체는 우리가 아프리카에서 쌓은 경험을 이용해서 이 대
륙에 자리를 잡으려고 했죠. 그래서 현대적인 장비를 제공하는
한편 우리 수녀들에게 기술 교육을 실시하고 우리가 필요로 하
는 의약품들을 제공하겠다고 제안했지요. 우리로서는 제네바에
있는 본부와 연락을 취하고 우리가 분석한 결과를 통보하며, 때
때로 그들이 보내는 의사들을 받아들이기만 하면 되는 거였어
요. 우리 원장수녀님께서는 이 편무 계약을 받아들이셨답니다.
1988년의 일이었죠. 그 순간부터 모든 게 너무나 빨리 진행됐어
요. 예산이 배당되고, '세계는 하나' 사람들이 와서 장비 사용법
을 설명해줬구요."

"어떤 사람들이었습니까?"

"주님을 믿진 않았지만 우리와 똑같이 인간에 대한 믿음을 가
지고 있는 사람들이었죠."

"그 사람들이 제공한 장비는 어떤 것들인가요?"

"대부분은 X선을 찍거나 의료검사를 할 수 있는 분석 장비들
이었어요."

"무슨 의료검사 말입니까?"

파스칼 수녀가 날카로운 미소를 지었다. 날카로운 송곳이 그

녀의 금속성 얼굴에 줄을 그어놓은 것 같았다. 수녀가 중얼거렸다.

"난 거기에 대해선 아무것도 몰라요, 앙티오슈. 난 피를 뽑아서 생체검사만 하거든요."

"그렇다면 분석은 누가 하는 겁니까?"

수녀가 망설이더니 한숨을 내쉬고 나서 눈을 내리깔았다.

"저기요."

수녀가 컴퓨터를 가리켰다.

"추출된 표본을 프로그램된 스캐너에 집어넣으면 스캐너가 여러 가지 테스트를 하는 거예요. 그러고 나면 컴퓨터가 자동적으로 그 결과를 통합해서 각자의 분석 카드를 만드는 거죠."

"누가 그런 검사를 받았죠?"

"전부 다 받았어요. 사람들의 건강을 위해서였어요. 아시겠어요?"

나는 알았다는 뜻으로 머리를 끄덕인 다음 물었다.

"누가 그 검사 결과를 알고 있습니까?"

"제네바에 있는 본부에서 알고 있죠. 그들은 모뎀과 화상 전화를 이용해서 컴퓨터에 저장된 자료를 검색하고 조코에 사는 피그미족의 건강상태에 대한 통계를 작성하는 겁니다. 그렇게 해서 전염병의 위험이라든가 기생충 감염 같은 것을 밝혀내는 거예요. 그건 무엇보다도 예방 의학이라고 볼 수가 있어요. 그래서 위급한 경우가 발생하면 그들은 매우 신속하게 우리에게 의약품을 보내줄 수가 있는 겁니다."

그 조직이 다른 사람들 눈을 감쪽같이 속이고 흉악한 범죄를 저지르고 있다는 사실을 확인하는 순간 나는 소름이 쫙 끼쳤다. 파스칼 수녀는 아무것도 모르는 채 피그미족의 피를 뽑아낸 것이다. 그러고 나면 컴퓨터는 소프트웨어가 지시하는 대로 검사를 실시했고, 프로그램은 피그미족들의 HLA 유형을 분석했을 것이다. 분석이 끝나면 제네바에 있는 본부에서 그 결과를 열람했을 것임에 틀림없다. 조코 주민들은 그 조직상의 특성이 정확하게 파악돼 있는 그야말로 완벽한 인적 자원이었던 것이다.

틀림없이 그들은 슬리벤이나 발라타 수용소에서도 마찬가지로 '피실험자'들에 대한 검사를 다 해놓았을 것이다. 그리고 그 기술은 '세계는 하나'의 각 수용소에서 반복적으로 사용됐을 것이고. 그렇게 함으로써 이 단체는 그 무시무시한 인체 기관 저장소를 유지할 수가 있었던 것이다.

"수녀님께서는 '세계는 하나'와 개인적으로 접촉하시는 일이 있습니까?"

"전혀 없어요. 난 컴퓨터를 통해서 의약품을 주문하거든요. 어떤 백신을 사용했고 무슨 치료법을 썼는지도 기록해놓죠. 때때로 내가 물자를 어떻게 사용했는지, 모뎀을 통해서 관리하는 기술자랑 통신을 하기도 해요."

수녀가 잠시 입을 다물고 있더니 말을 계속했다.

"내가 하는 검사와 고모운 사이에 무슨 관계가 있다고 생각하는 건가요?"

나는 계속해서 질문을 해야 할지 말아야 할지 망설였다.

"확실치는 않습니다, 수녀님. 제가 추측하고 있는 조직이 도저히 믿기 힘들 만큼 엄청난 것이라서요…… 고모운의 카드 가지고 계세요?"

파스칼 수녀가 책상 위에 놓인 철제 서류함을 뒤졌다. 잠시 후 그녀는 두꺼운 종이로 된 카드 한 장을 내밀었다. 나는 회중전등을 비춰가며 그 카드를 읽었다. 고모운의 이름과 나이, 출생지, 키, 몸무게가 기록돼 있었다. 그 아래에는 칸이 쳐져 있었다. 왼쪽 칸에는 날짜가 기록돼 있었으며, 오른쪽에는 고모운의 치료 기록이 나와 있었다. 정글에 사는 한 소녀의 평범한 운명의 흔적이라고 할 수 있는 그 작은 사건들을 보자 나는 가슴이 미어지는 듯했다.

드디어 나는 내가 찾던 내용이 카드 맨 아래쪽에 소문자로 인쇄돼 있는 것을 발견했다. 고모운의 HLA 유형이었다.

HLA: Aw19.3–B37.5

전율이 내 온몸을 훑고 지나갔다. 그 피그미족 소녀는 바로 이것 때문에 목숨을 잃은 것이 틀림없었다.

"앙티오슈, 대답해봐요. 이 분석이 그 아이가 살해당하는 데 어떤 역할을 한 거예요?"

"이제 너무 늦었습니다, 수녀님. 너무 늦었다구요……."

파스칼 수녀는 번뜩이는 눈으로 나를 뚫어지게 바라보았다. 그 얼굴 표정을 보는 순간 나는 수녀가 드디어 이 조직이 얼마나 잔인한지를 깨달았다는 것을 알 수가 있었다. 그녀의 안면 근육이 신경질적으로 경련하면서 입술이 꿈틀거렸다.

"도저히 용납할 수 없는 일이에요…… 참을 수가 없어요……."

"진정하세요, 수녀님. 확실한 거라곤 아무것도 없기 때문에 전……."

"입 다물어요…… 정말 그건 있을 수 없는 일이에요……."

뒷걸음질 치며 거기서 나온 나는 마을을 향해 빗속을 달려갔다. 나와 함께 정글에 갔던 사람들이 불 주위에서 저녁을 먹고 있었다. 카사바 냄새가 오두막 아래를 떠다니고 있었다. 사람들이 앉으라고 권했지만, 나는 출발할 것을 명령했다. 지금 당장. 나의 출발 명령은 그들의 관습에 어긋나는 것이었다. 키 큰 흑인들은 어둠을 몹시 두려워했다. 하지만 나의 목소리, 나의 표정은 단 한 마디의 반론도 허용하지 않았다. 베케스를 비롯한 사람들은 마지못해 내 말을 따랐다. 안내인이 중얼거리듯 물었다.

"어, 어딜 가는 겁니까, 나리?"

"키에퍼한테 갑니다. 시카민 광산에 가는 거예요. 새벽이 되기 전에 그 체코인을 붙잡아야 해요."

우리는 밤새도록 걸었다. 새벽 4시, 키에퍼의 광산 근처에 도착했다. 나는 동이 틀 때까지 기다리기로 결심했다. 우리 모두 뼛속이 다 젖을 정도로 지쳐 있었던 것이다.

우리는 굳이 은신처를 찾으려 하지 않고 그냥 길옆에 드러누웠다. 모두들 몸을 웅크리고 얼굴을 어깨에 파묻은 채 잠을 잤다. 나는 난생처음으로 잠귀신이 나를 향해 달려든다는 느낌을 받았다. 검은 섬광이 번쩍하는 순간 나는 눈이 멀고 온몸이 산산조각 난 채 해골을 차곡차곡 쌓아놓은 구덩이의 가장 깊은 곳에 내팽개쳐졌다.

새벽 5시에 잠에서 깨어났다. 다른 사람들은 아직 자고 있었다. 나는 혼자서 광산을 향해 출발했다. 광부들이 도로를 닦아놓았기 때문에 쭉 따라가기만 하면 됐다. 메두사처럼 생긴 붉은 잎사귀, 벽화를 연상시키는 거대한 뿌리를 가진 나무, 덩굴식물,

그리고 덤불숲이 길을 침범하고 있었다. 이윽고 길이 한결 더 넓어졌다. 가죽 케이스에서 글록 21을 꺼낸 나는 탄창을 확인한 다음 혁대에 꽂았다.

사람들이 긴 늪 속에서 맨손으로 흙을 파서 커다란 체로 걸러내고 있었다. 그것은 악취가 나는 축축한 물속에서 끈기 있게 해야 하는 일이었다. 광부들은 새벽부터 일을 해야 했는데, 눈동자는 지쳐 있고 동작은 굼떴다. 그들의 검은 눈에서 느껴지는 것이라곤 오직 권태와 따분함뿐이었다. 몇몇 사람은 기침을 하다가 거무스름한 물속에 가래침을 뱉곤 했다. 또 어떤 사람들은 몸을 바들바들 떨면서 끊임없이 철벅거리는 소리를 냈다.

광부들이 먹고 잘 수 있도록 강 상류에 지어놓은 가건물 한 동이 눈에 띄었다. 함석 굴뚝으로 짙은 연기가 솟아오르고 있었다. 그쪽으로 가다보니 오두막과 텐트에 둘러싸인 진흙투성이의 붉은 공터가 나타났다. 공터 한가운데에는 마치 극장 무대처럼 단을 세우고 그 위에 긴 판자를 깔아놓았는데, 주위에서 서른 명 정도 되는 노동자들이 커피를 마시거나 카사바를 먹고 있었다. 그중 몇 사람은 요란한 발전기 소리에도 아랑곳하지 않고 라디오에 귀를 갖다 댄 채 방송을 들으려고 애를 썼다. 파리 떼가 그들의 얼굴로 몰려들었다.

텐트 입구에서는 사람들이 원숭이를 굽고 있었는데, 털이 톡톡거리며 타오르는 소리와 함께 역겨울 정도로 고약한 싸구려 고기 냄새가 진동하고 있었다. 불 주위에 모인 사람들은 불길이 뜨거운지 몸을 이리저리 연방 비틀었다. 그들 가운데 절반 정도는 주름투성이에 구멍이 뻥뻥 뚫린 옷들을 잔뜩 껴입고 있었다. 신발은 짝이 맞지 않아서 샌들 한 짝, 장화 한 짝, 가죽신 한 짝, 이런 식이었다. 또한 신마다 꼭 악어 아가리처럼 앞이 열려 있었다. 그리고 그 나머지 사람들은 반쯤 벌거벗은 상태였다. 청록색의 긴 전통 의상을 걸친 훌쭉한 남자가 한 명 있었는데, 그는 개미핥기의 목을 잘라서 조심스럽게 피를 모으는 중이었다.

그곳에는 절망과 희망, 초조함과 느긋함, 피곤과 흥분이라는 모순되는 분위기가 함께 자리 잡고 있었다. 그들은 너나할 것 없이 모두 잃어버린 꿈을 쫓는 사람들이었다. 욕망을 떨치지 못하고 매일같이 진홍색 진흙탕 속을 손으로 더듬거리면서 평생을 보내는 것이었다. 나는 그곳을 마지막으로 한 번 더 훑어보았다. 자동차 같은 것은 눈을 씻고 봐도 보이지 않았다. 그 사람들은 정글의 인질들이었다.

나는 식탁으로 다가갔다. 몇몇 사람이 천천히 눈을 들었다. 한 남자가 물었다.

"뭘 찾는 거요?"

"오토 키에퍼를 만나러 왔소."

그 남자가 '감독 사무실'이라고 쓰여 있는 함석집을 흘낏 바라보았다. 문이 살짝 열려 있었다. 나는 노크를 하고 안으로 들어갔다. 권총의 손잡이를 꽉 움켜쥔 손은 조금도 떨리지 않았다.

내 앞에 펼쳐진 광경은 무시무시한 것과는 전혀 거리가 멀었다. 해골의 납빛 광택처럼 창백해 보이는, 키 큰 남자 한 명이 낡은 텔레비전 위에 놓인 비디오 녹화기를 고쳐보려고 애쓰는 중이었다. 예순 살쯤 돼 보였다. 나와 마찬가지로 구멍이 여기저기 뚫린 카키색 모자를 쓰고, 희끄무레한 색깔의 뜨개 옷을 입고 있었다. 그리고 권총이 꽂혀 있지 않은 빈 가죽 케이스를 보란 듯이 혁대에 차고 있었다. 얼굴은 길고 광대뼈가 툭 튀어나와 있었으며 살짝 얽은 것이 눈에 띄었다. 코는 우뚝했고, 입술은 가늘었다. 그가 눈을 들어 내 쪽을 쳐다보았다.

"안녕하시오. 무슨 일로 오셨나?"

"오토 키에퍼 씨 되십니까?"

"난 클레망이오. 비디오 녹화기에 대해 뭐 아는 것 좀 있소?"

"전혀 모르는데요. 오토 키에퍼 씨는 계십니까?"

남자는 대답을 하지 않았다. 그는 다시 고개를 숙여 기계를 살펴보면서 중얼거렸다.

"드라이버가 있어야 하겠는걸."

나는 다시 한번 물었다.

"키에퍼 씨가 어디 있는지 알고 계십니까?"

클레망은 스위치를 눌러보며 불이 들어오는지 안 들어오는지 확인하고 있었다. 잠시 후 그가 입술을 살짝 일그러뜨렸다. 그 순간, 나는 등골이 서늘할 정도로 공포를 느꼈다. 그 노인이 입을 벌리자 뾰족하게 잘라낸 이빨이 보였던 것이다.

"키에퍼한테 무슨 볼일이 있소?"

그가 여전히 고개를 숙인 채 물었다.

"그냥 몇 가지 물어볼 게 있어서 그럽니다."

노인이 다시 중얼거렸다.

"드라이버가 있어야겠어. 드라이버를 어디서 본 것 같은
데……."

그가 내 옆을 돌아서 축축한 종이와 빈 술병들이 뒹구는 철제
책상 뒤로 걸어갔다. 그리고 맨 위 서랍을 열었다. 나는 즉시 그
에게 달려들어 그가 손을 집어넣은 서랍을 힘껏 닫았다. 그런 다
음 있는 힘을 다해서 그의 굽혀진 팔을 잡아당겼다. 그의 손목에
서 뚝 하는 소리가 났다.

클레망은 꼼짝도 하지 못했다. 내가 밀치자 노인은 책상의 축
축한 목재 부분에 쾅 하고 부딪혔다. 그의 부러진 손이 38구경
권총 위에서 경련을 일으켰다. 나는 그에게서 권총을 빼앗았다.
그 틈을 이용해서 늙은이가 뾰족한 이빨로 내 손을 물어뜯었다.
하지만 나는 조금의 고통도 느끼지 않았다. 권총 손잡이로 노인
의 얼굴을 후려친 나는 그의 멱살을 움켜잡고 가슴을 드러낸 여
자가 포즈를 취하고 있는 달력이 있는 곳까지 들어올렸다.

클레망이 입을 일그러뜨렸다. 그의 입 속에 내 손의 살점이 들
어 있었다. 나는 그의 콧구멍 속에 38구경 권총을 쑤셔 넣었
다.(그것은 하나의 습관이 되어버렸다.)

"키에퍼 어디 있어. 이 더러운 인간아!"

그의 말이 피투성이가 된 입술 사이로 들릴락 말락 새어 나왔
다.

"얼간이 같으니라구. 난 말할 수 없어."

권총으로 그의 입을 후려쳤다. 이가 부서지면서 입 밖으로 튀
어나왔다. 나는 그의 목을 움켜쥐었다. 피가 입에서 흘러 나와

내 손 위로 떨어졌다.

"바른대로 말해, 클레망. 키에퍼는 어디 있지?"

클레망은 아직 멀쩡한 손으로 입을 닦으며 중얼거렸다.

"몰라."

그의 목을 더욱 세게 졸랐다.

"어디 있어?"

"몰라."

클레망의 머리가 나무 벽에 부딪쳤다. 달력 속 모델의 젖가슴이 흔들렸다.

"말해, 클레망."

"키에퍼…… 키에퍼, 바양가에 있어. 여기서 서쪽으로 가야 해. 20킬로미터쯤……."

바양가. 그곳은 엠콘타가 말했던 바로 그 평원이었다. 해마다 가을이 되면 철새들이 날아오는 장소였다. 그렇다면 황새들도 돌아왔을 것이다. 나는 소리쳤다.

"새 때문에 갔지?"

"새라구? 무슨…… 무슨 새 말야?"

그 흡혈귀가 연극을 하는 것 같지는 않았다. 이자는 조직에 관해 아무것도 모르고 있는 것이다. 질문을 계속했다.

"언제 떠났지?"

"두 달 전에."

"두 달 전에 떠난 게 확실해?"

"그래."

"헬리콥터를 타고?"

"물론이지."

그 비열한 늙은이의 목을 더 세게 졸랐다. 숨이 막히자 그의 주름진 살갗이 부풀어 올랐다. 나는 당황하지 않을 수 없었다. 그가 알려준 정보가 내 예측과는 전혀 맞아떨어지지 않았던 것이다.

"그리고 그 뒤로는 아무 소식도 없단 말야?"

"그래…… 아무 소식도 없어……."

"그럼, 아직 바양가에 있다는 거야?"

"난 몰라……."

"그럼 헬리콥터는? 헬리콥터는 일주일 전쯤에 돌아왔지? 그렇지?"

"그래."

"누가 타고 있었나?"

"몰라. 난 아무것도 못 봤어."

나는 그의 머리를 다시 한번 벽에 박았다. 달력이 아예 떨어져버렸다. 클레망이 기침을 하더니 피를 토해냈다. 그가 같은 말을 되풀이했다.

"맹세해. 난 아무것도 못 봤어. 헬리콥터 소리밖에는 못 들었단 말야. 그게 전부야. 그 사람들, 광산에 착륙하지 않았어. 정말이야!"

클레망은 아무것도 모르고 있었다. 그는 다이아몬드 밀수 조직에도, 심장을 도둑질해가는 조직에도 속해 있지 않은 것이다.

키에퍼에게 클레망의 존재는 엉덩이에 달라붙은 진흙만큼의 가치도 없을 것이다. 하지만 나는 계속해서 추궁했다.

"그럼, 키에퍼는? 그는 여행 중이었나?"

그 늙은이가 날카로운 이를 드러내며 히죽히죽 웃었다.

"키에퍼가? 그 사람 이제 누구와도 같이 못 가."

"왜지?"

"그 사람 아파."

"아프다구? 도대체 그게 무슨 얘기야?"

그가 노쇠한 몸을 흔들며 대답했다.

"아파. 키에퍼는 아파. 아, 아프다구."

클레망은 피를 토하며 웃다가 숨이 막히는지 캑캑거렸다. 목을 움켜쥐고 있던 손을 놓자 바닥으로 굴렀다.

"어떤 병에 걸렸다는 거야, 이 미친 영감탱이야! 말해봐."

그는 미친 사람처럼 나를 비스듬히 노려보더니 천천히 말을 뱉었다.

"에이즈. 키에퍼는 에이즈에 걸렸어."

나는 거의 뛰다시피 정글을 빠져나가 베케스와 티나, 그리고 다른 사람들과 합류했다. 나는 손을 치료한 다음 바양가를 향해 다시 출발할 것을 명령했다.

우리는 이번에는 좀 더 넓은 길을 이용해서 서쪽으로 똑바로 걸어갔다. 그렇게 열 시간 동안 계속 걸었다. 먹다 남긴 차가운 카사바를 먹기 위해 딱 한 번 휴식을 취했을 뿐 모두 꼭 얼빠진 사람처럼 말 한 마디 없이 거친 숨을 몰아쉬며 그저 걷기만 했다.

다시 비가 내리기 시작했다. 장대 같은 비가 줄기차게 내렸지만, 우리는 더 이상 신경을 쓰지 않았다. 비에 젖어 무거워진 옷이 살에 달라붙는 바람에 걷기가 여간 힘든 게 아니었다. 하지만 우리는 속도를 늦추지 않았고 그렇게 걷다보니 드디어 저녁 8시경에 바양가가 나타났다.

보이는 건 오로지 멀리서 점점이 가물거리는 불빛뿐이었다. 카사바와 석유 냄새가 대기 중에 진하게 배어 있었다. 그래서 내 두 발은 지탱하기가 더더욱 힘이 드는 모양이었다. 꼭 악몽에 시달리다 잠에서 깨어난 사람처럼 막연한 불안이 내 마음속 깊은 곳을 콕콕 쑤시는 것 같았다.

베케스가 말했다.

"코시카라는 임업 회사의 별장촌이 지금은 비어 있으니까 잠은 거기서 자기로 하죠."

우리는 불 꺼진 도시를 통과한 다음 길이 미로처럼 꼬불꼬불한 넓은 갈대밭을 지나갔다. 그러다가 어느 순간 길이 넓어지더니 어둠에 잠긴 드넓은 대초원이 펼쳐졌다. 그렇다면 우리는 정글의 서쪽 공터에 도착한 게 분명했다.

별장촌이 나타났다. 별장들이 무척 멀리 떨어져 있어서 왠지 서로 낯설어 보였다. 그런데 손전등을 든 흑인 한 사람이 느닷없이 길을 가로막고 나섰다. 그는 베케스와 상고어로 몇 마디 얘기를 나누더니 우리를 좁은 베란다가 있는 넓은 집으로 안내했다.

그 집에서 3백 미터가량 되는 곳에 희미하게 불이 켜진 또 다른 집이 한 채 있었다. 전등을 든 남자가 목소리를 낮추며 내게 설명해주었다.

"조심하세요. 저 집에는 괴물이 살고 있어요."

"무슨 괴물이요?"

"오토 키에퍼라는 체코인이죠. 무시무시한 인물이에요."

"그 사람 아프지 않아요?"

그 흑인이 전등불로 내 얼굴을 비추어 보았다.

"그래요, 중병을 앓고 있죠. 에이즈 말입니다. 그걸 알고 계십니까?"

"얘기 들었어요."

"저 백인은 우리의 생활을 악화시켰어요. 그래서 지금 죽어가고 있는 겁니다."

"병세가 절망적인가요?"

"물론이죠. 그러면서도 계속 지배를 하고 있습니다. 저 짐승은 위험해요. 정말 위험하다구요. 여기 사는 사람들은 모두 그 사실을 알고 있죠. 얼마나 많은 흑인들을 죽였는지 몰라요. 그리고 지금은 수류탄과 자동 화기로 무장하고 있어요. 우리 모두를 한 방에 날려버릴지도 몰라요. 하지만 그런 일은 일어나지 않을 겁니다. 나도 총이 있고, 또……."

그는 말을 계속하지 않고 망설였다. 분노가 머리끝까지 치밀어 오르는 모양이었다.

"그 사람, 집에서 혼자 살고 있나요?"

"놀봐주는 여자가 한 사람 있죠. 엠바티족 여잡니다. 그 여자도 아파요."

그 흑인은 말을 멈추더니 다시 전등으로 내 눈을 비춰보았다.

"그 사람을 만나러 오셨습니까?"

"그렇기도 하고 그렇지 않기도 합니다. 그냥 한번 보고 싶을 뿐이에요. 그뿐입니다. 친구로서……."

그가 전등을 아래로 내렸다.

"당신은 이상한 친구를 가졌군요."

그가 한숨을 내쉬며 말했다.

베케스가 짐을 별장 안으로 날라 왔다. 티나는 어둠 속으로 사라진 뒤였다. 나는 그 흑인에게 돈을 주고는 마지막 질문을 했다.

"그런데 황새는요? 흰색과 검은색이 섞인 새들 말입니다. 여기서 멀리 떨어진 곳에 내려앉나요?"

"황새요? 여기에도 내려앉아요. 우리는 황새 도래지의 한가운데에 있는 겁니다. 이제 며칠만 있으면 수천 마리로 늘어날 걸요. 평원, 강가, 집 근처, 어디나 내려앉아요. 발 디딜 틈도 없이 빽빽하게 서 있는 거죠."

나는 이제 여행을 끝내고 최종 목적지에 도착한 것이다. 황새들의 목적지. 루이 앙티오슈의 목적지. 오토 키에퍼의 목적지. 다이아몬드 밀수 조직의 최종 목적지.

그 남자에게 인사를 한 다음 배낭을 집어 들고 집 안으로 들어갔다. 꽤 넓은 집 안에는 낮은 책상과 목제 소파가 놓여 있었다. 베케스가 오른쪽 복도 끝에 있는 방이 내 방이라고 알려줬다.

나는 방안으로 들어갔다. 방 한가운데에 놓인 침대에 모기장이 높고 여유 있게 둘러쳐져 있었다. 그런데 엷은 명주 망사 안에서 낮은 목소리가 흘러나오는 것이었다.

"왔어요, 루이?"

모든 것이 어둠 속에 잠겨 있었으나 나는 그것이 티나의 목소리라는 것을 알아챘다.

“아니, 거기서 뭐하는 거야?”

“당신을 기다리고 있었어요.”

그녀가 웃음을 터뜨리자 하얀 이가 어둠 속에 드러났다. 나는 따라 웃으면서 모기장 안으로 들어갔다.

43

즉시 나는 티나의 긴 옷을 벗겼다. 그녀의 젖가슴이 마치 나무로 만든 어뢰처럼 솟아올랐다. 나는 음모가 곱슬곱슬하게 나 있고 자극적인 냄새가 풍기는 치골에 입을 갖다 댔다.

나는 그곳에서 뭔지 정확히는 모르지만 망각 같기도 하고 부드러움 같기도 하며 어떤 씁쓸한 후회 같기도 한 무언가를 찾았다.

티나의 살이 가볍게 전율했다. 그녀의 날씬한 허벅지가 양쪽으로 열리면서 이제 내가 더럽히게 될 세계가 나타났다. 내 몸 위에서 상고어로 뭐라고 말하던 그녀가 긴 손으로 나를 일으켜 허리를 붙들고는 나를 그 움푹 파인 어둠 속으로 끌어들였다.

나는 부드럽게, 아주 부드럽게 티나의 두 다리 사이를 뚫고 들어갔다.

팽팽하게 긴장된 그녀의 육체는 날을 세운 듯 날카로웠다. 그녀는 자신의 부드러움과 힘을 마음대로 구사했다. 티나는 나를 사로잡는 법을 알고 있었다. 내가 한 번도 경험해보지 못한 오묘하고 자극적인 움직임으로 나를 흥분시켰다. 나의 은밀한 곳을 어루만지거나 자극하면서 내 몸의 가장 민감한 부분을 찾아냈다.

티나의 검은 겨드랑이와 격렬하게 움직이는 입, 출렁이는 단단한 젖가슴을 입으로 더듬으며 열중하다보니 나의 온몸은 땀으로 흠뻑 젖으면서 뜨겁게 달아올랐다. 그러다가 내 몸은 가파른 낭떠러지에서 떨어지듯 쾌락의 심연으로 추락해서 폭발했고 그 쾌락은 즉시 고통으로 바뀌었다.

바로 그 순간, 온갖 영상들이 내 머릿속으로 돌진해 들어오더니 내 영혼을 두드려 깨웠다. 벌레들이 득실거리는 고모운의 시신, 총에 맞아 달아나버린 시코프의 목, 피로 뒤덮인 미나우스의 얼굴, 탁탁 소리를 내며 맹렬하게 타오르던 내 어린 시절의 모기장, 잠시 후 이 모든 영상들은 사라졌다. 쾌감이 밀려들어 내 혈관을 죽음의 조짐으로 가득 채웠다.

티나는 아직 끝나지 않았다. 그녀는 활처럼 젖혀진 자신의 육체가 짐승처럼 열광하며 들어 올려질 때까지 내 성기에 머리를 파묻기도 하고 내 겨드랑이와 치골을 핥거나 빨기도 하고 부드러우면서도 타는 듯 뜨거운 혀로 내 온몸을 더듬기도 했다. 티나가 신음을 내지르면서 부상당한 내 손의 붕대를 뜯어내더니 어둠 속에서 빛을 발하는 것처럼 보일 정도로 짙은 분홍색을 띤 자신의 성기 속으로 가져갔다.

드디어 그녀는 온몸을 비틀면서 오르가슴에 도달했고 그동안 내 손의 상처에서 흘러나온 피는 그녀의 다리 사이로 천천히 흘렀다. 그리고 이어서 자극적이고 감미로운 향기가 폭발하듯 솟아올랐는데, 아마도 그것은 티나가 쾌락의 절정에 도달하면서 발산시킨 향기가 아니었나싶다. 티나는 마치 제 자신의 꿀을 먹고 죽어버린 한 송이 쾌락의 꽃처럼 시트 위에 무너지듯 쓰러졌다.

그날 밤, 나는 잠을 자지 않았다. 티나가 휴전을 선언한 덕분에 나는 이런저런 생각을 할 수가 있었다. 내 운명이 어떤 비밀스런 논리를 갖고 있는 것만 같았다. 내 삶이 점점 더 난폭해지고 위험해짐에 따라 나의 감정이라든가 느낌이 자꾸만 예민해진다는 생각이 들었다. 뭔가 기묘한 균형이 존재하는 것 같았다.

태풍이 밀려오는 하늘과 미나우스의 우정과 사라나 티나의 사랑은 기차역에서의 잔학 행위, 점령 지구 내의 폭력, 더럽혀진 고모운의 시신과는 정반대의 것이었다. 이 모든 사실들은 한 길의 양 편에 늘어서 있고 나는 그 길을 걸어가고 있었다. 그 길을 따라가다 보면 어느 새 삶의 끝에 도달하게 될 것이다. 삶에 대해서 충분히 알고 있다는 걸 의식 너머에서 예감하기 때문에 더 이상 그것을 감내할 수 없는 그곳에서 나는 죽음을 받아들일 것이다. 그렇다. 그날 밤 모기장 속에서 나는 내 죽음의 가능성을 인정하게 되었다.

느닷없이 무슨 소리가 들렸다. 아침 공기 속의 무수한 빛처럼 가벼운 메아리가 계속해서 끈질기게 되풀이됐다. 철썩거리는 소리. 부풀어 오르는 소리. 나는 그 소리를 잘 알고 있었다. 시계를 보니 새벽 6시였다. 햇빛이 블라인드를 뚫고 희미하게 들어와 있었다. 티나는 아직 자고 있었다. 나는 창가로 가서 창문을 열고 밖을 내다보았다.

그들이 거기 있었다. 잿빛을 띤 그들이 가느다란 다리로 얌전하게 서 있는 것이었다. 그들은 평원 어디에나 사뿐히 내려앉았다가 방갈로 주변에 몰려들기도 하고, 강가에 모여들기도 하고, 풀밭 위를 걷기도 했다. 나는 이제 때가 됐음을 깨달았다.

"가요?"

티나가 졸린 목소리로 물었다.

나는 대답 대신 모기장 속으로 들어가서 그녀의 얼굴에 입을 맞췄다. 그녀의 땋아 늘인 머리가 베개 위로 뚜렷이 드러났고 두 눈은 어슴푸레한 빛 속에서 반딧불처럼 빛났다. 티나의 몸은 어둠과 뒤섞여 있었다. 그리고 그녀의 욕망은 어둠의 구덩이 속에서 드디어 제자리를 찾아낸 것 같았다. 눈에 띄지 않는 은밀한 욕망, 그러나 그걸 받아들일 줄 아는 사람에게는 현기증을 불러일으키는 욕망. 그 가늘고 긴 판능적인 육체를 내 두 손으로 어루만질 수 없다는 사실이 그렇게까지 고통스럽게 느껴진 적은 한 번도 없었다.

자리에서 일어나 옷을 입은 나는 녹음기가 잘 작동되는지 확인한 다음 주머니에 집어넣었다. 내가 권총 가죽 케이스를 혁대에 채우자 티나가 다가오더니 긴 팔로 나를 꼭 껴안았다. 나는 우리가 지금 영원히 되풀이되는 장면을 연출하고 있음을 깨달았다. 어떤 기후의 땅에서도 어떤 언어를 쓰는 땅에서도 수천 년 전부터 되풀이돼온 전사의 출발.

내가 중얼거렸다.

"모기장 속으로 들어가. 우리들의 향기가 아직 남아 있으니까. 그 향기를 다시 찾아서 간직해, 내 귀여운 영양(羚羊). 그 향기가 네 가슴에 영원토록 남아 있기를."

티나는 내 말뜻을 금방 알아채지는 못했다. 이윽고 그녀의 얼굴이 환해지더니 상고어로 작별인사를 했다.

밖에 나가보니, 어느 새 새벽은 물러가고 하늘이 밝게 빛나고 있었다. 키 큰 풀들이 반짝이고 있었으며 공기는 그 어느 때보다도 더 맑게 느껴졌다. 끝이 안 보일 정도로 많은 황새들이 날개를 접고 서 있었다. 흰색과 검은색, 검은색과 흰색, 여위고 털이 빠지고 기진맥진해 있었지만 모두들 행복해 보였다. 1만 킬로미터를 날아 드디어 목적지에 도달한 것이었다.

이제 나는 최후의 단계에서 키에퍼와, 악몽의 마지막 부분이 어떻게 전개될지를 알고 있는 그 살아 있는 죽음의 신과 단둘이 맞서게 된 것이다. 나는 다시 한번 글록 21의 탄창을 확인한 다음 발걸음을 옮겼다. 키에퍼의 집이 강물 위로 그 모습을 또렷이 드러내고 있었다.

베란다로 통하는 계단을 소리 없이 올라갔다. 가운데 있는 방으로 들어간 나는 한 엠바티족 여자가 긴 나무 의자 위에서 몸을 쪼그린 채 코를 골며 자고 있는 것을 발견했다. 그런 볼품없는 자세 때문에 여자의 살찐 얼굴이 한층 더 넓적해 보이는 것 같았다. 뺨에는 긴 칼자국이 여기저기 나 있었고, 그 칼자국들은 아침 첫 햇살에 반짝거렸다. 그녀 주위에는 아이들이 구멍 뚫린 담요 속에 몸을 웅크린 채 맨바닥에서 자고 있었다.

왼쪽으로 복도가 나타났다. 나는 깜짝 놀랐다. 그 집이 내가 방금 나온 집과 너무나 흡사했기 때문이다. 키에퍼와 나는 똑같은 구조의 집에서 잠을 잔 것이다.

나는 조심스럽게 걸어 나갔다. 1백 여 마리는 될 것 같은 도마뱀들이 벽을 따라 뛰어다니면서 나를 뚫어져라 쳐다보았다. 그곳에서는 말로 표현할 수 없는 악취가 풍겼다. 강이 내뿜는 고약한 냄새가 공기를 가득 메우고 있었다.

몇 발자국 더 걸어 나갔다. 분명히 키에퍼는 내가 썼던 방과 똑같은 방, 즉 복도의 오른쪽 끝에 있을 것이라고 나의 직감이 내 귀에 소곤거렸다. 문이 열려 있었다. 방은 어슴푸레한 어둠에 잠겨 있었다. 높은 모기장 아래 침대가 놓여 있었는데, 언뜻 보기에 침대는 비어 있는 것 같았다. 낮은 책상 위에는 반투명한 작은 병들과 두 개의 주사기가 놓여 있었다. 그 무덤 속으로 몇 발자국 더 걸어 들어갔다.

"이봐, 여긴 뭐 하러 온 거야?"

나는 그 순간 등골이 오싹해지면서 그 자리에 우뚝 서고 말았다. 그 목소리는 모기장 저편에서 들려 왔다. 그것은 목소리라고 말하기조차 어려운 소리였다. 뭐라고 중얼거리는 것 같기도 하고 쉬익쉬익 하는 것 같기도 해서 알아듣기가 무척이나 힘들었다. 나는 그 목소리가 내 무덤 속까지 따라다니리라는 것을 예감했다. 목소리가 이어졌다.

"이미 죽어버린 사람에게는 더 이상 해를 끼치지 않는 법이야."

가까이 다가갔다. 겁에 질린 아이처럼 권총을 쥔 내 손이 바들바들 떨렸다. 드디어 모기장 안에 누워 있는 사람의 형체가 내 눈에 들어왔다. 그를 보는 순간, 나는 내 몸 깊숙한 곳에서 치밀어 오르는 혐오감을 억누를 수가 없었다. 병마가 그의 몸을 모조리 갉아먹어버린 것 같았다. 그의 몸에는 뼈다귀에 씌워놓은 듯한 물렁물렁하고 축 늘어진 가죽밖에는 아무것도 남아 있지 않았다. 머리카락이나 눈썹은 물론이고 아예 털이라는 게 보이지 않았다. 이마와 목, 앞 팔에는 거무스름한 반점들과 마른 딱지들이 덕지덕지 붙어 있었다. 천천히 몸을 일으킨 그는 거무스름한 자국투성이인 흰 셔츠를 입은 채 마치 죽음 저 너머에 살고 있는 사람처럼 침대에 앉았다.

그의 얼굴 모양은 알아보기 힘들 정도였다. 두 개의 점이 반짝이는 것으로 봐서 그게 눈이라는 걸 알 수 있을 정도였다.

단 하나, 까칠하게 마른 검은 입술만은 털 없는 얼굴 위로 또렷이 나타났다. 벌어진 입술 사이로 부풀어 오른 새카만 잇몸이 보였고, 누르스름하고 크기가 일정하지 않은 이빨이 반짝거리고 있었다. 그 끔찍하게 생긴 입이 말을 하고 있었다.

"담배 있나?"

"없소."

"빌어먹을. 그럼 뭐 하러 온 거야?"

"몇 가지…… 물어볼 게 있어서."

키에퍼가 침을 튀기며 낄낄대기 시작했다. 갈색을 띤 침이 그의 셔츠 위로 흘러내렸다. 그는 침이 흐르든지 말든지 아예 신경을 쓰지 않았다. 그가 다시 힘겹게 입을 열었다.

"이봐, 난 자네가 누군지 알고 있어. 자넨 두 달 전부터 우리 사업을 훼방 놓기 시작한 얼간이지. 난 자네가 지금쯤은 반대편 동쪽 어디에 있는 줄 알았는데…… 수단에 가 있는 줄 알았지."

"계획을 바꿀 수밖에 없었지. 내가 어디로 갈 건지 누구나 쉽게 짐작할 테니까."

"그렇다면 자네는 이 늙은 키에퍼를 쫓아내려고 여기까지 온 거로군. 그렇지?"

나는 대답하지 않았다. 나는 그가 눈치 채지 못하도록 살그머니 녹음기의 스위치를 눌렀다. 키에퍼는 이따금씩 침을 뱉어내면서 나지막하게 숨을 내쉬었다. 몇 초가 지났다. 키에퍼가 다시 입을 열었다.

"뭘 알고 싶은가?"

"전부 다."

"왜 내가 입을 열어야 하지?"

나는 무덤덤한 목소리로 대꾸했다.

"당신이 냉혈한이기 때문이지. 그리고 냉혈한들이 모두 그렇듯이 당신도 몇 가지 규칙을 존중하지. 싸움의 규칙, 승리자의 규칙 말이야. 난 소피아에서 한 불가리아인을 죽였어. 뷤을 위해 일하는 놈이었지. 이스라엘에서는 미클로스 시코프라는 놈을 또 죽였어. 엠바이키에서는 엠디아에를 다그친 끝에 당신이 15년 전에 그 늙은이를 회유해서 거짓으로 사망진단서를 쓰게 했다는 사실을 알아냈지. 그리고 클레망의 이빨을 부러뜨려놓은 다음 당신을 여기까지 쫓아온 거야, 키에퍼. 여러 가지 관점에서 따져보면 내가 승리한 거지.

난 다이아몬드와 황새에 얽힌 비밀을 알고 있어. 당신이 지난 4월부터 없어진 다이아몬드를 찾고 있었다는 사실도, 당신들 조직이 어떻게 이뤄져 있는지도 알아. 당신 계획을 눈치 챘다는 이유로 이스라엘에서 이도 가버를 살해했다는 것도 알고 있지. 난 많은 걸 알고 있어, 키에퍼. 그리고 이제 난 당신을 찾아낸 거야. 당신의 다이아몬드 밀수 조직은 이미 와해됐어. 뵘은 죽었고, 당신도 오래 살지는 못할 테니까 말야. 내가 이긴 거야, 키에퍼. 그러니 다 털어놓으라구."

그의 쉬익거리는 듯한 숨소리가 여전히 들려왔다. 어둠 속에서라면 키에퍼가 코를 곤다고 생각할 수도 있었으리라. 아니면 그가 쉬익쉬익 소리를 내며 대가리를 흔들어대는 뱀처럼 상대방을 노리고 있다고 생각할 수도 있었을 것이다. 드디어 키에퍼가 중얼거리듯 말했다.

"좋아. 그럼 우리 이제부터 흥정을 좀 해볼까?"

죽어가는 병자로, 내 권총의 위협을 받고 있는 와중에도 키에퍼는 교활하게 나를 놀리는 것이었다. 그가 조건을 제시했다. 나는 그의 말투에서 가벼운 슬라브 악센트를 식별해낼 수 있었다.

"그렇게 많은 걸 알고 있다면 자넨 내가 여기서 '수류탄 아저씨'로 불린다는 사실도 알아야 할 거야. 내 옆 시트 밑에는 뜨끈뜨끈해서 언제라도 터질 가능성이 있는 수류탄이 하나 감춰져 있다네. 둘 중 하나를 선택하라구. 지금 내가 애길 해줄 테니 얘기가 끝나면 고맙다는 표시로 즉시 나를 죽여주게. 만일 자네에게 그럴 배짱이 없다면 우린 수류탄을 터뜨려서 함께 죽는 거야. 자넨 모든 걸 끝장낼 수 있는 좋은 기회를 줬어. 혼자서는 너무 힘이 들어서 말야."

나는 침을 꿀꺽 삼켰다. 이제 며칠만 있으면 죽음을 맞이하게 될 텐데 왜 굳이 권총으로 죽여 달라는 걸까?

나는 대답했다.

"어디 들어보자구, 키에퍼. 결정적인 순간에 내 손이 떨리지는 않을 테니까."

그는 다 죽어가면서도 히죽거렸다. 그의 입에서 검은 점액이 튀어나왔다.

"좋아. 자, 그럼 잘 들어보게. 이런 얘기는 매일 듣는 게 아니니까 말야. 모든 일은 1970년대에 시작됐지. 나는 보카사 밑에서 일을 했었어. 1977년 봄에 보카사가 한 가지 임무를 맡아달라고 제안하더군. 막스 뵘과 동행하라는 거였지. 난 그 스위스인을 조금 알고 있었는데, 정의의 기사 흉내 내는 것만 빼면 꽤 유능한 친구였어. 바로 그 해에 뵘은 엠바이키 너머에서 다이아몬드 광맥을 발견했네."

나는 놀라서 물었다.

"광맥을?"

"그래. 뵘은 동네 사람들이 강에서 멋진 다이아몬드를 찾아냈다는 사실을 알아낸 거야. 그자는 발견된 다이아몬드를 확인시키는 한편 탐광 작업을 맡기려고 자기가 아는 보어인 지질학자를 불렀어. 뵘은 정직한 인간이었지만 보카사는 뵘을 믿지 않았지. 그 스위스인이 다이아몬드를 빼돌릴지도 모른다고 생각한 거야. 그래서 보카사는 내가 뵘과 반 되텐이라는 이름을 가진 그 지질학자와 함께 탐광을 하라는 임무를 맡긴 거지."

"PR 154 탐광 말이지?"

"맞아."

“그래서 어떻게 됐지?”

“모든 일은 예상대로 진행됐어. 우리는 스캐드를 지나서 정남 쪽으로 내려갔지. 열 명 정도 되는 짐꾼들을 데리고 비를 맞으며 진흙탕 속을 걸어 결국 광맥에 도착했고, 뷔이랑 그 호모가 분석을 했어.”

“호모라니?”

“반 되텐은 호모였어. 그 키 큰 보어인 호모는 검은 엉덩이와 어린 노동자들을 꽤 좋아했다네……..”

“계속해, 키에퍼.”

“그 두 사람은 여러 날 일을 했지. 광맥을 찾아서 채굴하고 분석해내는 일이었어. 여러 가지를 종합해본 뷔은 결론을 내렸어. 그 광맥에는 엄청나게 많은 다이아몬드가 묻혀 있었던 거야. 그것도 양질의 다이아몬드가 말야. 작기는 했지만 순도가 최고로 높았어. 반 되텐은 엄청난 양이 생산될 것이라는 예측을 했지. 그날 밤에 우리는 광산과 우리가 받게 될 보상을 위해서 축배를 들었다네. 그런데 바로 그때 피그미족 한 명이 나타나 뷔에게 전보를 전해줬지. 정글에서는 그런 법이라네. 피그미족이 우체부 노릇을 하는 거야.

그런데 막스 뷔은 편지를 읽더니 진흙탕 속에 그대로 쓰러져 버렸어. 그 사람 살갗이 꼭 타이어 튜브처럼 부풀어 오르더군. 심장이 터질 것 같다며 괴로워했어. 반 되텐이 달려들었지. 뷔의 남방셔츠를 찢어내고는 가슴을 주물러줬다네. 나는 전보를 주워서 읽어봤지. 뷔의 아내가 사망했다는 내용이 적혀 있더군. 난 뵘에게 아내가 있다는 사실조차 모르고 있었는데 말야. 뵘의 아들도 곧 눈치를 채더라구. 그러더니 꼭 계집애처럼 횡설수설하다가 훌쩍거리며 우는 거야. 하지만 모기 떼가 아귀처럼 덤벼들고 강에는 거머리가 득실거리는 그 정글 속에서 뭘 어떡하겠나?

공포의 바람이 우리 머리 위를 스치고 지나갔어. 우리가 어떤 상황에 처해 있었을지 상상해 보게. 스캐드에서는 사흘, 엠바이키에서는 나흘을 걸어왔지. 그 무엇도, 그 누구도 막스 뵘의 목숨을 구할 수가 없었어. 뵘은 죽음을 선고받은 거나 마찬가지였네. 그 사실을 알고 있던 내 머릿속에는 거기를 빠져나가 다시 하늘을 봐야 한다는 생각뿐이었어.

짐꾼들이 배낭을 접어서 들것을 만들었어. 그런데 뵘이 의식을 되찾은 거야. 뵘은 우리와 생각이 달랐어. 더 남쪽으로 내려가자는 거야. 콩고 국경을 넘어가면 진료소가 있다는 얘기였어. 거기서 일하는 한 의사가 자길 구할 수 있는 유일한 사람이라는 거였어. 그는 울면서 자기는 죽고 싶지 않다고 소리치더군. 그의 아들이 그를 부축하고 있었고, 반 되텐은 혀만 끌끌 차고 있었어. 젠장! 난 그들을 거기다 그냥 놔두고 가버리려고 했지만 짐꾼들이 나보다 더 동작이 빠르더군. 돈 달라는 얘기도 안 하고 다들 줄행랑을 놓아버린 거야.

간단히 말하자면 나한테는 선택의 여지가 없게 된 거야. 들것도 들고 가야 했고, 죽은 제 어미를 찾으며 울어대는 뵘의 아들도 달래서 데리고 가야 했지. 우리는 뵘에게 약을 먹인 다음 출발했어. 나는 가능성이 거의 없다고 생각했었네. 그런데 놀랍게도 예닐곱 시간을 걸었더니 우리 눈앞에 커다란 진료소가 나타났던 거야. 믿을 수 없는 일이었지. 글쎄, 건물 안에는 실험실도 있고, 검둥이들이 하얀 가운을 입고 분주히 돌아다니더라구! 나는 뭔가 수상쩍다고 즉시 느꼈지. 분명치는 않지만 어떤 음모가 있는 것 같았어. 바로 그때 한 사내가 나타났지. 키가 크고 꽤 잘생긴 사십 대 남자였어. 빌어먹을! 정글 한가운데서 점잖게 생겨먹은 작자가 나타나더니 태연히 무슨 일이냐고 묻는 거야.”

“그 사람이 누구지?”

“난 몰라. 처음 보는 사람이었어. 하지만 뷤하고 그 의사는 이미 오래 전부터 알고 지내는 사이 같았어. 뷤이 이전에 정글에서 탐광할 때 그 남자를 만났으리라는 건 금방 추측해낼 수가 있었네. 뷤이 들것 위에서 소리를 지르더군. 자기는 죽고 싶지 않으니까 무슨 수를 써서라도 살려달라고 애원하는 거야. 뷤한테서 똥 냄새가 풍기더군. 바지에다 싸버린 거야. 뷤이라는 인간이 정말 싫어지더구만.

그때 그 의사가 고개를 숙이더니 속삭이듯 물었어. ‘뭐든지 다 할 가오기 돼 있나, 뷤’? 정말로 뭐든지 다 할 준비가 돼 있어?’ 남자의 목소리는 은근했지. 패션잡지에서 방금 걸어 나온 사람 같았다네. 뷤이 그의 목을 붙들더니 역시 나지막한 목소리로 말하더군. ‘이봐, 날 구해줘. 자넨 내 몸의 뭐가 잘못 됐는지 알고 있잖나. 그러니 날 살려달란 말야. 이젠 자네가 뭘 할 줄 아는지 보여줄 순간이야. 우리는 다이아몬드를 갖고 있어. 자넨 이번 기회에 한 재산 모을 수 있는 거야. 여기서 조금만 올라가면 무진

장 묻혀 있다구.' 참 이상한 일이었지. 그 둘은 꼭 그 전날 밤에 헤어진 사람들처럼 얘기를 하더라고. 무엇보다도 뷤의 말투로 볼 때 상대방은 심장병 전문가였던 것 같아. 이봐, 도대체 정글 한가운데서 그런 일이 있을 수 있다고 생각하나?"

키에퍼가 말을 멈췄다. 햇빛이 방안으로 조금씩 조금씩 흘러 들어왔다. 그의 얼굴을 보는 순간 나는 공포감에 몸을 떨었다. 그의 검은 잇몸이 어둠 속에서 빛났다. 저러다가 뼈를 덮고 있는 살이 상처를 입으면 어쩌나 걱정이 될 정도로 광대뼈가 툭 튀어 나와 있었다. 수류탄을 든 그 살인마가 불현듯 가엾게 느껴졌다. 도대체 이 사람은 얼마나 큰 잘못을 저질렀기에 이렇게 흉측하 게 변할 수 있단 말인가?

키에퍼가 말을 계속했다.

"그런데 바로 그때 그 의사가 나한테 이렇게 얘길 하는 거였 어. '저 친구를 수술해야겠습니다.' 그래서 내가 대꾸했지. '여 기서 말입니까? 당신 미쳤군요.' 그가 대답하더군. '우리로선 선 택의 여지가 없어요, 키에퍼 씨.' 그때 나는 그 의사가 내 이름을 알고 있다는 사실을 문득 깨달았지. 나뿐만 아니라 반 되텐까지 도 알고 있었던 거야. 뷤은 바닥에 타일이 깔린 수술실 같은 커 다란 방으로 옮겨졌어. 에어컨 같은 게 윙윙 소리를 내며 돌아가 고 있더군. 방은 텅 비어 있었어. 하지만 그 방에서는 창자가 뒤 틀릴 것 같은 피 냄새가 풍기고 있었네."

키에퍼는 내가 뷤의 집에서 찾아낸 사진에서 본 도살장을 묘 사하는 것이었다. 그 사진을 구성하는 부분들이 하나씩 자리를 잡아갔다. 나는 충격 때문에 금방이라도 쓰러질 것 같았다. 나는 더듬더듬 나무 의자를 붙잡고 앉았다. 키에퍼가 이죽거렸다.

"왜, 기분이 안 좋은가, 애송이 양반? 의자에서 떨어지지 않게 잘 붙들고 있게. 아직은 시작에 불과하니까 말야. 우리는 첫 번째 방에서 샤워를 하고 옷을 갈아입어야만 했지. 그러고 나서 다른 방으로 들어갔는데, 그 방에는 창 유리로 구획된 수술실이 따로 마련돼 있더구만. 수술실 안에는 니켈로 만든 책상이 두 개 놓여 있었어.

책상 위에 뵘을 올려놓았지. 의사는 침착하게 행동했어. 뵘은 좀 진정이 된 것 같더군. 잠시 후에 우리는 첫 번째 방으로 다시 돌아갔다네. 뵘의 아들이 우리를 기다리고 있더군. 의사가 그 아이에게 아주 나지막한 목소리로 말했어. '네가 좀 도와줘야겠다. 너희 아빠를 치료하려면 피를 좀 뽑아내야 하거든. 위험하지 않아. 하나도 안 아플 거야.' 그가 고개를 돌려 나한테 명령했어. '나가주시죠, 키에퍼 씨. 수술은 아주 까다롭습니다. 환자를 준비시켜야겠어요.' 그래서 난 거기서 나왔지. 머리가 꼭 화산처럼 끓어오르더군. 지금 내가 뭘 하고 있는지 알 수가 없었어.

나가보니 반 되텐이 팔다리를 바들바들 떨고 있더라구. 나 역시 온몸이 벌벌 떨리더군. 그렇게 몇 시간이 흘러갔네. 새벽 2시. 드디어 의사가 나왔어. 온통 피투성이더군. 일그러지고 창백해진 얼굴 위로 핏줄이 꿈틀거리는 게 보였어. 나는 순간 뵘이 죽었다고 생각했지. 그런데 웬걸, 그 의사가 느닷없이 기분 나쁘게 웃는 게 아니겠나? 그의 눈이 석유등의 불빛을 받아 반짝이더군. 의사가 뷤은 이제 위험에서 벗어났다고 했어. 그러고 나서 이렇게 덧붙이더라고. '하지만 아들은 구할 수 없었소.'

나는 벌떡 몸을 일으켰어. 반 되텐은 두 손으로 머리를 감쌌어. 나는 소리쳤지. '뭐, 아들이 죽었다구? 야, 이 미친놈아! 도대체 무슨 짓을 한 거야? 그 아이한테 무슨 짓을 했냐구, 이 백정 같은 놈!'

나는 그자가 뭐라고 대답을 하기도 전에 진료소 안으로 뛰어들어갔지. 그곳은 온통 흰 타일이 깔려 있는 미로나 다름없었어. 드디어 나는 수술실을 찾아냈지. 검둥이 한 녀석이 AK-47로 무장하고 지키고 서 있더군. 하지만 난 유리창을 통해서 살육의 흔적을 볼 수가 있었다네.

타일 바닥은 온통 붉은 피로 물들어 있었어. 벽에서도 피가 뚝뚝 떨어지더군. 수술대는 말할 필요도 없고…… 한 인간이 그렇게 많은 피를 흘릴 수 있다는 게 믿기지가 않았어. 시체에서 풍기는 냄새가 공중에 진하게 배어 있었지. 난 그저 아연실색할 뿐이었어.

나는 수술실 안쪽의 어둠 속에서 흰 담요를 덮고 평화롭게 잠들어 있는 막스 뷤의 모습을 볼 수가 있었네. 그런데 그보다 더 가까운 곳에 뷤의 아들이 있었지. 살과 창자가 마치 폭탄이라도 맞은 것처럼 여기저기 널려 있었어. 자넨 내 명성에 대해 알고 있을 거야. 난 죽음을 두려워하지 않았고, 특히 검둥이들에게는 못된 짓도 많이 했지. 하지만 그때 내 눈앞에 펼쳐져 있던 광경은 그런 것과는 비교도 되지 않을 만큼 끔찍했네. 그 아이의 몸은 갈가리 찢겨 있었어. 내가 자세히 볼 수 없었던 상처도 있었 겠지. 상반신은 목구멍에서 배꼽이 있는 곳까지 절개돼 있고, 내 장이 삐져나와 있더군.

그 의사가 무슨 짓을 했는지 알아내려고 애쓸 필요조차 없었 다네. 그자는 아들의 심장을 도려내서 아비의 몸에 이식시킨 거 였어. 정글 한가운데서 그런 일을 해낸다는 건 분명 천재적이지. 하지만 내 눈앞에 펼쳐진 광경은 천재의 작품이 아니었어. 그건 미치광이나 빌어먹을 놈의 나치, 아니면 그 비슷한 자들이나 저 지를 수 있는 짓거리에 불과했을 뿐이야. 맹세컨대, 정말 눈뜨고 는 볼 수 없는 참상이었어. 그 뒤로 15년 동안 갈가리 찢겨진 그 시신은 밤마다 내 머릿속에 떠오르곤 했지.

나는 창문 쪽으로 더 가까이 다가섰어. 뷤의 아들 얼굴을 보고 싶었던 거야. 그 아이의 얼굴이 180도로 돌려져 있더군. 정말 끔 찍한 일이었지. 아이의 눈은 공포에 질린 듯 툭 튀어나와 있었 어. 입은 반쯤 벌려진 상태였고. 순간 나는 알았다네. 그 잔인한 인간은 마취도 시키지 않고 살아 있는 상태에서 그 짓을 했다는 건 말야. 난 총을 뽑아들고 밖으로 나왔지. 그런데 그 의사 녀석 이 완전 무장한 놈들과 함께 나를 기다리고 있더군.

그자가 석유등을 정면으로 비췄어. 눈이 부셔서 아무것도 볼 수가 없었지. 뇌 속을 파고드는 것 같은 은밀한 목소리가 들려왔 네. '얌전히 굴게, 키에퍼. 손가락 하나라도 까닥하면 자네를 개 잡듯 죽여버리고 말 테니까. 이제부터 자넨 어린이 살인사건의 공범이야. 중앙아프리카에서도 그렇지만 콩고에서도 어린이 살

해범은 사형감이지. 하지만 내가 시키는 대로만 한다면 자넨 사형을 면하는 대신 떼돈을 벌게 될 거야……'

그러고 나서 그 돌팔이 녀석은 내가 어떻게 해야 하는지를 설명해주더군. 필리프 뵘의 시신을 엠바이키까지 옮겨 간 다음 흑인 의사에게 공식 부검소견서를 발부받아야 한다는 것이었지. 그 일을 성공적으로 마치면 돈이 많이 생기는 좋은 일자리를 주겠다더군. 나로선 선택의 여지가 없었지. 나는 아이의 시신을 들것에 묶은 다음 짐꾼들과 함께 스캐드를 향해 다시 출발했어. 뵘은 그 미친 녀석에게 맡겨놓고서 말야. 반 되텐은 도망쳐버렸어. 이건 더럽고 구역질나는 얘기지만 나는 정글을 벗어나는 순간부터 그 의사 녀석도 사라지고 악몽도 잊히기만을 바랐지.

하지만 그 끔찍한 밤에 뵘하고 나, 반 되텐은 자신들도 모르는 사이에 영혼을 악마에게 팔아넘긴 거야. 1977년 8월의 그날 밤 이후로 우리 셋은 그의 조종을 받으며 살게 됐어. 막스 뵘의 심장에 부착된 티타늄 때문이었지. 그것이야말로 범죄를 구체적으로 보여줄 뿐만 아니라 그 의사 녀석으로 하여금 뵘을 그리고 간접적으로는 다른 두 사람을 지배할 수 있도록 해주는 장치였다네. 그 돌팔이의 '서명'이나 마찬가지였던 셈이지."

"그 다음 얘긴 나도 알고 있어, 키에퍼. 내가 엠디아에를 신문했거든. 그는 당신이 불러주는 대로 부검소견서를 썼고 당신은 시신을 갖고 방기로 돌아갔지. 그 다음에 무슨 일이 있었지?"

"보카사에게는 대충 둘러댔지. 우리가 고릴라의 공격을 받았고, 그래서 필리프 뵘이 살해당했으며 막스 뵘이 브라자빌을 거쳐 자기 나라로 돌아갔다는 설명을 했네. 믿기 힘든 얘기였지만 보카사는 대수롭게 생각하지 않았어. 그자의 관심은 오직 한 가지, 다이아몬드를 발견했느냐 못 했느냐 하는 것뿐이었거든. 보카사가 대관식을 올리기 석 달 전의 일이었지. 그는 왕관에 달 다이아몬드를 찾느라 혈안이 돼 있었어. 비밀리에 탐광대가 정글에 파견됐지. 내가 그 탐광대를 지휘했다네. 10월부터 뛰어난 품질을 가진 다이아몬드가 발견되기 시작했어. 다이아몬드는 발견되는 즉시 앙베르로 보내져서 세공이 됐지."

"언제 다시 뷤을 만났지?"

"1년 반쯤 뒤인 1979년 1월 방기에서였지. 믿기지가 않았어. 끔찍하게 야위어버린 거야. 동작도 느릿느릿하고 신중하게 변했더군. 짧게 깎은 머리는 그전보다 훨씬 더 하얗게 셌고. 우리는 조용한 우방기 강가로 나가서 얘기를 나눴지. 도심은 학생들이 시위를 해서 시끄러웠거든."

"무슨 얘길 했지?"

"제안을 받았어. 그때까지 내가 받아본 제안 중에서 가장 엉뚱한 제안이었지. 요점만 얘기하자면 이런 내용이라네. '보카사 시대는 이제 끝났어, 키에퍼. 일주일만 있으면 쫓겨날 거야. 자네와 나 말고는 시카민 광산의 진짜 매장량이 얼마나 되는지 아는 사람이 아무도 없어. 그 광산을 운영하는 건 자네야. 자넨 광부들을 통제하고 생산량을 조절하지. 그러니 자넨 마음 놓고 그중에서 가장 좋은 다이아몬드를 따로 챙길 수가 있다구. 다이아몬드가 얼마만큼이나 생산되는지는 아무도 모를 테니까 말야.' 도둑질을 했다고 끔찍한 벌을 내리던 뵘이 이제는 나더러 다이아몬드를 빼돌리자는 제안을 하는 거였어. 의심의 여지가 없더군. 수술을 받은 뒤로 사람이 완전히 변한 거야. 뵘이 이어서 말했지. '난 이제 아프리카가 싫어. 다신 이곳에 돌아오고 싶지 않아. 절대로 돌아오고 싶지 않다구. 하지만 난 유럽에서 자네가 보내는 다이아몬드를 받아서 앙베르에서 팔 수가 있어. 어떻게 생각하나?'

난 생각을 해봤지. 그런 일을 하다보면 다이아몬드 밀수를 하고 싶은 유혹을 강하게 받게 되는 법이야. 하루 종일 늪에 들어가 있으면서 손가락 사이로 다이아몬드가 빠져나가는 걸 보게 되니까. 하지만 난 밀수에 뒤따르는 위험도 알고 있었지. 내가 물었어. '그럼 누가 다이아몬드를 가지고 나가지, 뵘? 누가 다이아몬드를 나르냔 말야?' 뵘이 대답했어. '좋은 질문이야, 키에퍼. 하지만 걱정 말게. 절대로 발각당하거나 체포당하지 않을 배달꾼들이 있다네. 이 배달꾼들은 비행기나 배처럼 알려진 운송 수단을 사용하지 않기 때문에 세관이나 검사소에 걸릴 염려가 없거든.' 그러고선 자기 배달꾼들을 나한테 소개해주겠다며 함께 바양가로 가자고 하더군.

그곳에 갔더니 보이는 거라곤 유럽으로 날아가게 될 수천 마리의 황새들뿐이었어. 그러자 막스 뵘은 쌍안경을 내밀면서 다리에 고리가 끼워진 황새 한 마리를 가리키더군. 그가 말했어. '키에퍼. 20년 전부터 난 저 황새들을 보살펴왔다네. 저놈들이 3월에 유럽으로 돌아오면 받아들여서 먹이고 새끼의 다리에 고리를 끼워주지. 20년 전부터 나는 저놈들의 이동이라든가 생활 주기 등의 문제를 연구해왔어. 이젠 내가 그동안 해온 연구 성과를 써먹을 수 있게 된 거야. 저놈을 좀 보게.'

그가 고리를 끼운 황새를 손가락으로 가리키더군. '내가 저 고리에 다이아몬드 원석을 끼운다고 생각해보게. 무슨 일이 일어날 것 같은가? 두 달 후면 다이아몬드는 특별히 만든 유럽의 둥지에 가 있을 거야. 수학적이지. 황새들은 해마다 똑같은 둥지로 정확하게 돌아오거든. 만약 이 방법을 고리를 끼운 모든 황새에게 적용시킨다면 수천 개의 다이아몬드를 아무런 문제없이 유럽으로 가져갈 수가 있는 거야. 봄이 되면 난 저 새들을 다시 만나서 다이아몬드를 회수하게 될 거야. 그 다음에는 그걸 갖고 앙베르에 가서 팔기만 하면 되는 거지.'

뷤의 계획이 별안간 구체적인 형태를 띠기 시작했어. 난 내가 할 일은 뭐냐고 물었지. 뷤이 대답하더군. '채광을 하는 동안 가장 좋은 다이아몬드를 따로 빼돌려두게. 그런 다음 바양가로 가서 그것들을 황새 다리의 고리에 끼워 넣기만 하면 되는 거야. 내가 총괴 마취단을 주셌네. 자녠 일등 사격수니까 말야. 이 일은 한 두 주일이면 끝낼 수 있어. 그렇게만 해주면 자네에게 해마다 1만 달러씩 주겠네.' 1만 달러라면 다이아몬드를 밀수해서 전부 벌어들이는 돈에 비하면 터무니없이 적은 액수였어. 하지만 뷤은 이 일에 관여하는 사람이 자기 혼자가 아니라고 설명하더군. 그때서야 나는 어렴풋이나마 이 일의 전말을 짐작할 수가 있었지.

그 계획은 다른 곳에서 나온 거였지. 바로 정글에서 만난 그 의사 놈의 아이디어였던 거야. 그는 그 뒤로도 계속 우리들을 놓아주지 않고 우리가 그 계획을 실행에 옮기지 않을 수 없도록 만들었던 거지. 똑같은 조직이 동쪽 경로에서도 만들어졌는데, 남아프리카에 있던 반 되텐이 내 역할을 맡았다네. 우리로서는 꼼짝없이 그 일을 맡을 수밖에 없었지만 동시에 큰 부자가 될 수도 있었지. 나는 그 제안을 받아들였어.

그 뒤에 무슨 일이 있었는지는 자네도 알 거야. 해마다 나는 1천 개나 되는 다이아몬드를 황새들의 다리에 끼웠지. 그러면 내 스위스 은행 계좌에 돈이 입금되는 거였어. 동쪽 경로에서도 서쪽 경로에서도 일은 놀라울 만큼 잘 진행됐다네. 지난 4월까지만 해도 말야⋯⋯."

키에퍼가 말을 멈췄다. 그의 입술에서 뭘 빨아들이는 것 같은 소리가 나더니 마치 몸속의 고통에 의해 빨려 들어가기라도 하듯 몸이 뒤로 젖혀졌다. 그 바람에 쿵하고 넘어진 키에퍼가 움푹 파인 검은 눈으로 나를 올려다보았다.

"미안하이. 약 먹을 시간이군."

키에퍼가 책상 위에 놓여 있던 주사기를 집더니 병 속에 들어 있던 모르핀을 뽑아냈다. 그는 익숙한 동작으로 주사 놓을 준비를 했다.

그의 손은 떨리지도 않았다. 갈색 고무 밴드를 집더니 왼쪽 팔을 뻗고 소매를 걷어 올렸다. 팔은 피가 말라붙은 딱지 같은 오톨도톨한 반점으로 온통 뒤덮여 있었다. 그 모양이 흡사 젖빛 바다 속의 산호초처럼 기묘했다.

그는 능숙한 솜씨로 주사기를 입술에 문 채 고무 밴드로 팔을 묶었다. 동맥이 금세 부풀어 올랐다. 키에퍼는 주사기 끝 부분으로 동맥을 더듬으면서 바늘을 꽂기에 가장 좋은 곳을 찾았다. 갑자기 그가 바늘을 꽂았다. 약효 탓인지 그가 몸을 웅크렸다. 머리털이 하나도 없는 머리가 햇빛을 받자 마치 형광석처럼 희끄무레한 광채를 발했다. 그의 뼈마디가 살 아래서 이리저리 움직였다.

시간이 흘렀다. 이윽고 그의 몸이 느슨해졌다. 그가 억지웃음을 웃으면서 고개를 어둠 속으로 돌렸다.

나는 키에퍼가 마지막으로 한 말을 깊이 생각해보았다. 그렇다. 나는 그 다음에 무슨 일이 벌어졌는지를 알고 있었다. 지난 4월에 동쪽 경로의 황새들이 돌아오지 않았다. 겁이 난 뵘은 사설탐정들을 보냈다. 그 두 놈은 경로를 거슬러 올라갔으나 아무것도 발견하지 못했다. 그들에게 모든 비밀을 알려줄 수도 있었을 이도만 죽였을 뿐이었다.

그 뒤에 막스 뵘은 똑같은 경로로 나를 보냈는데, 내가 지나친 '호기심을 보이면' 제거하라는 임무를 두 불가리아인에게 부여해서 내 뒤를 쫓게 했던 것이다. 그렇지만 한 가지 중요한 의문은 여전히 남는다. 왜 하필이면 나였을까? 어쩌면 키에퍼가 내게 그 해답을 알려줄 수 있을지도 몰랐다. 내 마음을 읽기라도 하듯 그가 물었다.

"그런데 자네는 왜 황새들을 뒤쫓았지?"

"난 뵘의 명령대로 움직였을 뿐이야."

"뵘의 명령……."

키에퍼가 음울하고 끈적끈적한 웃음소리를 냈다. 마치 뭔가가 부서지는 것 같은 소름 끼치는 나지막한 소리였다. 그의 거무스레한 침이 또다시 내 셔츠로 튀었다.

"뵘의 명령대로…… 뵘의 명령대로 움직였단 말이지……."

나는 그 꾸르륵거리는 듯한 소리가 듣기 싫어서 말을 가로막았다.

"뵘이 왜 나를 골랐는지 모르겠어. 난 조류학자로서의 경험도 전혀 없고, 특히 당신네 조직에 속해 있지도 않은데 말야. 하지만 어떻게 보면 뵘은 전쟁판에 졸개를 한 명 내보내듯 날 보내서 당신과 싸우게 한 건지도 모르겠어."

키에퍼가 한숨을 내쉬었다.

"이제 그런 건 큰 문제가 안 돼. 어쨌든 우린 끝장난 거야."

"끝장났다구?"

"이봐, 뵘은 죽었어. 그 사람이 없으면 밀수는 이뤄질 수가 없다구. 오직 그자만이 황새들의 둥지와 번호를 알고 있으니까. 그의 무덤 속으로 모든 게 다 사라져버린 거야. 물론 우리들도 함께 사라졌어야 했겠지. 왜냐하면 우리는 쓸데없이 너무 많은 걸 알고 있거든."

"우리라니 누구 말야?"

"나하고 반 되텐, 그리고 두 불가리아인."

"그래서 당신은 바양가에 숨은 거야?"

"그래. 그 덕분에 아직도 살아 있게 된 거지. 하지만 여기까지 와보니 병이 나를 맞이하더군. 아이러니한 운명이지. 예순 살에 에이즈라니, 배꼽 잡고 웃을 일이 아닌가?"

"그럼 반 되텐은?"

"어디 있는지 나도 몰라. 죽어버렸는지도 모르지."

"도대체 누가 당신을 위협한 거야, 키에퍼?"

"조직? 그 의사 놈? 모르겠어. 우린 더 거대하고 더 국제적인 어떤 것에 속해 있었어. 알겠나? 난 10년 전에 내 무덤을 스스로 판 거야. 거기 대해서는 단 한 마디도 자네에게 해줄 수 없어. 난 늘 뷤하고만 접촉했으니까."

"'세계는 하나'라는 단체에 대해 들은 적 있나?"

"대충 들었지. 시카민 광산 근처에서 무슨 일을 한다더군. 수녀가 한 명 있어서 피그미족을 치료해주지. 난 그런 일엔 관심 없네."

생체 수술. 심장 절도는 키에퍼의 세계와는 무관한 일이었다.

하지만 나는 계속해서 물었다.

"시코프는 유엔에서 발행한 여권을 갖고 있었어. 그 남자가 자기도 모른 채 '세계는 하나'를 위해 일했을 수도 있지 않을까?"

"글쎄. 그럴 수도 있겠지."

"불가리아의 슬리벤에 사는 집시 라즈코 니콜리치가 지난 5월에 살해당한 걸 알고 있나?"

"모르는데."

"그럼 열흘 전에 시카민 광산 근처에서 조코에 사는 고모운이라는 소녀가 살해당했다는 얘기는?"

키에퍼가 몸을 일으켰다.

"시카민 광산 근처에서?"

"모르는 척하지 마, 키에퍼. 당신은 그 의사가 중앙아프리카에 돌아왔다는 걸 아주 잘 알고 있잖아? 그자는 당신의 헬리콥터를 사용하기까지 했어."

키에퍼가 침대 위로 쓰러졌다. 그가 중얼거렸다.

"자넨 정말 많은 걸 알고 있군. 열흘 전에 보나페가 전갈을 보내왔지. 의사가 방기에 돌아왔다는 거야. 그자는 다이아몬드를 찾으러 온 게 틀림없어."

"다이아몬드를?"

"올해에 채광한 다이아몬드 말야. 어떤 식으로든 다이아몬드는 확보해야 하니까."

키에퍼가 이죽거리는 표정으로 말을 이었다.

"하지만 그 돌팔이는 날 찾지 못했지."

나는 그 허풍쟁이에게 이렇게 쏘아붙였다.

"그자는 당신을 찾지 못한 게 아니고 찾지 않은 거야."

"그게 무슨 소리지?"

"그자는 다이아몬드 때문에 온 게 아니라구, 키에퍼. 그에게 돈은 하나의 수단에 불과해. 두 번째 요소일 뿐이라구."

키에퍼가 다시 몸을 일으켰다.

"그렇다면 그자가 왜 이 검둥이 소굴 속으로 기어들어 왔단 말야?"

"고모운 때문이지. 그 피그미 소녀의 심장을 훔쳐가려고 온 거야."

키에퍼가 침을 퉤 하고 뱉었다.

"젠장. 그 말을 도대체 어떻게 믿어!"

"난 그 소녀의 시체를 직접 봤어, 키에퍼."

그가 뭔가를 깊이 생각하는 듯했다.

"그자가 나 때문에 온 게 아니란 말이지…… 그거 잘됐군. 그렇다면 난 조용히 죽을 수 있겠는데."

"당신은 아직 죽지 않았어, 키에퍼. 그 의사를 다시 만나지는 않았나?"

"물론."

"그자의 이름도 모른다는 거야?"

"몰라. 아까 말했잖아."

"프랑스인이야?"

"프랑스어로 말했어. 내가 아는 건 그것뿐이야."

"사투리는 쓰지는 않았나?"

"그래, 쓰지 않았어."

"어떻게 생겼지?"

"키가 컸어. 얼굴은 야윈 편이고, 이마가 벗어졌더군. 머리는 하얘졌는데, 정말 돌처럼 생긴 얼굴이었지."

"그게 전부야?"

"이제 날 놔줘."

"그 의사는 어디 숨어 있지, 키에퍼?"

"이 세상 어딘가에 숨어 있겠지."

"뷔은 그 의사가 어디 사는지 알고 있었나?"

"그랬을 거야."

나는 소파를 밀어내고 일어섰다. 아스팔트가 녹아내릴 정도의 무더위가 방안으로까지 밀려들었다. 키에퍼는 이가 갈리는 듯한 목소리로 물었다.

"그런데 우리의 거래는 어떻게 되나?"

나는 그의 눈을 뚫어지게 쳐다보았다.

"두려워하지 말게."

나는 팔을 뻗고 글록 21의 공이치기를 들어 올렸다. 키에퍼가 야유하듯 말했다.

"당겨, 이 멍청아."

나는 여전히 망설이고 있었다. 그런데 그때 별안간 키에퍼가 시트 밑에서 수류탄을 꺼내더니 안전핀을 뽑으려는 동작을 취했다. 나는 방아쇠를 당겼다. 모기장이 털썩 흔들렸다. 키에퍼의 몸이 둔탁한 소리와 함께 폭발하면서 거무스름한 피와 뇌가 모기장에 튀었다. 황새들이 날개를 치며 일제히 날아오르는 소리가 밖에서 들려왔다.

잠시 후 나는 모기장을 열었다. 키에퍼에게 남아 있는 것은 피와 살점과 뼈다귀뿐이었다. 수류탄은 터지지 않은 채 시트 위에 놓여 있었다. 나는 자그마한 다이아몬드와 쇠고리들이 여기저기 흩어져 있는 것을 발견했다. 그 해에 캐낸 다이아몬드였다. 나는 다른 것들은 그냥 놓아두고 쇠고리 하나만 챙겼다.

복도로 뛰어나갔다. 깜짝 놀라서 잠을 깬 엠바티족 여인이 손짓을 하며 뛰어왔고 그 뒤를 아이들이 쫓아왔다. 그녀는 울음 반 웃음 반이었다. 괴물이 사라진 것이다. 나는 그들과 부딪쳤지만 팔꿈치로 밀쳐 내고 계속해서 달렸다. 초록색 도마뱀들이 여전히 벽 위를 기어 다니고 있었다. 느닷없이 햇빛이 얼굴을 비추자 나는 뛰는 걸 멈추고 천천히 걸었다. 눈이 부셔서 약간 기우뚱거리며 계단을 내려온 나는 진홍색 땅에 대고 권총의 방아쇠를 당겼다.

모든 것이 끝났다. 그리고 동시에 모든 것이 시작되었다.

저 멀리 큰 키로 자라 오른 풀밭에서 티나가 나를 향해 뛰어오고 있었다.

제5장

지옥에서 보낸 가을

　나흘 뒤인 9월 30일 새벽에 파리로 돌아갔다. 라스파유 가에 있는 내 넓은 아파트가 왠지 좁고 답답하게 느껴졌다. 이제 나는 벽으로 둘러싸인 공간이 낯설어진 것이다. 지난 두 주일 동안 쌓인 우편물을 집어 들고 자동 응답기를 틀어보려고 사무실로 들어갔다. 내가 여러 달 동안이나 보이지 않아서 내 소식을 궁금해하는 친구들과 지인들의 목소리가 들렸다. 뒤마에게서 온 전갈은 없었다. 그가 이렇게나 침묵을 지키다니 정말 이상한 일이었다. 또 하나 이상한 일은 넬리 브래슬러가 또 전화를 했다는 사실이었다. 지금까지 살아오는 동안 그녀가 이렇게 빈번하게 연락을 취한 적은 한 번도 없었다. 느닷없이 관심을 보이는 이유가 도대체 뭘까?

　아침 6시였다. 나는 집 안을 이리저리 걸으면서 현기증 같은 걸 느꼈다. 그 많은 사건을 다 겪어 내고 이렇게 살아서 편안하게 지낸다는 게 도저히 현실로 느껴지지가 않았다. 아프리카에서 마지막 며칠 동안 목격한 장면들이 눈앞을 스쳐 지나갔다. 오토 키에퍼의 시신을 피투성이가 된 모기장으로 말아서 그의 다이아몬드와 함께 평원에 묻던 베케스와 나. 오토 키에퍼가 베개 밑에 넣어 둔 자동권총으로 자살했다고 내가 설명하자 노골적으로 귀찮다는 표정을 짓던 바양가 경찰들. 강가에서 마지막으로 포옹하며 작별을 고한 티나.

나의 아프리카 여행은 빛과 어둠을 동시에 가져다주었다. 오토 키에퍼의 증언으로 다이아몬드 사건은 종결된 셈이었다. 주범 중에서 두 명이 죽었다. 반 되텐은 남아프리카 어딘가에서 숨어 지내는 게 분명했다. 사라 가버는 아마 벌써 다이아몬드를 팔아치운 다음 계속 도망 다니고 있을 것이다. 이 젊은 여성은 부자가 됐겠지만 동시에 위험에 처하게 된 것이다. 지금 이 시간에도 살인자들이 그녀를 뒤쫓고 있을지 모른다.

이제 이 모든 일을 주도한 의사만 남았다.

최소한 15년 전부터 한 인물이 전 세계를 돌아다니며 무고한 사람들의 심장을 산 채로 들어냈다. 신체장기가 밀매되고 있다는 건 분명하지만, 여러 정황으로 미루어볼 때 그 내막은 훨씬 더 복잡하게 얽혀 있을 가능성이 크다. 그 의사는 왜 그렇게 잔인한 행동을 하는 것일까? 신체장기 밀매를 하려면 한 국가에서만 해도 될 텐데 왜 그렇게 굳이 세계 곳곳을 돌아다니며 대상을 고르는 것일까? 왜 특별한 인체 조직을 가진 사람들을 찾는 것일까?

그 이유를 밝혀내기 위해서는 의사를 찾아야만 했다. 그를 찾아낼 수 있는 방법은 지금 현재로서는 두 가지뿐이다.

첫 번째 방법은 이렇다. 그 의사는 막스 뵘이 탐광을 하던 1972년과 1977년 사이에 콩고나 중앙아프리카에 머무르고 있었을 것이다. 그 의사는 1년 내내 밀림 속에서 생활하는 것은 아니었다. 나는 양국의 세관과 병원을 이용, 그의 자취를 더듬어 올라 갈 수 있을 것이다. 하지만 그것은 공권력을 동원해야만 가능한 일이었다. 그러니 내가 어떻게 그런 정보들을 수집할 수 있단 말인가? 유럽의 심장병 전문가들에게 문의할 수도 있을 것이다. 1977년 당시에, 그것도 정글 속에서 막스 뵘의 심장을 이식할 정도라면 상당한 실력을 가진 인물이었을 것이다. 그런 인물이 프랑스어를 구사하고 아프리카의 정글 속에서 살았다는 사실까지 알고 있으니 그의 흔적을 찾아내는 건 충분히 가능할 것이다. 그 순간 막스 뵘의 부검을 실시하고 뒤마의 조사를 도와준 적이 있는 카트린 바렐 의사가 머릿속에 떠올랐다.

두 번째 방법은 '세계는 하나'를 이용하는 것이다. 그 살인자는 이 단체가 보유하고 있는 방대한 정보와 정확한 검사 결과를 몰래 빼내 전 세계 곳곳에서 대상을 선정했을 것이다. 게다가 그 자는 진료소의 헬리콥터와 무균 텐트, 그리고 다른 물자까지도 동원했다. 그렇게 할 수 있다는 것은 그 인물이 이 단체 내에서 중요한 위치를 차지하고 있음을 뜻한다. 그렇다면 나는 '세계는 하나'의 기구 편성이 어떻게 돼 있는지를 알아내야 한다. 그렇게 해서 얻어낸 정보를 아프리카에서 수집한 정보와 대조해보면 누가 봐도 분명하게 일치하는 이름이 하나 나타나게 될 것이다. 바로 거기서 나는 내가 공식적인 위치에 있지 않다는 사실 때문에 벽에 부딪치고 말았다. 나는 아무런 힘도 없고 특별한 임무를 맡고 있는 것도 아니다. 뒤마가 일찍이 말하지 않았던가. 전 세계적으로 인정받은 인도주의 단체와 상대하는 것은 쉬운 일이 아니라고 말이다.

정신적인 면에서도 나의 의지는 이미 제자리걸음을 하고 있었다. 나는 지칠 대로 지쳐 있었고, 회한에 휩싸여 있었으며, 한 번도 느껴보지 못했던 이유를 알 수 없는 깊고 깊은 고독에 빠져 있었던 것이다. 내가 지금 살아 있다는 것 자체가 기적이나 다름없는 일이었다. 나는 시급히 경찰 차원의 도움을 받아야만 이 유혈 조직과 마지막으로 대결할 수가 있을 것이다.

아침 7시. 에르베 뒤마의 집으로 전화를 했다. 아무 응답이 없었다. 나는 차를 끓인 다음 응접실에 앉아서 생각들을 다시 정리해보았다. 낮은 책상 위에는 초대장이라든가 대학 친구들이 보낸 편지, 학술 잡지, 신문 등 우편물이 쌓여 있었다. 나는 날짜가 지난 《르몽드》지를 집어 들고 건성으로 훑어보기 시작했다.

잠시 후 나는 깜짝 놀라서 하마터면 들고 있던 찻잔을 놓칠 뻔했다.

다이아몬드 거래소에서 살인 사건이 일어나다.

지난 9월 27일, 앙베르의 유명한 한 다이아몬드 거래소에서 살인 사건이 발생했다. 다이아몬드 거래소 2층에서 이스라엘 국적의 사라 가버(여)가 에르베 뒤마라는 스위스 경찰을 오스트리아제 글록 자동권총으로 살해했다. 범인의 살해 동기가 무엇인지, 범인이 이날 팔려고 가지고 왔던 우수한 품질의 다이아몬드의 출처가 어디인지는 아직 밝혀지지 않고 있다.

이날 아침 9시, 다이아몬드 거래소에서는 모든 일이 평상시처럼 진행되었다. 사무실들이 문을 열었고, 보안 장치가 가동되었으며, 첫 고객이 도착하고 있었다. 남아프리카의 드 비어즈 사가 통제하는 전통적인 유통망을 이용하지 않는 다이아몬드 생산량의 20퍼센트가 바로 이곳 앙베르 다이아몬드 거래소에서 사고 팔린다.

10시 반경, 키가 큰 금발의 한 젊은 여성이 가죽 핸드백을 들고 2층으로 올라가서 중앙 홀로 들어섰다. 한 상인의 사무실로 들어간 이 여성은 크기는 작지만 순도가 매우 뛰어난 수십 개의 다이아몬드가 들어 있는 흰 봉투를 내밀며 흥정을 시작했다. 이스라엘 출신의 상인(본인이 익명을 요구하는 관계로 이름을 밝힐 수가 없음.)은 이 젊은 여성의 얼굴을 알고 있었다. 이 여성은 일주일 전부터 이틀에 한 번씩 품질이 매우 뛰어난 같은 양의 다이아몬드를 팔러 나타났기 때문이다.

그런데 이날은 또 다른 인물이 개입했다. 30대 남자 한 명이 이 여성에게 다가가더니 귀에 대고 뭐라고 속삭였다. 이 여성은 즉시 몸을 돌리더니 핸드백에서 자동권총을 꺼내 방아쇠를 당겼다. 남자는 이마에 정통으로 한 발을 맞고 쓰러져 현장에서 즉사했다.

이 여성은 달려온 경비원들을 총으로 위협하며 도주하려 했다.

범인은 아주 침착하게 뒷걸음질 쳐서 사무실을 빠져 나갔다. 그러나 범인은 거래소의 완벽한 보안 장치에 대해서는 모르고 있었다. 이 여성이 승강기가 있는 2층 홀에 도착하는 순간 방탄 장치가 된 유리벽이 범인의 주위를 둘러싸면서 모든 출구를 봉쇄했다. 벨기에 경찰은 함정에 빠진 범인에게 무기를 내려놓고 항복하라는 권고 방송을 했다. 범인은 그 권고에 따랐다. 경찰은 엘리베이터를 통해 안으로 진입, 즉시 범인을 체포했다.

범인이 체포된 직후 다이아몬드 거래소 경비 당국과 다이아몬드 밀수 분야의 전문가들이 포함된 벨기에 경찰은 감시 카메라에 녹화된 살인 장면을 시청했다. 전격적으로 발생한 이 사건의 동기는 밝혀지지 않고 있다. 이 사건의 두 주인공의 신원을 알아낸 경찰은 더욱 의혹을 감추지 못하고 있는 형편이다. 피해자인 에르베 뒤마는 스위스 연방경찰로 밝혀졌다. 34세의 이 젊은 경찰은 몽트뢰 경찰서에 소속돼 있다. 피해자는 사고 당시 2주일의 휴가를 냈던 것으로 밝혀졌는데, 그가 앙베르에 나타난 동기는 아직 밝혀지지 않았다. 그리고 피해자가 만일 범인의 계획을 미리 입수해서 체포할 계획을 갖고 출동한 것이었다면 거래소의 경비 당국에 왜 미리 알리지 않았을까 하는 점도 여전히 의문으로 남아 있다.

가해자의 신원에 대해서도 많은 의혹이 제기되고 있을 뿐, 풀리지 않고 있다. 28세인 사라 가버는 요르단과 국경 근처인 갈릴리 지방의 베이트쉬안에서 살며 키부츠에서 일을 했었다. 양어장에서 일하는 이 젊은 여성이 어떻게 해서 그렇게 많은 양의 다이아몬드를 소유하게 되었는지, 그 경위 역시 아직은 밝혀지지 않고 있는

실정이다.(하략)

　나는 너무나 화가 나서 신문을 구겨버렸다. 또 살인이라니! 다시 피가 흐른 것이다. 내 충고에도 아랑곳하지 않고 뒤마는 자기 방식대로 역할을 수행하려고 했다. 그는 신출내기 경찰처럼 사라를 위협했을 것이다. 그러자 사라는 조금도 주저하지 않고 뒤마를 총으로 쏘아버린 것이다. 뒤마는 죽었고, 사라는 감옥에 갇혀 있다. 유혈이 낭자한 이 사건의 결말에서 유일한 위안거리가 있다면 그것은 내 젊은 연인이 적어도 앞으로는 안전하리라는 점이었다.

　나는 일어나서 사무실로 건너갔다. 기계적으로 나는 내 모습이 밖에서는 보이지 않게 창문 뒤에 서서 커튼을 살그머니 젖혔다. 내가 사는 건물 옆에 붙어 있던 미국식 중앙 공원은 완전히 폐허로 변해버렸다. 덤불숲은 다 사라지고 거무스름한 불도저 바퀴 자국만 남아 있는 것이었다. 지금 당장에라도 사라를 만나지 않으면 안 된다. 그것이 내가 인터폴과 접촉하게 되는 최초의 기회가 될 수도 있을 것이다.

46

Le vol des cigognes

아침나절은 정신없이 지나갔다. 나는 브뤼셀 교외의 가우스호렌 여자 교도소에 수감돼 있는 사라의 면회 허가를 받아내기 위해 인터폴과 대사관, 법원 등 여기저기에 전화를 하고 여러 통의 팩스를 보냈다. 10시까지 나는 내가 할 수 있는 모든 조처를 다 취해놓았다. 나는 이번 사건의 진실을 밝힐 수 있는 새롭고 중요한 정보들을 갖고 있다고 거듭 주장했다. 이 정도 해놓았으니 어떤 식으로든 결판이 나겠지. 그들이 내 말을 곧이들으면 내 결정은 중대한 결과를 낳을 수 있을 것이며, 반대로 날 미친놈 취급하면 나의 모든 청원은 헛수고가 돼버릴 것이다.

11시에 다시 한번 인터폴에 전화를 했다. 잠시 뒤에 나는 막스 뵘의 시신을 검시했던 몽트뢰 병원의 열두 자리 전화번호를 돌려서 카트린 바렐 의사를 찾았다. 1분쯤 뒤에 "여보세요?" 하는 카랑카랑한 목소리가 들려왔다.

"전 루이 앙티오슈라고 합니다, 바렐 선생님. 절 기억하시겠어
요?"

"기억이 안 나는데요."

"우리는 한 달쯤 전에 선생님이 근무하시는 병원에서 한 번 만
난 적이 있습니다. 전 막스 뷈의 시체를 발견했던 사람입니다."

"아, 그렇군요. 조류학자 말이죠?"

그녀가 내 얘기를 하는 건지, 아니면 뷈 얘기를 하는 건지 알
수가 없었다.

"맞습니다. 바렐 선생님, 전 뷈의 사망과 관련된 중요한 정보
가 필요합니다."

잠시 라이터 덮개가 탁탁거리는 소리만 들려왔다.

"듣고 있어요. 내가 당신을 도울 수 있다면……."

얘기를 시작하려던 나는 내 말이 전혀 엉뚱하게 들릴 수도 있
으리라는 사실을 문득 깨달았다.

"전화상으로는 말씀드리기가 곤란하군요. 가능하면 빨리 직접
만나서 얘길 나누는 게 좋겠어요."

카트린 바렐은 시원스런 구석이 있는 여자였다. 그녀는 주저
하지 않고 대답했다.

"음, 그럼 가능하다면 오늘 오후에 오세요. 오를리에서 로잔에
가는 비행기가 점심때쯤 있을 거예요. 오후 3시쯤 병원에서 기
다리고 있을게요."

"그렇게 하지요. 고맙습니다, 선생님."

출발하기 전에 나는 소피아에 사는 듀리크 의사의 전화번호를

돌렸다. 15분 정도 다이얼을 돌렸지만 연결이 안 되다가 드디어 신호음이 들렸다. 전화벨이 열일곱 번이나 울린 끝에 잠이 덜 깬 목소리의 주인공이 불가리아어로 응답을 했다.

"여보세요?"

낮잠을 자다 나온 듯한 목소리였다.

"선생님, 저 황새 때문에 찾아뵌 적이 있는 루이 앙티오슈입니다."

잠시 침묵이 이어지고 나서 묵직한 목소리가 대답을 했다.

"앙티오슈 씨라구요? 반갑군요. 우리가 처음 만난 뒤로 난 당신 생각을 많이 했어요. 아직도 니콜리치의 죽음에 관한 조사를 하고 있나요?"

"그 어느 때보다 열심히 하고 있습니다. 그리고 범인을 찾아낸 것 같습니다."

"당신이?"

"그렇습니다. 최소한 범인의 흔적은 찾아낸 것 같아요. 니콜리치를 살해한 자는 완벽하게 구성된 한 단체에 속해 있는데 살해 이유는 아직 잘 모르겠어요. 하지만 한 가지는 확실합니다. 그 조직이 전 세계에 퍼져 있다는 겁니다. 똑같은 종류의 다른 범죄들이 여러 나라에서도 일어났어요. 그래서 그 같은 학살을 중지시키기 위해서는 당신의 도움이 필요합니다."

"계속하세요."

"니콜리치의 조직 적합 항원 유형을 알고 싶습니다."

"그거야 쉬운 일이죠. 부검소견서를 아직 가지고 있으니까. 전화 끊지 말아요."

서랍이 열리는 소리에 이어 서류를 넘기는 소리가 들려왔다.

"여기 있군요. 국제 코드에 따르면 니콜리치의 조직 적합 항원 유형은 Aw19.3-B37.5군요."

예상은 하고 있었지만 나는 한순간 정신이 멍했다. 고모운의 것과 똑같은 조직 적합 항원 유형이었다. 두 사람의 유형이 이렇게 완벽하게 똑같다는 건 도저히 우연의 일치로 볼 수가 없었다. 나는 더듬더듬 물었다.

"그 같은 유형은 희귀하거나 어떤 특성을 가지고 있는 집단에만 나타나는 건가요?"

"전혀 알 수가 없군요. 내 전공이 아니라서 말이오. 게다가 무수히 많은 종류의 조직 집단이 있기 때문에……."

"팩스를 쓸 수 있으신가요?"

"그래요. 아는 데가 있으니까……."

"그럼 오늘 중으로 선생님의 부검소견서를 팩스로 좀 보내줄 수 있으시겠어요?"

"물론이오. 그런데 도대체 무슨 일입니까?"

"우선 몇 가지 좀 적으시죠, 선생님."

나는 내 전화번호와 팩스번호를 불러주고 나서 얘기를 계속했다.

"잘 들으세요, 선생님. 어떤 의사가 전 세계를 돌아다니면서 심장을 도둑질하려고 애를 쓰고 있습니다. 전 아프리카의 가장 깊은 정글 속에서 한 소녀의 시신을 목격하기도 했는데, 그 아이

의 상태는 니콜리치와 하나도 다를 게 없었어요. 제가 지금 말씀
드리는 의사는 괴물이나 다름없습니다, 선생님. 그자는 잔인한
짐승이라구요. 하지만 전 그 같은 행위가 어떤 은밀한 논리에 따
라 이뤄지고 있다고 생각합니다. 이해하시겠어요?"

그의 묵직한 목소리가 수화기 속에서 울렸다.

"그의 신원에 대해 알고 있소?"

"아니요. 하지만 선생님 말씀이 옳았습니다. 그자가 매우 뛰어
난 실력을 가진 의사라는 것 말입니다."

"어느 나라 사람이지요?"

"프랑스인인 것 같아요. 어쨌든 프랑스어권 사람입니다."

난쟁이 의사가 잠시 뭔가 생각을 하는 듯하더니 입을 열었다.

"그래, 앞으로 어떻게 할 생각이오?"

"조사를 계속할 겁니다. 이제 곧 중요한 단서가 나타날 것으로
기대하고 있습니다."

"경찰에는 알리지 않았어요?"

"아직요."

"앙티오슈 씨, 나도 하나 물어볼 게 있소."

"뭔데요?"

잡음 때문에 말이 잘 들리지 않았다. 난쟁이 의사가 목소리를
높였다.

"당신이 소피아에서 날 찾아왔을 때 내가 당신 얼굴이 누구랑
닮은 것 같다고 말한 적 있었지요?"

나는 아무 대답도 하지 않았다. 듀리크는 아랑곳하지 않은 채

말을 계속했다.

"난 그 점에 대해 오랫동안 생각해봤어요. 당신은 내가 파리에서 알게 된 어떤 의사랑 닮은 것 같소. 당신 가족 중에서 혹시 의사가 있나요?"

"글쎄요, 모릅니다."

"당신 아버지도 앙티오슈겠죠?"

"물론 그렇겠죠. 그런데 제가 지금 좀 바쁩니다, 선생님."

그가 계속해서 물었다.

"그분이 1960년대에 파리에 계시지는 않았소?"

그 질문을 듣는 순간 목이 콱 막히는 것 같았다. 아버지 얘기를 듣자 나는 또다시 어렴풋한 불안에 빠져들었다.

"아니요. 아버지는 계속 아프리카에서만 일하셨습니다."

듀리크의 목소리가 멀리서 울렸다.

"아직 살아 계신가요? 당신 아버지가 아직 살아 계시느냔 말이오?"

잡음이 아까보다 더 심해졌다. 나는 이렇게 대꾸를 하고 나서 통화를 마쳤다.

"1965년의 마지막 날 돌아가셨습니다. 화재 때문이었죠. 어머니랑 형도 같이요."

"그 화재 때문에 손에 부상을 입은 거군요?"

듀리크의 목소리는 무척 흥분돼 있는 듯했다. 나는 손바닥으로 송수화기를 몇 번 두드리고 나서 통화를 끝냈다. 우리 부모님에 대해 언급할 때마다 늘 걷잡을 수 없는 두려움, 억누를 수 없는 공포에 사로잡히곤 했다. 그런데 나는 그 난쟁이 의사의 질문을 이해할 수가 없었다. 아버지가 잠깐 파리에 체류한 적이 있었다고 해도 도대체 그가 어떻게 우리 아버지를 알고 지낼 수가 있단 말인가? 듀리크가 생 페르 가에서 대학을 다닌 건 사실이지만, 1960년대라면 그는 아직 어린애였을 텐데.

11시 반, 나는 택시를 잡아타고 공항으로 달려갔다. 비행기 안에서 나는 일간지들을 읽었다. 대부분의 신문들이 다이아몬드 사건에 관한 짧은 기사를 싣고 있었으나 새로운 내용은 전혀 없었다. 신문들은 그보다는 오히려 벨기에의 한 도시에서 이스라엘 여성이 스위스 경찰을 살해한 이 사건의 외교적 난점에 관해 언급하면서 브뤼셀 주재 스위스 대사와 이스라엘 대사의 말을 인용하고 있었다. 이들은 각각 '경악'과 '가능한 한 빨리 이 비극의 원인을 밝혀내겠다.'는 발언을 했다.

로잔에 내린 나는 자동차를 빌려서 몽트뢰를 향해 달렸다. 듀리크가 던진 질문이 뇌리에서 지워지지를 않아서 마음이 영 무겁기만 했다. 혼란스러운 상황이 나를 계속해서 짓누르고 있었다. 또한 이제부터 해야 할 행동의 위급함과 격렬함이 두렵기조차 했다. 그리고 아프리카와 관련된 기억들은 여전히 내 머릿속을 떠나지 않고 있었다. 바양가에서 티나와 함께 보낸 황홀했던 밤, 반짝거리던 빗물, 그리고 고모운의 시신, 파스칼 수녀, 오토 키에퍼의 얼굴, 막스 뷤과 그의 아들……. 이 모든 것들 사이에 얽히고설킨 끔찍한 운명, 그리고 여전히 베일에 가려져 있는 그 의사. 이름도 얼굴도 모르는.

바렐 의사는 병원에서 나를 기다리고 있었다. 그녀의 입에서는 독한 프랑스 담배 냄새가 풍겨 나왔다. 나는 곧장 본론으로 들어갔다.

"선생님, 막스 뷤이 죽고 난 뒤에 선생님께서는 수사와 관련해서 뒤마 씨에게 몇 가지 협조를 해주셨죠?"

"맞아요."

"저도 그와 함께 일을 했습니다. 저도 지금 정보가 필요합니다."

바렐이 불만스러운 듯 얼굴을 찡그렸다. 담뱃불을 붙인 그녀가 연기를 내뿜더니 물었다.

"당신은 경찰도 아닌데 무슨 자격으로 말예요?"

나는 이렇게 대답했다.

"막스 뷤은 친구였습니다. 나는 사후에 그의 과거를 조사했어요. 그런데 상당히 중요한 내용이 몇 가지 있더군요."

"왜 뒤마 형사가 나한테 직접 전화를 하지 않는 거죠?"

"에르베 뒤마는 죽었습니다, 선생님. 뷤의 사망과 관련이 있는 사건을 추적하던 중에 총에 맞은 겁니다."

"아니, 지금 무슨 얘길 하는 거예요?"

"오늘 조간신문을 보세요, 선생님. 내 말이 사실인지 아닌지 확인할 수 있을 겁니다."

카트린 바렐이 잠시 망설였다. 얼마 후 그녀가 좀 자신 없는 목소리로 물었다.

"도대체 당신은 이 사건에서 무슨 역할을 맡고 있는 거죠?"

"전 혼자 행동하고 있습니다. 조만간에 경찰이 수사를 재개할 겁니다. 저를 좀 도와주십시오."

구름 같은 담배 연기가 바렐 의사의 입에서 흘러 나왔다. 드디어 그녀가 대답을 했다.

"뭘 알고 싶은 거죠?"

"선생님께서는 막스 뵘이 심장을 이식받았다는 사실을 분명히 기억하고 계실 겁니다. 수술은 아주 오래 전에 이뤄졌던 것 같아요. 그런데 선생님께서는 스위스는 물론이요, 그 어느 나라에서도 수술의 흔적을 발견하지 못하셨죠. 뵘의 수술을 담당한 의사의 이름도 알아내지 못하셨고요."

"맞아요."

"뵘의 심장 이식 수술을 맡았던 의사의 흔적을 제가 찾아낸 것 같습니다. 그자는 참으로 놀라운 인물이에요. 무시무시한 인간이란 말입니다."

"자세히 설명해보세요."

"그자는 심장 수술 전문가로서 이 분야 최고의 권위자입니다. 하지만 또한 교활한 범죄자이기도 하죠."

"앙티오슈 씨. 난 도대체 내가 당신 말에 귀를 기울이고 있어야 되는 건지 어떤지조차 알 수가 없군요. 지금 그 말을 뒷받침할 만한 증거가 있나요?"

"몇 가지 증거를 갖고 있습니다. 우리가 처음 만난 뒤에 저는 전 세계를 여행하면서 막스 뵘의 삶을 재구성해봤죠. 그렇게 해서 저는 그의 심장 이식 수술이 어떤 상황에서 이뤄졌는지를 알아내게 된 겁니다."

"어디서, 그리고 어떻게 말인가요?"

"1977년, 중앙아프리카에서였습니다. 뵘의 아들의 심장을 뵘의 몸속에 이식시킨 겁니다."

"오, 주님…… 그게 정말이에요?"

"기억나시죠, 선생님? 피이식자의 몸과 이식된 기관이 전혀 거부 반응을 보이지 않았다는 사실 말입니다. 티타늄도 생각나실 겁니다. 그 의사 놈은 막스 뵘을 계속 이용하기 위해서 그걸 집어넣어 일부러 자신의 행위에 '서명'을 해놓은 겁니다."

바렐이 담배 한 개비를 또 꺼내서 불을 붙였다. 그런 상황에서도 그녀는 냉정을 잃지 않았다. 그녀가 물었다.

"그게 누군지 알아요?"

"모릅니다. 하지만 그자는 지금도 전 세계를 돌아다니며 수술을 하고 있어요. 내가 알지 못하는 이유 때문에 그는 살아 있는 사람들의 몸속에서 심장을 훔쳐냈고 지금도 계속해서 훔치고 있습니다. 그자는 막강한 수단을 갖고 있어요."

"장기 밀매를 한다는 건가요?"

"모르겠습니다. 하지만 그것과는 다를 거라는 직감이 드는군요. 그자는 미쳤어요. 그리고 상상을 초월할 정도로 잔인합니다."

바렐이 담배 연기를 내뿜었다.

"그게 무슨 얘기죠?"

"그 자는 희생자들이 살아 있는 상태에서 수술을 합니다."

의사가 고개를 숙였다. 그녀의 담배가 한쪽 손에서 다른 쪽 손으로 옮겨졌다. 그녀는 주먹을 꽉 움켜쥐고 있었다. 드디어 바렐이 가운에서 수첩을 꺼내며 물었다.

"내가…… 내가 어떻게 해야 당신을 도울 수 있죠?"

"그 의사 놈은 1977년 8월에 콩고와 중앙아프리카의 국경에서 수술을 했습니다. 그 당시에 그자는 열대림 속의 한 무료진료소에서 일을 하고 있었죠. 벌써 어딘가에 숨어버렸겠지만, 어쩔 수 없이 흔적을 남길 수밖에 없었을 겁니다. 장비라든가 약품이 필요했을 테니까요…… 저는 선생님이 그자의 자취를 발견할 수 있으리라고 확신합니다. 다시 한번 말씀드리는데, 그자는 전문가입니다. 선생님께서도 말씀하셨듯이 심장 이식 분야에서 성공을 거두는 횟수가 많지 않았던 시절에 정글 깊은 곳에서 수술을 성공시킨 자란 말입니다."

카트린 바렐은 내가 하는 말을 하나도 빼놓지 않고 다 기록했다. 그녀가 물었다.

"어느 나라 출신이죠?"

"프랑스어권입니다."

"그자가 언제부터 아프리카에서 일했는지 알아요?"

"모릅니다."

"그자가 아직도 아프리카에 살고 있다고 생각해요?"

"모르겠습니다."

"그자가 지금 살고 있을 거라고 짐작 가는 곳이 전혀 없단 말예요?"

“그자는 ‘세계는 하나’와 협력하고 있는 것 같아요.”

“그 인도주의 단체 말인가요?”

“그자는 자신의 악마적인 계획을 성공적으로 수행하기 위해서 그 단체를 이용하고 있는 것 같습니다. 바렐 선생님, 전 제가 진실을 말한다고 자신할 수 있어요. 하루하루가 새로운 악몽이에요. 그자는 계속 돌아다니고 있단 말입니다, 아시겠어요? 우리가 이렇게 얘기를 나누고 있는 지금 이 시간에도 그자는 세계 어느 곳에선가 죄 없는 소년을 죽이고 있을지도 모릅니다.”

바렐이 예의 그 퉁명스런 말투로 대꾸했다.

“이제 그만해요. 전화를 좀 해볼 테니까. 당신이 원하는 정보를 빠르게는 오늘 밤, 늦어도 내일까지는 얻어내도록 해보겠어요. 하지만 아무것도 약속할 수는 없어요.”

“‘세계는 하나’에 소속된 의사들의 명단을 구할 수 있을 것 같습니까?”

“어려워요. ‘세계는 하나’는 매우 폐쇄적인 단체거든요. 하지만 할 수 있는 한 최선을 다하겠어요.”

“만약 제 생각이 옳다면, 그리고 살인자가 이름을 바꾸지 않았다면 두 가지 자료는 서로 일치할 겁니다. 서두르셔야 합니다.”

바렐이 문득 그 검은 눈으로 나를 뚫어지게 쳐다보았다. 우리 두 사람은 반짝이는 리놀륨을 벽에 붙인 복도 한 모퉁이에 서 있었다. 긴장되기는 했지만 신뢰감이 어린 시선으로 그녀를 응시했다. 나는 그녀가 경찰에 알리지 않으리라는 걸 알고 있었다.

47

Le vol des cigognes

나는 밤 10시경에 파리로 돌아갔다. 대사관이나 법원, 바렐 의사에게서는 아무런 응답이 없었다. 뒤리크 의사만 니콜리치의 부검소견서를 팩스로 보내왔을 뿐이었다. 뜨거운 물로 샤워를 한 다음 연어와 감자를 달걀에 풀어서 만든 요리를 먹으며 김이 모락모락 나는 갈색 러시아 차를 마셨다. 그러고 나서 글록 21 을 손이 닿을 만한 곳에 놓아두고 눈을 좀 붙여보려고 침대 속으로 들어갔다.

밤 11시쯤에 전화벨이 울렸다. 카트린 바렐이었다.

"여보세요?"

"지금으로선 아무것도 알아낼 수가 없군요. 1960년에서 1980 년 사이에 중앙아프리카에서 일했던 프랑스 혹은 프랑스어권 의 사들의 명단은 내일 아침에나 입수할 수 있을 거예요. 나한테 더 자세한 정보를 알려줄 수 있을 만한 몇몇 오랜 친구들과도 접촉

을 해봤어요. 그리고 '세계는 하나' 쪽의 의사들 명단은 알아낼
방법이 없군요. 하지만 완전히 절망적인 건 아녜요. 얼마 전에
그 단체에 채용된 젊은 안과의사 한 사람을 알고 있거든요. 그
사람이 도와주겠다고 약속했어요."

시간은 자꾸만 흘러가는데 뭐 하나 제대로 알아낸 게 없었다.
하지만 나는 실망감을 드러내지 않았다.

"수고하셨어요, 선생님. 절 믿어주신 데 대해 감사 드립니다."

"뭘요. 당신도 알다시피 난 이 일에만 매달릴 수는 없어요. 사
실 난 당신이 해준 얘기가 아직도 잘 믿기지 않아요."

"이 사건을 밝혀내게 되면…… 선생님께도 다 말씀드리죠."

"조심하세요. 내일 전화할게요."

머릿속이 텅 비어버린 것 같은 기분을 느끼며 수화기를 내려
놓았다. 기다리는 수밖에 별다른 도리가 없었다.

날이 채 밝기도 전에 다시 전화벨이 울렸다. 벽시계를 보면서
머리맡 탁자 위에 놓인 전화기를 들었다. 새벽 5시 24분이었다.
나는 졸린 목소리로 말했다.

"여보세요?"

"루이 앙티오슈 씨?"

강한 동양 악센트가 느껴지는 굵직한 목소리가 들려왔다.

"누구신가요?"

"사라 가버의 변호사인 이츠하크 델타입니다."

나는 침대에서 몸을 일으키며 또렷한 목소리로 말했다.

"말씀하세요."

"여긴 브뤼셀입니다. 어제 대사관으로 전화를 하셨더군요. 사라 가버를 만나고 싶어 하시는 거죠?"

"그렇습니다."

변호사라는 사람이 마른기침을 했다. 그의 목소리가 나지막한 북소리처럼 울렸다.

"지금 상황에서는 상당히 어려운 일이라는 건 알고 계시겠죠?"

"하지만 전 사라를 꼭 만나야 합니다."

"가버 양과 어떤 관계인지 여쭤봐도 될까요?"

"개인적으로 아는 사입니다."

"유대인이신가요?"

"아닙니다."

"언제부터 사라 가버와 알고 지내셨나요?"

"한 달쯤 된 것 같군요."

"이스라엘에서 알게 된 겁니까?"

"베이트쉬안에서입니다."

"우리에게 중요한 정보를 주실 수 있다고요?"

"그래요."

상대방은 계산을 해보는 것 같았다. 그러고 나서 그가 불쑥 입을 열었다.

"앙티오슈 씨, 이번 사건은 복잡합니다. 아주 복잡해요. 그래서 우리 모두 당황해하고 있습니다. 이스라엘뿐만 아니라 다른 관련 국가들까지도 말입니다. 우리는 이번에 가버 양이 저지른

무분별한 행위가 빙산의 일각에 지나지 않는다고 확신하고 있
죠. 그녀 뒤에 훨씬 더 거대하고 국제적인 배후가 있다고 보는
겁니다."

이마에 정통으로 총을 쏜 사건을 무분별한 사건이라고 부르는
걸 보니 델타는 완곡어법에 관한 나름대로의 감각을 갖고 있는
모양이었다. 변호사가 말을 이어나갔다.

"각국 경찰이 이번 사건을 수사하고 있습니다. 당분간은 모든
정보가 비밀에 부쳐질 겁니다. 가버 양과 만나도록 해드리겠다
는 확약은 못 드립니다. 어쨌든 브뤼셀에 오셔서 얘기를 나누는
게 좋을 것 같군요. 전화로 모든 얘기를 다 할 수는 없으니까 말
입니다."

나는 메모장을 집어 들었다.

"주소를 좀 알려주세요."

"조제프 2세 가 71번지 이스라엘 대사관입니다."

"성함을 다시 한번 말씀해주시겠어요?"

"이츠하크 델타입니다."

"델타 씨, 단도직입적으로 말씀드리죠. 제가 할 수만 있다면
주저하지 않고 도와드리겠습니다. 단 한 가지 조건이 있어요. 사
라 가버를 만날 수 있다는 보장을 해주세요."

"그런 결정을 내리는 건 우리 소관이 아닙니다. 하지만 허가를
얻어낼 수 있도록 도와드리죠. 면회를 허용하는 것이 수사에 도
움이 된다고 경찰에서 판단한다면 문제는 없을 겁니다. 모든 건
당신이 얼마나 적극적으로 협조하느냐, 당신이 어떤 정보를 갖

고 있느냐에 달려 있는 것 같군요."

"그건 안 됩니다. 일 대 일 교환 방식으로 하죠. 우선 사라를 만나게 해주세요. 그러고 나서 정보를 제공하겠습니다. 오늘 정오쯤 브뤼셀에 갈 테니까요."

델타가 한숨을 내쉬었는데, 꼭 제트 엔진의 폭발음처럼 들렸다.

"기다리겠습니다."

몇 분 뒤, 나는 샤워와 면도를 하고는 자개 단추가 달린 연한 회색 정장을 입었다. 예약해 둔 렌터카 사무실로 가기 위해 택시를 불렀다.

븸이 준 돈 중에서 아직 3만 프랑 이상이 남아 있었다. 이 돈 말고도 매월 1만 5천 프랑씩 나오는 경비를 8월과 9월에 받았으니 3만 프랑이 또 있었다. 전부 합쳐서 6만 프랑. 이 돈이면 그 의사 놈을 붙잡기 위한 여행을 하는 데 부족하지는 않을 것이다. 게다가 나는 여러 장의 렌터카 선불 영수증과, 쉽게 교환할 수 있는 일등석 항공권까지 갖고 있었다.

아파트 문을 닫고 나오는 순간, 어느 때보다도 왕성한 혈기가 몸에서 느껴졌다.

　9시경에 나는 브뤼셀로 이어지는 북부 고속도로 위를 달려가고 있었다. 하늘은 꼭 발전기의 전선처럼 생긴 짙은 실구름을 풀어내고 있었다.

　시간이 지나면서 풍경이 바뀌었다. 삭막해 보이는 붉은 벽돌 건물들이 나타나자 왠지 영영 돌아오지 못할 슬픔의 갈색 지층 속으로 뚫고 들어가는 듯한 느낌이 들었다. 절망이 잡초와 철도 사이사이에서 자라나고 있는 것처럼 보였다. 정오에 국경을 통과해 30분 뒤에 브뤼셀 시내로 접어들었다.

　이 벨기에의 수도는 수수하고 우중충해 보였다. 침울한 성격의 화가가 파리를 축소해 그려놓은 듯한 느낌이었다. 이스라엘 대사관은 어렵잖게 찾을 수 있었다. 발코니가 직선형인 현대식 콘크리트 건물이었다. 이츠하크 델타는 로비에서 나를 기다리고 있었다.

그의 생김새 또한 목소리와 흡사했다. 꽉 끼는 양복이 영 불편해 보이는 1미터 90센티미터가량의 거한이었다. 큼지막한 얼굴, 도발적인 턱, 짧게 깎은 금발의 그 남자는 외교적인 문제를 능숙하게 다루는 노련하고 섬세한 변호사라기보다는 사복차림의 군인을 연상시켰다. 오히려 잘된 일일지도 모른다는 생각이 들었다. 나로서는 현장에서 활동하는 사람과 상대하는 편이 더 나을 것이다. 쓸데없는 입씨름을 하느라 시간을 허비하지 않아도 될 테니까 말이다.

규칙에 따른 몸수색이 끝나자 델타는 평범하게 장식된 작은 사무실로 나를 안내했다. 그가 앉으라고 권했지만, 사양했다. 우리는 서로 마주보고 선 채 몇 분 동안 이야기를 나누었다. 그는 나보다 머리 하나 정도는 더 컸지만, 나는 왠지 자신감이 느껴졌다. 델타는 내가 사라를 만나도 좋다는 허가를 받아냈다고 알려주었다. 나도 내가 이번 다이아몬드 사건을 해결하고 사라가 밀수꾼들의 공범이 아니라는 것을 밝힐 여러 가지 정보를 갖고 있다고 말해주었다.

델타는 내 말이 믿기지 않는 듯 교도소에 가기 전에 나를 신문하려고 했다. 나는 그럴 수 없다며 거부했다. 그가 굳은 표정으로 주먹을 움켜쥐었다. 잠시 후, 델타가 경직된 표정을 풀면서 웃음을 지었다. 그가 묵직한 목소리로 말했다.

"당신 참 냉정한 사람이군요. 자, 갑시다. 내 자동차로 가죠. 가우스호렌 교도소에서 2시에 만나기로 약속을 했습니다."

차를 타고 가면서 델타는 나더러 사라의 애인이냐고 노골적으로 물었다. 나는 대답을 회피했다. 그가 다시 나더러 유대인이냐고 물었다. 나는 아니라며 머리를 흔들었다. 그는 그게 몹시 궁금한 모양이었다. 델타는 더 이상 캐묻지 않았다.

그는 사라 가버가 무척 '까다로운 고객'이라고 말했다. 그 누구와도, 심지어는 변호사인 자기와도 말을 하려 하지 않는다는 것이었다. 사라는 내가 브뤼셀에 온다는 소식을 듣고서 나를 만나고 싶어 했다고 그가 말해주었다. 나는 떨리는 마음을 억눌렀다. 그렇다면 우리의 사랑은 아직 사그라지지 않았다는 얘기가 아닌가.

브뤼셀의 서부 교외 지대는 '데프로푼디스'(슬픔, 절망 등의 밑바닥에서의 절규를 뜻하는 라틴어―옮긴이)로 불릴 수도 있을 것 같았다. 그것은 슬픔과 권태로의 여행이었다. 갈색을 띤 집들은 마치 반짝거리는 인체 기관들이 석화된 채 응고된 피 속에 모여 있는 것처럼 보였다.

"다 왔습니다."

델타가 정문이 징사각형의 화강암 기둥으로 둘러싸여 있는 거대한 건물 앞에 차를 세우며 말했다. 기관총으로 무장한 두 여자가 보초를 서고 있었다. 그들의 머리 위에 있는 돌에는 '여성 교도소'라는 글자가 선명히 새겨져 있었다.

우리는 면회를 신청했다. 잠시 후, 오십 대로 보이는 한 여성이 우리를 만나러 왔다. 그녀의 얼굴에는 뭐든지 일단 의심부터 하고 보겠다는 악의적인 표정이 역력했다. 교도소 소장인 오데트 빌레슨이라며 자신을 소개했다. 그녀는 꼭 흉조(凶鳥)를 연상시키는 기분 나쁜 눈길로 나를 뚫어지게 쳐다보면서 강한 악센트를 써가며 말했다.

"사라 가버가 당신을 만나고 싶다는 의사 표시를 했습니다. 사실 피의자는 새로운 지시가 있을 때까지 독방에 감금돼 있어야 하지만, 예심 판사와 델타 씨께서는 당신이 피의자를 만나는 게 긍정적인 효과를 가져오리라 생각하고 있습니다. 사라 가버는 다루기가 매우 힘든 피의자예요, 앙티오슈 씨. 전 일이 더 이상 복잡해지는 걸 원하지 않습니다. 그 점, 유의해주세요."

몇 발자국 걸어 들어갔더니 작은 정원이 나왔다. 오데트 빌레숀이 말했다.

"여기서 기다려주세요."

소장이 사라졌다. 우리는 돌우물 옆에서 기다렸다. 왠지 딱딱하고 고요한 그곳 분위기는 수녀원을 연상시켰다. 우리가 교도소 안에 있다는 생각이 전혀 들지 않을 정도였다. 고전 건축양식의 건물들이 우리를 사방에서 에워싸고 있었는데, 창문에는 창살이 하나도 끼워져 있지 않았다.

소장이 자기보다 족히 20센티미터는 더 커 보이는 푸른 제복 차림의 여간수 두 사람과 함께 나타났다. 소장은 우리더러 따라오라고 말했다. 나무가 양 옆에 늘어서 있는 오솔길을 따라가자 문이 열렸다.

긴 복도 끝에 유리창이 끼워진 높은 문이 있었는데, 건물 안으로 통하는 문 같았다. 두껍고 더러운 유리창에는 굵은 푸른색 창살이 쳐져 있었다. 그 순간, 나는 왜 감방이 그때까지 보이지 않았는지를 깨달았다. 건물 속에 건물이 또 들어 있었던 것이다. 그것은 쇠와 자물쇠, 돌로 이루어진 하나의 공간이었다. 우리는 그쪽으로 걸어갔다. 소장이 손짓을 하자 한 여자가 자물쇠를 열었다. 덜컹거리는 소리가 울렸다. 문이 열리자 우리는 흰 형광등 불빛만이 빛나고 있는 어둑어둑하고 탁한 또 다른 공간 속으로 들어갔다.

복도가 계속 이어졌다. 온통 밝은 청색 페인트가 칠해져 있었다. 좁은 창문에 쳐진 창살에도, 높지도 낮지도 않은 벽에도, 자물쇠에도, 금속 표지판에도……. 햇빛이 거의 들어오지 않는 그곳에서는 오직 희끄무레한 형광등 불빛만이 1년 내내 밤낮으로 내리쬘 것이다. 우리는 간수들의 뒤를 따라 걸었다. 무겁고 강압적인 침묵만이 감돌고 있었다.

복도 끝에서 다시 오른쪽으로 돌아 새로운 열쇠로 또 다른 문을 열어야만 했다. 우리는 위쪽에 유리창이 끼워져 있는 문 앞을 지나가게 됐는데, 여자들의 얼굴이 창문 너머로 나타났다. 모두들 작은 재봉틀 주위에서 분주히 움직이고 있었다. 그들이 일제히 나를 쳐다보았다. 나는 잠시 걸음을 멈추고 그들을 바라보다가 눈을 내리깔고 계속해서 걸었다. 나도 모르게 갇힌 몸이 된 그 존재들을 유심히 살펴보려고, 그래서 그들이 저지른 잘못의 흔적을 읽어내려고 걸음을 멈췄던 것이다. 그들이 얼굴에 그런 낙인이 찍힌 채 태어나기라도 한 것처럼.

우리는 문을 여러 개 통과했고, 그럴 때마다 나는 여자들이 컴퓨터를 배운다든가 도예, 가죽 세공 등의 작업을 하고 있는 모습을 볼 수가 있었다.

우리는 계속 걸었다. 페인트칠이 벗겨진 납작한 창살 너머로 언뜻 음침한 잿빛 햇살이 한 점 보였다. 거무스름한 벽들이 운동장을 둘러싸고 있었고, 운동장에는 배구 코트가 설치돼 있었다. 무겁게 가라앉은 납빛 하늘은 또 하나의 벽처럼 느껴졌다. 여자들이 팔짱을 낀 채 담배를 피우며 어슬렁거리고 있었다. 모욕당하고 상처받은 존재들의 눈동자. 증오와 욕망이 뒤섞인 날카로움이 드러나는 어둡고 깊은 눈동자들.

"가시지요."

간수 중 한 사람이 말했다. 이츠하크 델타가 내 팔을 잡아끌었다. 또 다른 자물쇠들이 열리고 덜커덩거리는 소리가 이어졌다.

드디어 우리는 면회실에 도착했다. 우리가 지금까지 지나온 것보다 더 어둡고 더러운 방이었다. 우리 일행은 면회실 앞에서 걸음을 멈췄다. 소장이 나를 향해 돌아섰다.

"다시 한번 말씀드리지만, 이번 면회는 예외적으로 허용된 겁니다, 앙티오슈 씨. 사라 가버는 위험인물이에요. 그러니 애매한 행동은 하시면 안 됩니다. 절대 안 돼요."

소장이 칸막이가 설치된 면회실 안으로 들어가라고 내게 턱짓을 했다. 나는 혼자서 걸어갔다. 내 심장은 두근거리고 있었다. 그림자 하나가 불쑥 나타났다. 그 순간 나는 뒷걸음질을 쳤고, 내 두 다리에서는 힘이 쭉 빠져나갔다. 나는 창문이 마주보이도록 놓인 의자 위에 털썩 주저앉았다. 창문 저편에서 사라가 무표정한 얼굴로 나를 바라보고 있었다.

　사라의 머리는 짧았다. 더부룩했던 금발머리를 그렇게 단정하게 깎아놓으니 세련되고 산뜻해 보였다. 형광등 불빛을 받아서인지 안색은 창백했다. 다소 튀어나온 광대뼈와 그윽한 눈길이 여전히 묘한 매력을 발산하고 있었다. 누가 뭐래도 그녀는 내가 황새들과 함께 알게 된 아름다우면서도 야성적인 여인이었다.

　사라가 통화용 수화기를 집어 들있다.

　"얼굴이 왜 그래요, 루이?"

　"당신은 여전히 아름답군요, 사라."

　"얼굴에 생긴 그 흉터, 누구 짓이죠?"

　"이스라엘의 추억이죠."

　사라가 으쓱 어깻짓을 했다.

　"쓸데없이 남의 일에 참견이나 하고 다니니까 그런 게 생기는 거예요."

사라는 소매가 넓은 푸른색 남방셔츠를 입고 있었다. 나는 그녀를 껴안은 채 몸 구석구석을 미친 듯이 입술로 더듬고 싶었다.

"건강은 어때요, 사라?"

"걱정할 정도는 아니에요."

"당신을 만나게 돼서 기뻐요."

나는 혹시 도청장치를 숨겨놓지 않았나 싶어서 여기저기를 손으로 더듬어보았다.

"다 얘기해봐요, 사라. 당신이 베이트쉬안에서 사라져버린 뒤에 있었던 일 말예요."

"당신, 그거 알아내려고 온 거예요?"

"아니에요, 사라. 그 반대예요. 난 당신의 무죄를 밝혀낼 수 있을 만한 정보를 제공한다는 조건으로 면회를 허가받았어요."

"무슨 정보를 넘겨줄 건데요?"

"당신이 다이아몬드 밀수에 관여하지 않았다는 걸 증명해줄 수 있는 정보라면 뭐든지 다 제공할 겁니다."

그녀가 다시 또 어깨를 으쓱거렸다.

"사라, 난 당신을 만나려고 여기 온 거예요. 하지만 진상을 알고 싶어서 온 것도 사실이에요. 당신은 나한테 사실대로 말해줘야 해요. 그것만이 당신과 나, 두 사람을 구해낼 수가 있어요."

사라가 웃음을 터트리더니 차가운 눈길을 던졌다. 주머니에서 천천히 담뱃갑을 꺼낸 그녀가 담배에 불을 붙이더니 얘기를 시작했다.

"이 모든 일은 당신 잘못으로 인해 일어난 거예요, 루이. 명심하세요. 이 모든 일이 당신 때문이란 말예요, 알겠어요? 베이트 쉬안에서 밤을 보낼 때 당신이 황새 다리에 끼워진 고리 이야길 했었죠? 당신 말을 듣는 순간 내 머릿속에 퍼뜩 떠오르는 게 있었어요.

이도가 죽고 난 뒤에 나는 그 애의 소지품을 모두 다 정리했어요. 그 애의 방뿐만 아니라 그 애가 오두막이라고 부르면서 황새들을 치료해주던 실험실에 있는 물건 모두를 말예요. 물건을 옮기면서 울타리 밑에서 자그마한 뚜껑문을 발견했는데, 열어봤더니 그 안에 피가 잔뜩 묻은 쇠고리가 수백 개나 감춰져 있더라구요. 그때는 나도 그 더러운 물건들에 대해 전혀 신경을 안 썼죠.

하지만 난 조류학에 대한 그 애의 열정을 기리는 뜻에서 고리들이 든 배낭을 그대로 놔뒀던 거예요. 그 뒤로는 이 일을 잊어버리고 있었죠. 그런데 훨씬 나중에 당신이 고리 속에 보석이 들어 있다는 얘기를 하자 그게 머리에 떠올랐던 거예요. 나는 깨달았어요. 당신이 찾는 걸 이도가 발견했다는 걸 말예요. 그 애는 황새들을 쏴서 고리를 회수했던 지예요.

그날 밤, 나는 당신에게 아무 얘기도 않기로 결심했어요. 당신이 의심을 할까봐 끈기 있게 새벽이 되기를 기다렸죠. 당신이 벤구리온 공항으로 떠나고 나자 난 오두막으로 가서 그 쇳조각들을 다시 끄집어냈어요. 그러고는 펜치로 고리를 폈죠. 그러자 느닷없이 다이아몬드 하나가 바닥으로 떨어지는 거였어요.

내 눈을 믿을 수가 없더군요. 다른 고리도 펴봤죠. 그 안에는 먼저 것보다 작은 다이아몬드가 여러 개 들어 있더라구요. 그렇게 열 개쯤 고리를 펴봤어요. 고리를 하나씩 펼 때마다 다이아몬드가 나타났어요. 기적은 계속 되풀이됐죠. 그리고 배낭을 뒤엎어서 물건을 모두 쏟아낸 순간, 기쁨의 탄성이 터져 나왔어요. 고리가 1천 개도 넘게 들어 있었던 거예요."

"그래서?"

"난 부자가 된 거예요, 루이. 물고기랑 키부츠, 진흙탕에서 벗어날 수 있는 수단이 생긴 거죠. 난 어서 빨리 그 사실을 나 자신에게 확인시키고 싶었어요. 그래서 여행 가방과 몇 가지 무기를 챙겨서 다이아몬드의 본산인 네탄야로 가는 버스를 탔던 거예요."

"난 거기까지 당신을 쫓아갔었어요."

"쓸데없는 고생을 했군요."

내가 아무런 대꾸도 하지 않자 사라가 말을 계속했다.

"그곳에서 다이아몬드를 세공하는 한 노인을 만나서 다이아몬드를 하나 팔았죠. 그 노인네는 날 속여먹으려고 했지만, 그 다이아몬드가 최상품이라는 사실은 나한테 숨길 수가 없었어요. 불쌍한 늙은이 같으니! 감정이 얼굴에 그대로 나타나 있더라구요. 그래서 돈을 좀 만지게 됐죠. 그때 나는 너무 좋아서 내가 어떤 상황에 처해 있는지도 생각 못했고, 황새들을 이용해서 다이아몬드를 밀수하는 자들에 대한 생각도 하지 못했어요. 내가 알고 있는 건 오직 한 가지뿐이었죠. 그놈들이 내 동생을 죽였고, 여전히 다이아몬드를 찾으러 다닌다는 사실 말예요. 난 자동차를 한 대 빌렸어요. 그리고 벤구리온으로 가서 유럽 행 첫 비행기를 탔어요. 그런 다음 다이아몬드를 확실한 곳에 숨겨뒀어요."

"그래서?"

"일주일이 지나갔어요. 독립 생산자들은 대부분 앙베르에서 다이아몬드를 팔죠. 그렇기 때문에 난 그곳에서 신중하게 행동해야 했어요. 신중하고 신속하게 말예요."

"당신…… 계속 총을 갖고 다닌 거예요?"

사라는 웃음을 참을 수가 없는 모양이었다. 그녀가 집게손가락을 내게 겨누더니 엄지손가락으로 방아쇠를 당기는 시늉을 했다.

"어디를 가나 글록 씨가 나를 따라다녔죠."

순간적으로 나는 생각했다.

'사라는 미쳤어.'

그녀가 얘기를 계속했다.

"난 매일같이 앙베르에 가서 다이아몬드를 열 개 혹은 열다섯 개씩 팔기로 마음먹었어요. 첫 번째 날은 네탄야에서 만난 그 늙은이랑 비슷한 늙은 유대인을 만났죠. 난 단 몇 분 만에 5만 달러를 벌었어요. 그 다음날은 상대를 바꿨죠. 그날은 3만 프랑을 손에 넣을 수가 있었어요. 사흘째 되는 날, 가방을 열려고 하는데 누가 내 어깨 위에 손을 얹더라구요. 그리고 이렇게 말하는 거였어요. '꼼짝 마. 당신을 체포하겠어.' 그자가 내 등에 권총을 겨누고 있는 게 느껴지더군요. 난 당황하지 않을 수가 없었어요, 루이. 내 모든 희망이 눈 깜짝할 사이에 물거품이 돼버린 거예요. 나의 돈, 나의 행복, 나의 자유가 사라져가는 게 보였어요.

나는 손에 글록을 든 채 돌아섰죠. 쏘지는 않고 그냥 그 빌어먹을 놈의 형사 자식한테 겁만 주려고 했던 거예요. 그런데 그 바보 같은 자식이 9구경 베레타를 나한테 겨누고 있지 뭐예요. 나로선 어쩔 수가 없었어요. 이마에 대고 딱 한 방 쐈는데 머리가 박살이 나서 바닥에 뻗어버리더라구요."

사라는 잠시 기분 나쁜 웃음을 지어 보인 뒤에 말을 이었다.

"그자는 총을 쏴보지도 못했죠. 난 다이아몬드 상인들에게 총을 겨눈 채 내 보석을 다시 가방 속에 집어넣었어요. 그들은 겁에 질려 있었어요. 내가 자기네 다이아몬드를 도둑질해 가려는 줄 안 거예요. 나는 뒷걸음질 쳐서 빠져 나왔어요. 그때까지만 해도 난 무사히 그곳을 빠져나올 수 있으리라 생각했어요. 바로 그때 유리벽이 내려진 거예요. 그 빌어먹을 놈의 유리벽 속에 꼼짝 못하고 갇히게 된 거죠."

"신문에서 다 읽었어요."

"내 얘기 아직 안 끝났어요, 루이."

사라가 신경질적으로 담뱃불을 비벼 껐다.

"날 체포하려고 했던 자는 에르베 뒤마라는 스위스 연방경찰이었어요. 벨기에 측에서는 꽤 골치 아픈 사건일 거예요. 스위스 경찰이 이스라엘 여성에 의해 벨기에에서 살해됐으니까 말예요. 게다가 다이아몬드의 출처는 수수께끼에 싸여 있구요. 벨기에인들이 나를 신문하기 시작했어요. 그런 다음 내 변호사인 델타가 그 뒤를 잇더군요. 그러더니 이번엔 스위스인들이 갑자기 나타나더라구요. 물론 나는 아무 말도 안 했죠. 아무한테도 얘기 안

했어요.

　난 생각했죠. 내가 벨기에에 있다는 건 아무도 모를 텐데 왜 그 몽트뢰 경찰 녀석이 나를 앙베르까지 쫓아왔을까 하고 말예요. 그때 당신이 얘기했던 그 '이상한 경찰'을 떠올렸고, 그 순간 나는 당신이 황새와 밀수꾼들을 계속 뒤쫓는 동안 뒤마를 시켜서 내 뒤를 쫓게 했다는 걸 깨달았죠. 젠장! 당신이 그 경찰을 시켜서 내 뒤를 쫓게 한 거였어요!"

　나는 얼굴이 하얗게 질린 채 우물우물 대답했다.

　"당신은 위험에 처해 있었어요. 그래서 내가 돌아올 때까지 당신을 보호해달라고 뒤마에게 부탁했던 거예요……."

　"날 보호한다구요?"

　사라가 어찌나 크게 웃었던지 간수가 무기를 들고 나타났다. 나는 돌아가 달라고 손짓했다.

　"날 보호해? 그럼 당신은 뒤마가 누군지 몰랐단 말예요? 그자가 당신이 찾는 밀수꾼들이랑 한패라는 걸 몰랐단 말인가요?"

　그 말을 듣는 순간, 나는 주먹으로 배를 한 방 얻어맞은 기분이었다. 피가 얼어붙는 듯했다. 내가 뭐라고 대답을 하기도 전에 사라가 얘기를 계속했다.

　"신문을 받기 전에 난 다이아몬드에 관해 많은 걸 알게 됐어요. 한 번은 델타가 인터폴에서 일하는 시몬 리키엘이라는 오스트리아 장교랑 같이 왔었죠. 내가 협조하도록 설득하기 위해서 그 사람들은 매우 흥미로운 몇 가지 얘기를 해주더군요. 특히 에르베 뒤마에 관한 얘기가 인상적이었는데, 그자는 매우 수상한 인물이었어요. 많은 증인들이 에르베 뒤마의 얼굴을 기억하고 있더군요. 매년 봄이 되면 뒤마가 뷤과 함께 앙베르에 와서 다이아몬드를 팔았대요. 내 것처럼 작지만 품질이 우수한 다이아몬드를 말예요. 이제 무슨 얘긴지 감이 좀 잡히는 것 같아요?"

사라가 다시 웃더니 새로 담배를 꺼내 불을 붙이며 말을 맺었다.

"당신 같은 얼간이는 처음 봐요."

심장이 금방이라도 터질 것만 같았다. 그와 동시에 모든 것이 분명해졌다. 뒤마가 막스 뷤에 관한 정보를 너무 빨리 알아낸 것, 모든 사건이 다이아몬드 밀수에서 비롯된다고 그가 확신했던 것, 나를 집요하게 중앙아프리카로 보내려고 했던 것……. 뒤마는 뷤을 알고는 있었지만 다이아몬드 밀수 조직의 정체에 관해서는 알지 못했다. 그렇다면 그는 사라진 다이아몬드도 찾을 겸 밀수 조직에 관한 정보도 알아낼 겸해서 나를 이용한 것이었다. 뱃속 깊은 곳에서부터 치밀어 오르는 혐오감과 분노 때문에 목구멍이 콱 막히는 것 같았다.

"난 당신을 돕고 싶어요, 사라."

"당신 도움 따위는 필요 없어요. 내 변호사가 날 구해줄 거예요."

그녀가 웃으며 말했다.

"난 벨기에인도 두렵지 않고 스위스인도 두렵지 않아요. 우린 이 세상에서 가장 강한 민족이에요, 루이. 그걸 잊으면 안 된다구요."

다시 침묵이 고였다. 잠시 후 사라가 나지막한 목소리로 말했다.

"루이, 우리 이런 얘기는 한 적이 없었죠……?"

"무슨 얘기 말예요?"

그녀의 목소리는 약간 쉰 듯했다.

"당신 나라에서도 황새들이 아기들을 싣고 날아가나요?"

나는 그 질문의 뜻을 얼른 이해하지 못했다.

"그래요…… 사라, 그런데 왜 갑자기 그런 얘기를?"

나는 의자 위에서 몸을 비틀며 목소리를 가다듬었다. 두 달 전, 여행을 준비할 때 나는 이 색다른 문제를 조사해본 적이 있었다.

나는 홀다 여신이 황새를 자신의 밀사로 삼았다는 독일 전설을 사라에게 얘기해주었다. 습한 지방에서 이 여신은 하늘에서 떨어진 사자들의 영혼을 빗물 속에 간직한다고 한다. 그랬다가 그 영혼들을 다시 어린아이의 몸속에 부활시켜서 황새로 하여금 부모들에게 날라주도록 한다는 것이나.

또 나는 유럽은 물론 근동에서도 이와 같은 황새의 특별한 덕행을 믿는다고 설명해주었다. 수단에서도 이 새들은 어린아이를 싣고 가는 것으로 알려져 있다. 하지만 이 나라에서는 검은 아기를 오두막 지붕 위에 내려놓는다는 검은 황새들을 숭배한다. 나는 매혹과 애정이 어린 다른 얘기도 사라에게 들려줬다. 이야기를 끝냈을 때 사라가 이렇게 중얼거렸다.

"우리의 황새는 우리에게 폭력과 죽음만을 가져다줬어요."

형언할 수 없는 감정이 내 가슴속으로 밀려들었다. 나는 벌떡 일어나서 화상 입은 손으로 투명한 유리벽을 두드리며 소리쳤다.

"사라!"

그녀는 눈을 내리깔더니 흐느꼈다. 그러다가 느닷없이 벌떡 일어나서는 이렇게 소리치는 것이었다.

"꺼져버려. 빨리 꺼져버리란 말야!"

하지만 막상 뒤도 돌아보지 않고 도망친 사람은 그녀였다. 저승에 갇혀 있던 에우리디케처럼, 그렇게.

"시몬 리키엘을 만나고 싶습니다."

이츠하크 델타가 미간을 찌푸렸다. 꼭 모루처럼 생긴 그의 턱이 바들바들 떨렸다.

"리키엘이라니, 인터폴에 있는 친구 말입니까?"

"그래요. 그 사람과 얘기를 하고 싶군요."

이번에는 델타의 어깨가 부들부들 떨렸다. 상의가 구겨질 정도였다. 우리는 가우스호렌 교도소 정원에 서 있었다.

"원래 약속은 이런 게 아니었잖소? 당신은 나와 얘기를 해야 하는 거예요. 당신의 증언은 누구보다도 먼저 나와 관련돼 있단 말입니다. 난 내 고객을 변호하는 데 있어 당신의 증언이 이익이 되는지 어떤지를 판단해야 한단 말이오."

"이해를 못하시는군요, 델타 씨. 난 당신을 따돌리려는 게 아닙니다. 내가 정보를 제공하려는 것은 사라가 최고형을 받지 않

도록 하려는 오직 한 가지 목적 때문이에요. 그런데 지금 이 사
건은 국제적인 차원에서 전개되고 있어요. 그렇기 때문에 상황
을 잘 파악하고 있는 인터폴 관계자가 내 증언을 들어야 하는 겁
니다."

나는 말을 마치면서 미소를 지어 보였다. 반면 델타는 못마땅
한 듯 입을 삐죽 내밀었다.

사실 나는 델타 쪽에서 농간을 부리는 것을 사전에 막아보자
는 의도에서 그런 요구를 한 것이었다. 사라의 얘기에서 나는 리
키엘이라는 사람이 많은 정보를 갖고 있다는 사실을 알 수 있었
다. 황새 때문이든 아니든 막스 뵘은 얼마 전부터 인터폴의 용의
선상에 올라 있었다. 나는 공무원 앞에서 아는 것에 대해 말할
것이다. 델타가 묵직한 목소리로 말했다.

"당신은 지금 날 우롱하고 있어요, 앙티오슈 씨. 나 같은 변호
사를 희롱하면 처벌받습니다."

"위협은 그만하시고 리키엘에게 전화하시죠. 두 사람 모두에
게 다 얘기해드릴 테니까."

델타가 앞장서서 화강암으로 만든 정문 쪽으로 걸어 나갔다.
우리는 그의 자동차를 타고 이슬비가 내리는 교외를 지나 브뤼
셀까지 달렸다. 차를 타고 가는 동안 변호사는 아무 말도 하지
않았다. 우리는 지난 세기에 지어진 거대한 검은 건물 앞에 차를
세웠다. 건물 정면에는 높은 창들이 나 있었는데 창문마다 벌써
불이 환하게 켜져 있었다. 방탄조끼를 착용하고 무장을 한 군인
들이 비를 맞으면서도 꿈쩍도 하지 않은 채 보초를 서고 있었다.

우리는 넓은 계단을 이용했다. 3층까지 올라간 델타는 삐걱거리는 마루와 다 해진 양탄자가 반복해서 나타나는 긴 복도로 접어들었다. 그는 그곳의 내부를 자기 집처럼 훤히 꿰고 있는 것 같았다. 우리는 때 묻은 벽과 희끄무레한 전등, 낡은 가구, 오래된 타자기 등이 눈에 띄는, 전형적인 경찰서 분위기를 풍기는 자그마한 사무실로 들어갔다. 델타는 그에게 지지 않을 만큼 건장한 체격을 갖췄으며 어깨에 매그넘 38을 찬 와이셔츠 차림의 두 남자와 몇 분 동안 말을 나누었다. 나는 어떤 종류의 상의를 입어야 그런 무기를 감출 수 있을까 생각해보았다.

남자들이 음침한 눈길로 나를 쳐다보았다. 그들 중 한 사람이 책상 앞에 앉더니 이름과 출생일, 가정환경 등 통상적인 질문을 했다. 그러더니 이번엔 내 지문을 찍으려는 것이었다. 순전히 도발적인 뜻에서 나는 손을 올려 지문이 다 없어져버린 매끈하고 발그스름한 손바닥을 보여주었다. 내 손을 보자 그는 충격을 받은 모양이었다. 미안하다며 몇 마디 중얼중얼하더니 슬그머니 꽁무니를 빼며 나가버렸다. 이츠하크 벨타도 그 사이에 어디를 갔는지 모습이 보이지 않았다.

나는 오랫동안 기다렸다. 내가 지금 정확히 뭘 기다리고 있는지 설명해주는 사람이 아무도 없었다. 의자에 앉아 있던 나는 후회하기 시작했다. 사라와의 만남은 나를 혼란에 빠뜨렸다. 내가 저지른 잘못, 그리고 그 결과가 끊임없이 머리에서 맴돌았지만 나는 아무런 변명도 할 수가 없었다.

델타가 다시 나타났다. 그는 좀 기묘하게 생긴 인물과 함께 왔다. 그 동행자는 키가 작았는데, 두꺼운 안경에 가려져 있는 얼굴은 잘생기지는 않았으나 인상은 별로 나빠 보이지 않았다. 그 남자의 가냘픈 몸매는 트럭 운전사들이 즐겨 입는 지퍼 달린 스웨터와 돋을무늬가 있는 무거운 벨벳 바지 속에 파묻혀 있는 것처럼 보였다. 신발 또한 특이했다. 바닥이 두꺼운 커다란 운동화를 신고 있었던 것이다. 스웨터에 파묻혀 안 보이는 혁대에는 글록 17을 차고 있었는데, 그 군용 자동권총은 사라가 가지고 있는 것과 똑같은 모델이었다.

델타가 그를 소개해주었다.

"이쪽은 시몬 리키엘입니다. 인터폴 소속이죠. 우리와 관련된 사건을 특별히 담당하고 있습니다."

그가 리키엘 쪽으로 고개를 돌렸다.

"시몬, 이쪽은 제가 말했던 증인인 루이 앙티오슈 씹니다."

내 이름을 사용하는 걸로 봐서 변호사는 게임을 시작하기로 결심한 것 같았다. 리키엘이 나를 보며 짧게 미소 지었다.

그가 말했다.

"따라오시죠."

그의 사무실은 다른 사무실들과 달랐다. 벽은 흠 하나 없이 깨끗했고, 짙은 색깔의 마룻바닥은 반짝반짝 윤이 났다.

사무실 한가운데에는 큼지막한 책상이 놓여 있었고, 그 위에는 최신형 정보 관련 기기들이 설치돼 있었다. 첫 번째 단말기는 로이터 통신사와 연결돼 있었고, 인터폴 내에서만 유통되는 다른 정보들이 표시돼 있었다.

"앉으세요."

리키엘이 자기 책상 뒤로 걸어가면서 말했다.

나는 의자에 앉았다. 델타도 멀찌감치 떨어져 앉았다. 리키엘이 단도직입적으로 얘기를 시작했다.

"델타는 선생께서 자진해서 증언하시고 싶어 한다고 말하더군요. 선생께서는 이번 사건의 진상을 밝혀주고, 어쩌면 사라 가버양이 지고 있는 무거운 짐을 덜어줄 수도 있을 정보를 가지고 계신 걸로 알고 있습니다. 제 말이 맞습니까?"

리키엘은 전혀 외국인 같지 않게 프랑스어를 구사했다.

"네, 맞습니다."

리키엘은 잠시 뜸을 들였다. 그는 거북처럼 고개를 움츠리고서 양팔을 책상 위에 올려놓은 채 팔짱을 꼈다. 단말기 화면이 그의 안경알 속에 반사되었다. 그가 말을 계속했다.

"선생에 관한 기록을 읽어보았습니다. 당신은 자신이 고아라고 진술했습니다. 아직 결혼을 하지 않고 독신으로 살고 계시죠? 나이는 서른둘이지만 직업은 가져본 직이 없더군요. 그렇지만 파리의 라스파유 가에 있는 한 아파트에서 풍족하게 살고 있습니다. 당신은 퓌드돔 지방에 거주하는 양부모가 각별한 신경을 써주는 덕분에 그렇게 편안히 살 수 있다고 설명을 해놨군요. 또 당신은 집안에 틀어박혀 은둔 생활을 한다고 진술을 했고요.

하지만 당신은 꽤 우여곡절이 많았던 것으로 짐작되는 세계여행을 마치고 얼마 전에 돌아왔습니다. 제가 이것저것 확인을 좀 해봤죠. 특히 이스라엘과 중앙아프리카에서의 당신의 행적은 매우 특별한 상황에서 발견되더군요. 마지막으로, 이상한 점이 한 가지 있는데, 당신은 우아하고 세련된 멋쟁이처럼 보이는데 얼굴에는 생긴 지 얼마 안 되는 상처 자국이 크게 나 있군요. 당신 손에 대해서는 얘기하지 않겠습니다. 도대체 당신은 어떤 사람입니까, 앙티오슈 씨?"

"악몽 속에서 길을 잃고 헤매는 여행자입니다."

"이번 사건에 대해서 뭘 알고 계시죠?"

"아주 많은 걸 알고 있죠. 거의 다 알고 있습니다."

리키엘이 어깨를 들썩이며 짧게 웃었다.

"기대가 되는군요. 사라 가버 양이 갖고 있던 다이아몬드의 출처가 어디인지 설명해주실 수 있습니까? 에르베 뒤마가 왜 사전에 다이아몬드의 거래소 경비 당국에 알리지 않은 채 그녀를 체포하려고 했는지 알고 계십니까?"

"물론이죠."

"좋습니다. 자, 이제 당신 얘기를 들어보고 나서……."

"잠깐만요. 나는 지금 변호사도 보호자도 없이, 더구나 외국에서 증언을 해야 할 판입니다. 당신은 저한테 어떤 보장을 해줄 수 있죠?"

리키엘이 다시 웃었다. 차가운 그의 두 눈은 정보를 알아내려고 번뜩였으나, 움직임은 전혀 없었다.

"꼭 범죄자처럼 말씀을 하시는군요, 앙티오슈 씨. 모든 것은 당신이 이 사건에 얼마나 깊이 관련돼 있느냐에 달려 있습니다. 하지만 저는 증인으로서의 당신이 행정적인 일로 귀찮아지거나 불안해하거나 괴로움을 당하지 않으리라는 점은 보장해드릴 수 있습니다. 인터폴은 통상적으로 문화와 국경이 뒤섞인 사건들을 다룹니다. 일이 얼마나 복잡해지느냐 하는 점은 그 이후 관련된 국가에 따라 달라지죠. 말해보세요, 앙티오슈 씨. 우선은 형식을 따지지 말고 자유로운 분위기에서 당신 말을 들어보기로 합시다. 아무도 당신이 하는 얘기를 기록하거나 녹음하지 않을 겁니다. 어떤 이유로도 당신 이름을 서류에 기록하는 일은 없을 겁니다.

그리고 당신이 제공하는 정보가 어느 정도의 관심을 불러일으키느냐에 따라 저는 우리 부서의 다른 요원들에게 증언을 반복해주도록 당신에게 요청할 수도 있습니다. 그 경우 당신은 '공식 증인'이 되는 겁니다. 만일 당신이 누구를 죽이거나 강제로 물건을 뺏지만 않았다면 자유롭게 벨기에를 떠나실 수 있음을 전적으로 보장해드립니다. 자, 이제 됐지요?"

침을 한 번 꿀꺽 삼키고 나서 나는 내가 개인적으로 저지른 범죄들을 마음속에서 재빨리 지워버렸다. 나는 지난 두 달 동안에 일어난 중요한 사건들을 요약해서 들려줬다. 내 말에 구체성을 부여해주는 물건들을 가방에서 끄집어내면서 이야기를 계속해나갔다. 막스 뵘의 카드, 니콜리치의 수첩, 듀리크의 부검소견서, 벤구리온에서 윌름이 준 다이아몬드, 필리프 뵘의 사망확인서, 파스칼 수녀가 서명해준 확인서, 오토 키에퍼의 자백이 녹음된 카세트테이프…….

결론을 짓는 의미에서 나는 막스 뵘의 사진들과 그의 심장을 찍은 X선 사진 등 내가 처음에 스위스에서 발견한 증거를 책상 위에 올려놓았다.

내 이야기는 한 시간 이상 계속되었다. 나는 크게 두 가지 음모, 다이아몬드 도둑들의 음모와 심장 도둑들의 음모가 있으며, 그 두 조직이 어떻게 연관돼 있는지를 설명하려고 애썼다. 나는 이 음모에서 각 인물이 차지하고 있는 역할에 대해서도 자세히 설명했는데, 특히 자기도 모르는 사이에 이번 사건에 말려든 사라의 역할과, 나를 이용해서 사라가 다이아몬드를 가지고 있다는 사실을 알아내자 그녀를 죽이려고 했던 그 비열한 에르베 뒤마의 역할을 특히 강조했다.

나는 말을 멈추고 두 사람의 반응을 살폈다. 리키엘은 책상 위에 놓인 내 증거물을 자세히 살피고 있었다. 그의 입술에 떠오른 미소가 사라지지 않고 있었다. 델타는 엄청난 얘기에 놀라서 입을 다물지 못하고 있었다. 침묵이 이어졌다. 결국 리키엘이 입을 열었다.

"어마어마합니다. 당신 얘기는 정말 굉장해요."

나는 얼굴이 화끈거렸다.

"내 말을 안 믿는 겁니까?"

"80퍼센트 정도는 믿어요. 하지만 당신 이야기 속에는 입증까지는 못하더라도 확인은 해야 할 부분이 많습니다. 당신이 증거라고 부르는 것들은 전적으로 상대적인 것들입니다. 그 집시가 갈겨쓴 노트, 의사도 아닌 수녀가 내린 결론, 하나밖에 안 되는 다이아몬드 등은 확실한 증거라기보다는 빈약한 정보에 불과해요. 카세트테이프는 들어보기로 합시다. 하지만 이런 종류의 증거가 법정에서 받아들여질 수 없다는 사실 정도는 당신도 아시리라 믿습니다. 이제 남아프리카의 지질학자라는 닐스 반 되텐의 증언만 남았군요.”

그 경찰 녀석의 안경을 깨버리고 싶다는 생각이 불현듯 치밀어 올랐다. 하지만 그러면서도 나는 이 남자의 침착성에 감탄하지 않을 수 없었다. 사실, 누구든 내가 벌인 모험 애기를 들으면 쉽게 믿으려들지 않을 것이다. 그렇기 때문에 지금 리키엘은 내 이야기를 요모조모 따져보는 것이다.

그가 말을 계속했다.

“어쨌든 감사 드립니다, 앙티오슈 씨. 당신의 증언 덕분에 얼마 전부터 우리를 괴롭혀왔던 많은 문제를 해결할 수 있게 될 것 같습니다. 최소한 2년 전부터 우리는 다이아몬드가 밀수되고 있다는 사실을 포착, 수사를 해왔기 때문에 실은 에르베 뒤마가 살해됐을 때도 별로 놀라지 않았습니다. 우리는 막스 뷤이라든가 에르베 뒤마, 오토 키에퍼, 닐스 반 되덴 등의 이름은 알고 있었어요. 그리고 유럽, 중앙아프리카, 남아프리카로 이어지는 조직도 알고 있었구요. 하지만 우리는 가장 중요한 증거, 즉 다이아몬드를 나르는 사람이 과연 누군지를 모르고 있었습니다. 우리는 2년 전부터 이 조직에 관련된 자들을 감시해왔죠. 그런데 그들 중 누구도 다이아몬드의 밀수 루트를 이용하지 않는 겁니다. 이제 당신 말을 듣고 보니, 그들이 황새를 이용했기 때문에 그랬다는 걸 알 수가 있게 됐어요. 치하드립니다, 앙티오슈 씨. 당신은 정말 끈질기고 용감한 사람이군요. 황새가 싫증나시거든 언제라도 찾아와주세요. 제가 일자리를 마련해드릴 테니까요.”

그가 대화를 엉뚱한 방향으로 끌고 갔기 때문에 나는 어안이 벙벙했다.

“그럼, 이제 된 겁니까?”

“물론 아니죠. 이제 시작일 뿐입니다. 내일은 우리가 나눈 얘기를 모두 문서로 기록할 겁니다. 예심 판사도 당신 얘기를 들어야 합니다. 당신이 증언을 함으로써 어쩌면 사라 가버는 이스라엘로 이송돼서 재판을 기다리게 될지도 모릅니다. 잘 모르시겠지만, 범죄자들은 자기 나라에서 형을 살려고 하는 경향이 있거든요. 그러니까 우리 인터폴은 범죄자들을 본국으로 인도하느라 평생을 보내는 셈입니다. 자, 이제 다이아몬드 얘기는 그만하기로 합시다. 그런데 당신의 그 수수께끼 같은 의사 얘기는 믿기지가 않는군요.”

나는 낯을 붉히면서 자리에서 벌떡 일어났다.

“당신은 아무것도 이해하지 못했군요, 리키엘 씨! 다이아몬드 조직은 이제 와해됐어요. 그 문제는 이제 다 끝났다구요. 하지만 그 미친 의사 놈은 지금도 계속 전 세계를 돌아다니면서 심장을 도둑질하고 있단 말입니다. 확실해요. 그자는 수단방법을 가리지 않아요. 지금 시급한 일은 단 한 가지, 당장 그 비열한 인간을 붙잡아야 한다는 겁니다. 그자가 무고한 사람을 계속해서 죽이기 전에 체포해야 한다고요!”

그러자 리키엘이 대꾸했다.

"시급한지 아닌지는 내가 판단하도록 해주시오. 오늘 밤에는 브뤼셀의 호텔에 묵으세요. 우리 요원이 웨플러 호텔에 방을 하나 예약해놓았습니다. 고급 호텔은 아니지만 불편하지는 않을 겁니다. 그럼 내일 다시 뵙기로 하죠."

나는 책상을 거칠게 두드렸다. 델타는 벌떡 일어났고, 리키엘은 꼼짝도 하지 않았다. 나는 소리쳤다.

"리키엘 씨, 그 괴물이 지금 전 세계를 휘젓고 다닌단 말이오! 그자가 아이들을 고문하고 죽인단 말입니다! 그러니까 빨리 수색 영장도 발부하고, 단말기를 두드려서 확인도 해보세요. 그동안 일어난 사건들을 종합해서 전 세계의 경찰에 알리란 말이오! 그렇게 해요, 제발!"

그러나 리키엘은 나지막한 소리로 이렇게 말할 뿐이었다.

"내일 봅시다, 앙티오슈 씨. 내일 얘기해요. 고집 부리지 말고요."

나는 문을 소리 나게 닫고 나왔다.

51

몇 시간 뒤까지도 나는 호텔 방에서 분을 삭이지 못하고 있었다. 여러 가지 점에서 볼 때 결국 나는 이용당한 셈이었다. 인터폴 측에 내가 알고 있는 정보를 넘겨주기만 했지 그 대가로 얻어낸 것이 실제로는 전혀 없는 것이었다. 유일하게 위안을 삼을 만한 게 있다면 나의 증언이 사라에게 유리한 방향으로 작용하리라는 점이었다.

이날 밤, 나는 이 일 말고도 여러 가지 문제로 마음이 심란했다. 자동응답기를 작동시켰으나 아무런 메시지도 녹음돼 있지 않았다. 그래서 바렐 의사에게 전화를 했지만, 아무런 소득도 얻어내지 못했다는 것이었다.

8시 반, 전화벨이 울렸다. 벨이 울리자마자 전화기를 집어 들었다. 목소리를 듣는 순간 나는 깜짝 놀랐다.

"앙티오슈 씨? 리키엘입니다. 얘기를 좀 나누고 싶은데요."

"언제 말입니까?"

"지금 당장요. 여기 아래층 호텔 바에 와 있습니다."

웨플러 호텔의 술집 바닥에는 진분홍색 양탄자가 깔려 있어서 어딘지 원초적 쾌락을 즐기기 위해 마련된 내실 같은 분위기가 풍겼다. 시몬 리키엘은 그 큼지막한 스웨터를 걸친 채 가죽 소파에 앉아 올리브를 곁들여 위스키를 홀짝이고 있었다. 나는 그가 아직도 글록 권총을 차고 있을까, 그리고 나만큼 빨리 권총을 뽑을 수 있을까 생각해보았다.

"앉으세요, 앙티오슈 씨. 그리고 이제 인상 좀 펴시죠. 당신이 어떤 사람인지 이제 다 알았으니까."

나는 자리에 앉아 중국차를 주문했다. 그리고 잠시 리키엘을 관찰했다. 그의 얼굴은 꼭 수증기가 서린 거울에 비친 모습처럼 여전히 크고 불룩한 안경으로 절반 정도가 가려져 있었다.

"다시 한번 치하를 드리려고 이렇게 왔습니다."

"날 치하한다구요?"

"난 여러 가지 범죄를 많이 봐왔습니다. 그래서 당신이 조사해낸 것들이 얼마나 가치 있는 건지 알고 있어요. 당신은 훌륭한 일을 한 거요, 앙티오슈 씨. 정말입니다. 내가 아까 일자리를 제안했던 건 단순한 농담만은 아니었어요."

"물론 그 말을 하려고 오신 건 아니겠죠?"

"그렇습니다. 오늘 오후에 당신이 실망을 하셨으리라는 것, 충분히 이해합니다. 당신의 그 살인마 의사 얘기를 내가 믿지 않는다고 생각하셨겠죠."

"맞아요."

"나로서는 어쩔 수가 없었습니다. 어쨌든 델타 앞에서는 말이죠."

"무슨 관련이 있나요?"

"델타는 그쪽 일과는 관련이 없습니다."

웨이터가 중국차를 내왔다. 웨이터의 몸에서 풍기는 진한 향수 냄새를 맡는 순간 불현듯 나의 머릿속에 정글의 부식토가 떠올랐다.

"그렇다면 내 말을 믿는다는 겁니까?"

"그래요."

리키엘은 이쑤시개 끝으로 올리브를 쿡쿡 찔러대면서 얘기를 계속했다.

"하지만 내가 아까 얘기했죠? 당신의 증언은 반드시 검증 작업을 거쳐야 한다고 말입니다. 자, 우리 이제 정정당당하게 게임을 합시다."

"정정당당하게 게임을 하자구요?"

"당신은 아직도 감추고 있는 게 있어요."

차를 한 모금 삼켰더니 불안감을 감출 수 있는 여유가 좀 생기는 것 같았다. 나는 그의 말뜻을 못 알아듣는 척하기로 했다.

"무슨 말씀을 하시는지 모르겠군요, 리키엘 씨."

"좋습니다. 오늘 오후에 우리는 막스 뵘과 오토 키에퍼, 닐스 반 되텐에 대해 언급했었죠. 당신도 알다시피, 이들은 물론 범죄자이기는 했지만 다들 육십 대의 노인이어서 다른 사람들에게 해를 끼치지는 않았어요. 그런데 이 자들을 보호해주는 사람들이 있었습니다. 뒤마 뿐만 아니라 또 다른 자들이 그들을 보호해준 겁니다. 훨씬 더 위험한 자들이죠. 그들 중 몇 명은 신원이 파악돼 있어요. 지금부터 내가 이름을 말할 테니까 아는 사람이 있으면 말 해봐요."

리키엘이 빈정거리는 듯한 웃음을 짧게 흘리더니 올리브 한 알을 질근 깨물었다.

"미클로스 시코프."

나는 쇠망치로 가슴을 한 대 얻어맞은 듯한 기분이었다. 나는 턱에서 슬그머니 힘을 뺐다.

"모릅니다."

"밀란 칼레프."

시코프의 동료 이름인 모양이었다. 나는 낮은 목소리로 물었다.

"뭐 하는 사람들입니까?"

"여행자들이에요. 당신과 비슷한 부류의 사람들인데, 운이 없었죠. 둘 다 죽었거든요."

"어디서요?"

"칼레프의 사체는 8월 31일 불가리아의 수도 소피아의 교외에서 발견됐는데, 유리 조각에 목이 잘려나간 상태였습니다. 시코프는 9월 6일 이스라엘에서 죽었어요. 사건은 점령 지구 내에서 일어났습니다. 두 사건 모두 종결 처리됐어요. 첫 번째 사건은 당신이 소피아에 있을 때 발생했습니다. 그리고 두 번째 사건은 당신이 이스라엘에 머무를 당시에 일어났어요. 장소도 똑같이 발라타 수용소였죠. 정말 기묘한 우연이잖습니까?"

나는 다시 한번 말했다.

"난 그런 사람들 모릅니다."

리키엘이 다시 올리브를 가지고 재주를 부리기 시작했다. 독일 사업가들이 술집에 들어왔다. 서로 툭툭 치거나 껄껄대며 웃는 소리가 들려왔다. 리키엘이 말을 이었다.

"난 다른 이름들도 알고 있습니다, 앙티오슈 씨. 혹시 마르셀 미나우스나 에타 이아코비치, 이반 토르노이라는 이름은 들어본 적이 있나요?"

소파아 역에서 희생된 사람들의 이름이었다. 나는 단호하게 대답했다.

"처음 듣는 이름이군요."

그러자 그 인터폴 경찰은 위스키를 한 모금 마시더니 나를 빤히 쳐다보며 말했다.

"이상한 일이군요. 내가 왜 인터폴에서 일하게 됐는지 아십니까, 앙티오슈 씨? 모험을 좋아해서 그런 건 아니었어요. 정의를 사랑해서 그런 건 더더구나 아니었죠. 단지 언어에 대한 열정 때문이었습니다. 어렸을 때부터 이 분야에 관심이 있었죠. 범죄 수사에서 언어가 차지하는 중요성에 대해서는 당신도 의심하지 않을 겁니다. 현재 미국의 FBI에서 일하는 일부 요원들은 중국 방언을 배우느라 진땀을 빼고 있답니다. 그들로서는 이것이 중국계 마피아들을 체포할 수 있는 유일한 수단이거든요. 간단히 말하자면, 저도 불가리아어를 유창하게 구사할 수 있다는 얘깁니다."

그가 다시 웃음을 지으며 말을 이었다.

"그래서 밀란 듀리크 의사가 서명한 부검소견서를 아주 주의 깊게 읽어봤죠. 꽤 도움이 됐고, 끔찍하기도 했습니다. 8월 31일 밤 소피아 역에서 발생한 사건에 관한 불가리아 경찰의 보고서도 검토해봤죠. 그건 프로들의 솜씨였습니다. 이 사건에서 무고한 인명이 셋이나 희생당했습니다. 내가 아까 말한 마르셀 미나우스와 에타 이아코비치, 그리고 이반 토르노이라는 어린애였어요. 그런데 이 아이의 어머니가 증언을 했습니다. 그녀는 주저하지 않고 말했어요. 살인자들이 제4의 인물을 죽이려고 했다는 것인데, 당신의 인상착의와 일치하는 백인이었습니다. 그러고 나서 몇 시간 뒤에 밀란 칼레프는 짐승처럼 목이 잘린 채 창고 안에서 발견됐어요."

나는 차 마시는 것을 포기했다.

"도대체 무슨 얘긴지 알 수가 없군요."

리키엘이 올리브를 내려놓더니 다시 내 눈을 뚫어지게 쳐다보았다. 그의 위스키 잔이 안경에 반사되면서 갈색 빛을 발했다.

"우리 인터폴에서는 칼레프와 시코프를 알고 있었습니다. 칼레프는 고주파 메스로 상대를 고문하는 습관을 가진, 어떻게 말하면 의사라고도 할 수 있는 불가리아 출신 살인청부업자였죠. 고주파 메스를 사용하면 피도 안 나오고 흔적도 안 남지만 끔찍한 고통을 줍니다. 시코프는 군사 교관이었어요. 1970년대에 우

간다에서 아민 다다의 군대를 훈련시켰죠. 자동 화기의 전문가
입니다. 이 두 놈은 아주 위험한 자들이었습니다."

리키엘이 잠시 침묵을 지켰다. 이윽고 그는 안경을 벗어서 내
려놓으며 다시 입을 열었다.

"그자들은 '세계는 하나'를 위해 일했어요."

나는 놀라는 척했다.

"살인청부업자들이 인도주의 단체에 소속돼 있었단 말입니
까?"

"재고품을 지키거나 고위 인사의 안전을 보장하는 데는 도움
이 될 수가 있는 거죠."

"당신 도대체 무슨 얘길 하려는 겁니까, 리키엘 씨?"

"'세계는 하나'에 대해서, 그리고 당신의 그 엄청난 가설에 대
해서."

"그래요?"

"당신은 막스 뷔이 오직 단 한 사람, 1977년 8월에 그의 목숨
을 구해준 그 명의(名醫)의 영향력 아래서 살았다고, 아니 살아남
았다고 생각하고 있죠?"

"그래요."

"당신 말에 따르면 그 의사는 '세계는 하나'를 통해서 막스 뷔
에게 영향력을 행사했다는 거 아닙니까? 그래서 막스 뷔 노인이
자신의 전 재산을 그 단체에 기부했다는 거죠?"

"맞습니다."

리키엘이 스웨터 속에 손을 집어넣어 얇은 서류를 꺼내더니

거기에서 다시 타이프라이터로 친 종이 한 장을 빼냈다.

"당신의 가설을 뒷받침해줄 수 있을 것 같은 몇 가지 사실을 알려드리고 싶군요."

나는 놀라서 숨이 멎을 것 같았다.

"나도 이 단체에 대해 조사를 해봤습니다. '세계는 하나'는 많은 수수께끼에 싸여 있는 단체입니다. 활동 범위라든가 의사들과 후원자의 수를 정확히 알아내기가 힘들어요. 하지만 나는 막스 뵘의 행적에서 여러 가지 수상쩍은 사실들을 발견해냈습니다. 막스 뵘은 수입의 대부분을 '세계는 하나'에 입금시키더군요. 매년 이 단체에 수십 만 스위스 프랑씩 '기부' 했던 겁니다. 내 생각에 이 같은 정보는 불완전합니다. 뵘은 여러 곳의 은행과 거래하는 건 물론 비밀 계좌도 갖고 있었어요. 그렇기 때문에 그 노인이 정확히 얼마를 송금했는지는 알아내기 어렵습니다. 하지만 한 가지 사실은 확실해요. 그가 1001클럽에 가입해 있었다는 겁니다. 당신은 물론 이 조직에 대해 알고 있겠죠. 반대로 당신이 모르는 사실이 있는데, 이 클럽이 창설될 때 뵘이 1백만 스위스 프랑, 그러니까 1백만 달러에 가까운 돈을 입금했다는 겁니다. 다이아몬드 밀수가 시작되고 2년이 지난 1980년의 일이었죠."

놀라움. 서서히 풀리는 의문. 아, 알았다! 막스 뵘은 그 의사에게 직접 송금을 한 것이 아니라 '세계는 하나'로 돈을 보낸 것이다. 그렇다면 이 단체는 그 의사에게 보수를 지급했든지, 아니면 그의 '실험'을 재정적으로 후원한 것이다. 리키엘이 얘기를 계속했다.

 "당신은 뒤마가 뵘이 치료받은 장소를 찾아내지 못했다고 나한테 말했죠? 스위스와 프랑스, 독일의 병원에서는 막스 뵘의 흔적을 찾을 수가 없었어요. 난 뵘이 어디서 비밀리에 검사를 했는지 알아낸 것 같습니다. 최첨단 의료 시설을 갖춘 제네바의 '세계는 하나' 본부였어요. 뵘이 또다시 꽤 많은 돈을 기부했기 때문에 이 단체에서도 서비스를 해주지 않을 수 없었던 거 같아요."

 나는 차를 한 모금 마시려고 했으나 손가락이 떨려서 쉽지가 않았다. 리키엘은 상황을 정확히 파악하고 있었다.

 "그래서 당신은 어떤 결론을 내렸나요?"

 "'세계는 하나'가 분명히 뭔가를 숨기고 있다는 겁니다. 그리고 당신이 말하는 그 의사는 칼레프나 시코프 같은 자들을 고용하고, 자기 자신의 실험에 드는 돈을 대고, 황새를 길들여서 큰 부자가 된 뵘에게 심장 이식 수술을 해줄 수 있을 만큼 높은 위치를 이 단체에서 차지하고 있다는 거예요."

 리키엘은 알면서도 숨기고 있었던 것이다. 오후에 만났을 당시에 이미 그는 다이아몬드 밀수 자체보다 '세계는 하나'에 대해 더 많은 것을 알고 있었던 것이다. 리키엘은 내 생각을 읽기라도 한 듯 말을 이었다.

 "앙티오슈 씨, 당신을 만나기 전부터 이미 나는 막스 뵘과 '세계는 하나' 사이의 수상쩍은 관계를 알고 있었습니다. 하지만 인간의 심장이 관련돼 있으리라고는 생각지 못했어요. 니콜리치와 고모운의 살해는 더 거대한 조직과 연관돼 있습니다. 아까 당신이 가고 난 뒤에 나는 그와 관련된 정보를 찾기 시작했어요. 인터폴에 설치된 단말기를 이용해서 지난 10년 동안 희생자의 심장이 없어진 사건들을 조사해본 겁니다. 인터폴에 가입된 국가들의 경우, 거의 모든 것이 정보화돼 있거든요. 심장을 도둑맞았다는 한 가지 공통점을 가진 사건들을 찾아내는 건 어려운 일이 아니었습니다. 그 리스트가 오늘 밤 8시경에 나왔어요. 당신이 말하는 그 '괴물'은 주로 혼란스럽거나 몹시 빈곤한 국가에서 행동을 했기 때문에 이 리스트가 완벽한 것은 아닙니다. 그런 국가들의 경우에는 정보를 얻어내기가 쉽지 않으니까요. 하지만 이 정도로도 충분할 겁니다. 이걸 보니 정말 몸이 부들부들 떨리더군요. 자, 여기 있습니다."

찻잔이 산산조각 났다. 아직 김이 피어오르는 차가 감각을 못 느끼는 내 손 위로 흘렀다. 나는 리키엘의 손에서 그 리스트를 잡아챘다. 그것은 심장을 도둑맞고 죽은 희생자들의 저주받은 명부였다.

1991년 9월 21일. 고모운.

피그미족. 여성. 1976년 6월 출생. 1991년 9월 21일 중앙아프리카공화국 로바에 지역에 위치한 조코 근처에서 사망.

사인: 사고. 고릴라로부터 공격을 받음.

특이점: 신체 부위 절단—심장 소실.

혈액형: B(RH+)

조직 적합 항원 유형: Aw19.3-B37.5

1991년 4월 22일. 라즈코 니콜리치.

집시. 남성. 터키의 이스켄테룬에서 1963년경에 출생. 1991년 4월 22일 불가리아 슬리벤 근처의 '맑은 물'이라고 불리는 숲 속에서 사망.

사인: 피살됨. 미제 사건임.

특이점: 신체 부위 절단—심장 소실.

혈액형: O(RH+)

조직 적합 항원 유형: Aw19.3-B37.5

1990년 11월 3일. 타스민 존슨.

호테토트족. 남성. 1967년 1월 16일 남아프리카 마세루 인근에서 출생. 1990년 11월 3일 남아프리카 바카 광산 근처에서 사망.

사인: 야생동물의 공격을 받음.

특이점: 신체 부위 절단—심장 소실.

혈액형: AB(RH+)

조직 적합 항원 유형: Aw19.3-B37.5

1990년 3월 16일. 하산 알 베가센.

남성. 1970년 수단의 제벨 알 파우 근처에서 출생. 1990년 3월 16일 제16호 부락의 관개지에서 사망.

사인: 야생동물의 공격을 받음.

특이점: 신체 부위 절단—심장 소실.

혈액형: AB(RH+)

조직 적합 항원 유형: Aw19.3-B37.5

1988년 9월 4일. 아메드 이스캄.

남성. 1962년 12월 5일 이스라엘 베들레헴의 점령 지구에서 출생. 1988년 9월 4일 베이트 얄라에서 사망.

사인: 정치적 동기로 살해됨. 미제 사건임.

특이점: 신체 부위 훼손—심장 소실.

혈액형: O(RH+)

조직 적합 항원 유형: Aw19.3-B37.5

리스트는 정보 분석이 시작된 날짜인 1981년까지 거슬러 올라가며 여러 페이지에 걸쳐 이런 식으로 계속되었다.

호텔 방에 들어갔더니 전화기에 설치된 빨간 불이 깜박거리고
있었다. 전화기를 들고 교환 번호를 눌렀다.

"232호실의 루이 앙티오슈입니다. 무슨 전갈이 있나요?"

교환원이 매우 강한 벨기에 억양으로 대답했다.

"루이 앙티오슈 씨라구요? 앙티오슈 씨라…… 한번 볼까
요……."

컴퓨터 단말기를 두드리는 소리가 들려왔다. 내 팔뚝의 움푹
팬 부분을 지나는 정맥이 살갗 아래서 꿈틀거리고 있었다.

"카트린 바렐이라는 분이 9시 15분에 전화를 하셨습니다. 그
런데 선생님께서는 그 시간에 객실에 계시지 않았더군요."

나는 화가 나서 숨이 막힐 정도였다.

"그래서 전화가 오면 술집으로 돌려달라고 부탁해뒀단 말이
오!"

"9시에 교환원이 교대를 했습니다. 그런데 제대로 인계가 안 된 모양이군요. 죄송합니다."

"그분이 전화번호 같은 거 남기지 않았어요?"

교환원이 카트린 바렐의 전화번호를 알려주었다. 나는 즉시 열 자리로 된 전화번호를 돌렸다. 벨이 두 번 울리자 자갈이 굴러가는 듯한 목소리가 들려왔다.

"여보세요?"

"루이입니다. 뭐 새로 알아낸 게 있나요?"

"당신이 부탁한 정보를 알아냈어요. 정말이지 믿을 수가 없군요. 당신 말이 다 옳았어요. 최근 30년 사이에 중앙아프리카나 콩고에 머물렀던 프랑스어권 의사들의 명단을 얻었는데, 당신이 말하는 그 의사일 가능성이 있는 이름 하나를 발견했어요. 그런데 도대체 이게 웬일인지 모르겠군요! 그 사람이 바로 심장 이식 수술의 선구자격인 피에르 세니시에랍니다. 1960년에 원숭이 심장을 최초로 인간에게 이식시킨 프랑스 의사죠."

내 온몸이 쏙 열병을 잃는 사람처럼 부들부들 떨리기 시작했다. 피에르 세니시에. 방기에서 읽은 적이 있는 백과사전의 발췌문이 내 머릿속에서 마치 어둠의 유령처럼 불쑥 나타났다.

'……1960년 1월, 프랑스 출신 의사인 피에르 세니시에가 침팬지의 심장을 심장 판막 기능 부전증의 최후 단계에 있는 예순여덟 살의 한 환자에게 이식시켰던 것이다. 수술은 성공적이었다. 그러나 이식된 심장은 겨우 몇 시간 밖에는 뛰지 않았다…….'

카트린 바렐이 말을 계속했다.

"이 천재 중의 천재에 관한 얘기는 의학계에 널리 알려져 있어요. 그 당시에 심장 이식 수술은 큰 반향을 불러일으켰었죠. 그런데 그러고 나서 세니시에가 느닷없이 사라져버렸어요. 그 당시에는 그가 의사협회와 불편한 관계에 있었기 때문이라는 소문이 떠돌았죠. 그 의사는 금지된 의료 행위를 비밀리에 하고 있다는 의심을 받고 있었거든요. 그래서 세니시에는 가족을 데리고 중앙아프리카로 피신한 겁니다. 거기서는 흑인들을 보살펴주는 정의로운 의사가 된 것 같아요. 말하자면 알베르트 슈바이처 같은 의사 말예요. 세니시에가 어쩌면 당신이 찾는 그 의사인지도 모르겠어요. 하지만 의아한 사실이 한 가지 있군요……."

"그게 뭔데요?"

나는 떨리는 목소리로 물었다.

"막스 뵘이 1977년에 수술을 받았다고 분명히 당신이 내게 얘기했었죠?"

"그렇습니다."

"1977년이 분명히 맞나요?"

"분명합니다."

"그렇다면 그 수술을 한 의사는 피에르 세니시에가 아닐 수도 있어요."

"왜요?"

"왜냐하면 그 의사는 1977년에는 이 세상에 없었거든요. 1965년의 마지막 날인 생 실베스트르 축일에 보카사가 쿠데타를 일으키고 죄수를 석방한 일이 있었어요. 세니시에와 그의 가족은 바로 그 죄수 중 몇 명의 손에 살해됐어요. 피에르 세시니에와 그의 아내, 그리고 두 아이가 집을 전소시킨 불에 타죽었다는 거예요. 난 이런 소식을 모르고 있었지만…… 앙티오슈 씨, 듣고 있어요? 앙티오슈 씨? 앙티오슈 씨?"

북극 지방에 여름이 오면 빙하가 갈라지면서 마지못한 듯 차가운 베링 해의 검은 물속에 잠긴다. 그 순간의 내 마음이 바로 그 빙하 같았다. 벼락을 맞은 듯 충격적인 카트린 바렐의 말이 다람쥐 쳇바퀴 돌듯 빙빙 돌기만 하던 내 모험에 종지부를 찍었다. 희미한 내 운명의 등에 불을 켜줄 수 있는 것은 이 세상에 오직 한 사람, 양어머니인 넬리 브래슬러뿐이었다.

나는 프랑스 중부 지방을 향해 전속력으로 달려갔다. 여섯 시간 뒤, 클레르몽 페랑을 통과한 나는 동쪽으로 수 킬로미터 지점에 자리 잡은 빌리에 마을을 찾았다. 자동차 계기반의 시계가 5시 반을 가리키고 있었다.

태양이 떠오르고 있었다. 다갈색으로 물든 풍경은 흡사 가을이 지른 불길에 타서 화석처럼 굳어버린 듯 보였다. 만물이 침묵에 잠겨 있었다. 검은 개천이 키 큰 풀들을 적시며 흘러가고 있었고, 잎이 다 떨어진 나무들의 모습은 꼭 구름 한 점 없는 회색 하늘을 손톱으로 움켜잡고 있는 듯 보였다.

드디어 자그마한 마을이 자동차 헤드라이트에 그 모습을 드러냈다. 나는 이리저리 커브를 돌다가 드디어 브래슬러 부부의 집을 찾아냈다. 담을 따라 천천히 차를 몰아 U자 모양을 하고 있는 저택의 안마당으로 들어갔다. 왼쪽으로 50여 미터가량 떨어진 곳을 보니, 벌써 일어난 조르주 브래슬러가 잿빛 새들이 푸드덕거리고 있는 새장들 사이에 서 있었다. 양아버지는 등을 돌리고 있었기 때문에 나를 보지 못했다. 나는 조용히 잔디밭을 가로질러 집안으로 들어갔다.

집안의 모든 것은 돌과 나무로 만들어져 있었다. 참나무로 짠 가구들에서는 밀랍 냄새가 진하게 풍겨 나왔고, 연철로 된 촛대들이 바닥에 깔린 타일에 그림자를 드리우고 있었다. 중세풍의 냉혹한 분위기가, 잔인하고 맹목적이며 우아한 향기가 집안을 가득 메우고 있었다. 나는 시간이 흐르지 않는 은둔처에 와 있는 것이었다.

"누구세요?"

고개를 돌리는 순간 넬리의 여윈 모습과 작은 어깨, 술에 취해서 나른해 보이는 창백한 얼굴이 눈에 들어왔다. 그 노파도 나를 알아보았는지 벽에 등을 기대며 중얼거리듯 물었다.

"루이…… 웬일이냐?"

"피에르 세니시에 애길 좀 하러 왔어요."

넬리가 몸을 바들바들 떨며 내게 다가왔다. 푸르스름한 빛이 약간 감도는 흰색 가발이 한쪽으로 비스듬히 기울어져 있었다. 내 양어머니는 밤새 한숨도 못 잔데다가 벌써부터 조금 취해 있었다. 넬리가 물었다.

"피에르…… 피에르 세니시에 얘기를?"

나는 감정이 섞이지 않은 목소리로 대답했다.

"그래요. 이제 저도 철들 나이가 됐나봐요. 진실을 알 나이도 됐구요."

넬리가 눈을 내리 깔았다. 눈꺼풀이 살짝 떨리더니 뜻밖에도 입술에 미소가 떠올랐다. 그녀가 중얼거렸다.

"진실이라……."

그녀가 단호한 걸음걸이로 술병이 여러 개 놓여 있는 작은 원탁을 향해 걸어갔다. 그러고는 잔 두 개에 술을 따르더니 하나를 내밀었다.

"전 술을 안 마십니다. 게다가 너무 일러요."

"마셔, 루이. 그리고 앉아. 그래야 할 거야."

나는 아무 말 없이 양어머니가 시키는 대로 벽난로 근처의 소파에 앉았다. 몸이 아까보다 더 떨렸다. 나는 위스키를 한 모금 마셨다. 타는 듯한 느낌의 알코올이 목을 훑고 내려가자 마음이 좀 가라앉았다. 넬리는 작은 술병을 바닥에 내려놓더니 술잔을 단숨에 비우고 다시 잔을 채웠다. 그녀는 원래의 혈색과 자신감을 되찾은 것 같았다. 그리고 나서 그녀는 얘기를 시작했다.

"결코 잊히지 않는 일이 있는 법이란다, 루이. 대리석으로 만든 묘석에 새겨진 묘비명처럼 내 마음속에 새겨진 일이 있지. 네가 피에르 세니시에라는 이름을 어떻게 해서 알아냈는지 모르겠구나. 네가 정확히 뭘 발견했는지도 모르겠고. 네가 황새들을 따라다니다가 어떻게 해서 이 세상에서 가장 깊숙이 감춰져 있던 비밀을 알아냈는지도 난 모르겠어. 하지만 그게 중요한 건 아니겠지. 그 일이 있은 뒤로 그보다 더 중대한 일은 없었으니까. 이제 진실의 시간을 알리는 시간이, 그리고 내 입장에서 보면 해방의 시간을 알리는 종이 울린 것 같구나."

넬리는 위스키를 들이켜고는 말을 이었다.

"피에르 세니시에는 파리의 상류 부르주아 가문 출신이었지. 그의 아버지인 폴 세니시에는 여러 공화국을 거치면서도 자리를 유지하며 당대를 휘어잡았던 유명한 법관이었다. 엄격하고 과묵하며 냉혹해서 사람들이 무서워하던 이 인물은 이 세상을 자기 힘으로 다스릴 수 있는 부서지기 쉬운 건물쯤으로 생각했지.

20세기 초에 폴 세니시에의 아내는 완벽한 미래가 보장된 세 아들을 차례로 낳았는데, 웬걸, 낳고 보니 지능지수가 형편없는 저능아늘이었난나. 폴 세니시에는 불같이 화를 냈지만 그거야 어쩔 수 없는 일이었지. 그나마 재산이 있어서 체면을 세울 수가 있었어. 꼽추에 백치였던 큰아들 앙리는 노르망디에 있는 세 개의 성을 돌보라고 보냈는데, 이건 성이라기보다는 다 쓰러져가는 저택이었지. 신체적으로는 튼튼한 편이었던 둘째 아들 도미니크는 군대에 들어가서 자기 아버지의 영향력을 이용해 어느 정도까지는 진급을 할 수가 있었고. 형들보다는 지능지수가 높고 더 교활했던 셋째 라파엘은 교단에 들어갔지. 그는 앙리의 성에서 멀지 않은 외딴 곳에 교구를 한 곳 물려받았는데, 이후로 그 역시 망각 속에 묻히고 말았단다.

이때 벌써 폴 세니시에는 이 세 아들들에게는 아무런 관심도 보이지 않았어. 하지만 1933년에 태어난 막내아들 피에르만은 애지중지했지. 그 당시 폴 세니시에는 쉰 살이었다. 그의 아내는 남편에게 아들을 안겨준 다음 자신의 마지막 의무를 다했다는 듯 세상을 떴어.

모든 점에서 볼 때 피에르는 하나의 축복이라고 할 수가 있었다. 이 특출한 아이는 퇴화한 형들의 모든 재능과 성공 수단을 독차지한 것 같았어. 늙은 아버지는 막내아들의 교육에 전적으로 헌신했지. 따로 읽기와 쓰기를 가르친 거야. 그는 아들의 지능이 발달하는 것을 열심히 지켜봤지. 폴 세니시에는 사춘기에 접어든 아들이 자기처럼 법관이 되길 원했어. 하지만 피에르는 의학 쪽으로 나가고 싶어 했지. 아버지는 아들의 희망을 따르기로 했단다. 아들이 이 방면에서 크게 성공하리라는 걸 예감했던 거야. 그리고 그 생각은 틀리지 않았어. 스물셋의 나이에 벌써 피에르 세니시에는 심장병 분야에서 크게 인정받는 권위자가 돼 있었으니까 말이다.

내가 피에르를 만난 건 그 즈음이었단다. 그 사람은 빈둥거리며 잘난 체하기 좋아하는 우리 명문가 자제들의 선망의 대상이었지. 키가 큰데다가 잘생기고 진지했어. 그의 온몸은 신비로운 침묵으로 빛났지. 지금도 생각나는구나. 파티를 열었지. 우리는 잔뜩 점잖을 빼며 자리에 죽치고 앉아 있었어. 여자애들은 어머니의 드레스를 입고 나와 앉아 있었고, 남자애들은 풀을 먹여서 빳빳한 낡은 턱시도를 입고 있었지. 그런데 그날 밤 파티에서 우리 여자애들이 기다리고 있던 건 오직 한 사람, 피에르 세니시에뿐이었어. 그 사람은 이미 어른들의 세계에, 책임자들의 세계에 속해 있었어. 그가 나타나자 파티의 분위기가 싹 바뀌더구나. 샹들리에와 여자들의 드레스, 술, 이 모든 게 그를 위해서 빙글빙글 돌아가면서 반짝거리는 것 같더라고."

넬리가 다시 잔을 채운 다음 말을 이었다.

"피에르 세니시에를 마리안 드 몽탈리에에게 소개시켜준 사람이 바로 나였단다. 마리안은 나랑 아주 가까운 친구였어. 금발이 눈부실 만큼 아름다운 가냘픈 소녀였지. 가장 눈에 띄는 건 창백한 안색이었어. 투명해 보일 만큼 하얀 피부였지. 마리안은 지난 세기에 아프리카의 황무지에 정착했던 부유한 프랑스 식민자 집안 출신이었어. 흑인들과 피가 섞일까봐 부계혈족끼리 결혼을 시키다보니 마리안이 그렇게 빈혈 체질이 됐다면서 사람들은 수군거렸지.

피에르를 보는 순간, 마리안은 첫눈에 반해버렸단다. 왠지 나는 그 두 사람을 소개시켜준 걸 후회하기 시작했어. 하지만 그들은 운명적으로 결합될 수밖에 없었어. 마리안의 정열은 불안, 번민으로 변하면서 바깥세상과 담을 쌓고 살았었다. 그러면 그럴수록 그녀는 더욱더 아름다워져 갔지.

1957년 피에르와 마리안은 결혼식을 올렸어. 피로연을 할 때 마리안이 내 귀에 대고 이렇게 속삭이더라. '난 뭐가 뭔지 하나

도 알 수가 없어, 넬리. 그렇지만 나도 어쩔 수가 없어. 이건 내
가 선택한 길인걸.'

이때쯤 나도 조르주를 만났지. 나보다 나이가 많았던 남편은
시와 시나리오를 쓰고 있었단다. 클로델이나 말로처럼 외교관이
돼 여행을 하고 싶다고 말하곤 했어. 그 당시 나는 나름 꽤 예쁘
고 태평스럽고 경박한 처녀였지. 옛날에 친하게 지내던 친구들
과도 점차 소원해져서 정기적으로 나한테 편지를 보내는 마리안
하고만 연락을 하고 살았다. 그런 까닭으로 나는 피에르 세니시
에가 진짜 어떤 사람인지 알게 됐는데, 이때 마리안은 아들을 낳
은 뒤였지.

1958년 피에르는 자선병원의 심장의학과에서 중요한 직책을
맡게 됐어. 그의 나이 스물다섯이었지. 그 사람 앞에는 출세가도
가 열려 있었지만, 이때 그는 이미 저항할 수 없는 악의 힘에 끌
려가고 있었어. 마리안은 이 사실을 편지에 써 보냈지. 남편의
과거를 더듬어가던 마리안은 끔찍한 의혹에 싸인 부분을 발견해
냈어. 대학에 다닐 때 피에르가 새끼 쥐들을 산 채로 해부하다가
발각됐다는 거야. 목격자들은 자기들이 지금 환상을 보고 있다
고 믿을 정도였단다. 끔찍한 울음소리가 의과대학 건물의 둥근
천장 아래로 메아리치고 어린 쥐들이 고통을 못 이겨 자그마한
몸들을 비비 꼬고 있었으니까 말이다. 그 뒤에도 그 남자는 빌쥐
프 고아원에 수용된 장애아들에게 잔혹 행위를 저질렀다는 의심
을 받았어. 그 장애아들의 몸에서 말로 표현할 수 없을 만큼 끔
찍한 상처와 불에 탄 자국, 그리고 깊이 베어 낸 흔적이 발견된

거야.

　의사협회에서도 피에르에게 수술을 금하라는 지시를 내렸지만, 1960년에는 중요한 사건이 일어났지. 그가 침팬지의 심장을 인간의 몸속에 이식하는 유례없는 수술을 성공시킨 거야. 환자는 겨우 몇 시간밖에 살지 못했지만, 이 수술은 외과 부문에서는 하나의 신기원을 이룩했었지. 그 바람에 그에 대한 깊은 의혹은 씻은 듯이 사라져버렸고 피에르는 의학계의 환호를 받으면서 국민적 영웅이 됐어. 스물일곱의 나이에 이 외과의사는 드골 장군에게 직접 레지옹도뇌르 훈장까지 받았지.

　1년 뒤, 피에르의 아버지인 폴 세니시에가 세상을 떠났다. 그는 재산의 대부분을 피에르에게 물려준다는 유언을 남겼고, 피에르는 물려받은 재산으로 뇌이 쉬르 센느에 '파스퇴르'라는 개인병원을 열었지. 몇 달이 채 안 돼서 이 병원은 유럽에서 가장 부유한 인사들이 치료를 받으러 오는 병원이 됐단다. 피에르 세니시에는 영광의 절정에 올랐지. 그의 인도주의적 의지가 발동된 게 바로 이때었어. 병원 정원에 고아원을 지어서 어린 고아들을 받아들이고 가난한 아이들, 특히 집시 아이들의 교육을 맡겠다고 나섰다. 이 일로 인해 또다시 이름이 알려진 덕분에 그 사람은 정부와 기업, 그리고 많은 사람들로부터 순식간에 많은 기금을 거둘 수가 있었지."

　병이 잔에 부딪치는 소리에 이어 술을 따르는 소리가 들려왔다. 잠시 동안의 침묵에 이어 넬리가 혀를 찼다. 내 마음속에서는 넬리의 이야기가 파도가 넘실거리는 것처럼 솟아오르며 형체를 띠어갔다.

"바로 그때부터 모든 것이 흔들리기 시작했단다. 마리안이 보내오는 편지의 내용이 바뀐 거야. 그 전에는 우정 어린 편지를 보내오더니 이제는 끔찍하고 무시무시한 내용의 편지를 보내오기 시작한 거야. 나는 내 친구가 미쳤다고 확신했지. 마리안의 말을 도저히 믿을 수가 없었어. 그 애의 편지에 따르면, 피에르가 세운 고아원이란 게 사실은 노저히 참을 수 없을 만큼 야만적인 행위가 자행되는 장소라는 거였어. 사실은 남편이 지하에 수술실을 만들어서 문을 단단히 걸어 잠근 채 그 안에서 아이들에게 끔찍한 수술을 한다는 거야. 무시무시한 생체 이식 수술, 끔찍한 고문 행위…… 그와 동시에 집시 가족들의 고발장이 점점 더 많이 쌓여갔단다. 그래서 파스퇴르 병원에 대한 수색 영장이 발부됐지. 피에르는 그나마 발이 넓었고 영향력이 있었기 때문에 가택수색은 면할 수가 있었어. 경찰이 출발했다는 귀띔을 받은 그는 병원 건물에 불을 질렀다. 고아원 지상 층의 아이들과 병원 환자들은 가까스로 피신시킬 수가 있었지. 그로서는 최악의 경우는 피할 수 있었던 거야. 최소한 공식적으로는 말이지. 왜냐하면 비밀 실험실이 있는 지하층에서는 아무도 살아나오지 못했기 때문이야. 피에르는 그 공포의 방을 잠근 채 이식 수술을 받은 아이들을 태워 죽인 거란다.

경찰은 간단한 조사를 벌인 끝에 화재가 이 사고의 원인이라고 결론지어버렸지. 살아남은 아이들은 부모에게 돌아가거나 다른 고아원으로 이송되고, 사건은 종결 처리됐어. 마리안은 마지막으로 편지를 보내서 남편이 '치료'됐으니 함께 아프리카로 가서 흑인들을 돕겠다고 했지. 빈정거리는 투로 말야. 바로 그 즈음에 조르주는 태국에 외교관으로 발령을 받았어. 남편은 함께 가자고 나를 설득했단다. 내 나이 서른두 살 때인 1963년 11월의 일이었어."

바로 그때 느닷없이 현관에 불이 켜졌다. 조끼 차림의 조르주였다. 양아버지는 깃털에 진흙이 잔뜩 묻은 무겁고 커다란 새 한 마리를 품에 안고 있었다. 회색 깃털 몇 개가 바닥으로 떨어졌다. 그가 방안으로 들어오려고 하자 넬리가 불러 세웠다.

"당장 나가요!"

그는 아내가 이렇게 소리 지르는데도 전혀 놀라는 기색이 아니었다. 나를 보고도 놀라지 않았다. 넬리가 다시 한번 소리쳤다.

"당장 나가란 말예요!"

조르주는 순순히 나갔다. 넬리가 위스키를 다시 한 모금 마시더니 트림을 했다. 진힌 위스키 냄새가 방안 가득 퍼졌다. 부드러운 햇빛이 방안으로 새어 들어왔다. 이제는 흉하게 변해버린 넬리의 얼굴을 똑똑히 볼 수가 있었다.

"태국에서 1년을 보내고 난 뒤인 1964년에 조르주는 또다시 전보 발령을 받았지. 그때 친구인 말로가 문화부 장관을 맡게 됐던 거야. 아프리카에 대해서 잘 알고 있던 그 사람은 우리를 중앙아프리카로 보냈지. 말로는 아프리카가 믿을 수 없을 만큼 환상적인 곳이라고 감탄했어. 이 《왕도의 길》의 저자는 중앙아프리카에 대해서 모르는 게 없었지만, 딱 하나 중요한 사실은 모르고 있었어. 피에르와 마리안이 두 아이와 함께 이곳에서 살게 되리라는 걸 말이다.

재회는 좀 이상하게 이뤄졌지만, 어쨌든 우리의 우정은 다시 맺어졌어. 첫 번째 저녁식사는 완벽했단다. 피에르는 좀 늙었지만 침착하고 평온해 보였어. 그 사람은 병마에 시달리는 아프리카 아이들 얘기를 하면서 열심히 치료해줘야 한다고 말했어. 옛날의 그 악몽을 깨끗이 잊어버린 듯해서 나는 마리안이 편지에써 보낸 얘기를 다시 의심하게 됐지.

하지만 나는 차츰차츰 피에르의 광기가 정말 현실로 나타난다는 사실을 깨닫게 됐다. 피에르는 자기가 아프리카에서 살아야 한다는 사실에 분노하고 있었지. 자신의 눈부신 경력에 종지부를 찍어야만 한다는 사실이 견딜 수가 없었던 거야. 전대미문의 대수술을 성공시켰던 그가 이제는 카사바 냄새가 풍기는 진찰실과 복도 속에 갇힌 채 오지의 의사 노릇을 하게 됐으니까 말이다. 그러다보니 그의 분노는 자신과 식구에 대한 자학과 복수심으로 바뀌게 된 거야.

이렇게 해서 피에르는 자신의 두 아들을 실험 대상으로 여기게 됐지. 아들들의 혈액형과 세포 조직 유형을 분석하기도 했어. 뿐만 아니라 두 아들을 대상으로 순전히 심리학적인 잔인한 실험을 하기도 했단다. 나도 저녁식사를 함께 하면서 결코 잊지 못할 그 충격적인 장면을 몇 번 목격한 적이 있었지.

음식이 식탁 위에 놓이면 피에르는 두 아이들을 내려다보면서 이렇게 묻는 거였어. '접시를 잘 보렴, 얘들아. 지금 뭘 먹는다고 생각하지?' 갈색을 띤 고기 위에는 소스가 뿌려져 있었어. 피에르는 포크 끝으로 고기를 콕콕 찌르기 시작하지. 그러면서 같은 질문을 되풀이하는 거야. '오늘 밤에 어떤 동물을 먹는다고 생각하니? 어린 영양? 새끼 돼지? 아니면 원숭이?' 그러면서 겁에 질린 아이들의 뺨 위에 눈물이 흘러내릴 때까지 흐릿한 전등불을 받아 반짝거리는 그 끈적끈적한 고깃덩어리를 계속해서 뒤적거리는 거였어. 피에르는 계속 얘기하지. '그거 말고 다른 고기인지도 몰라. 전혀 다른 고기. 이곳 검둥이들이 뭘 먹는지는 아무도 모르니까. 어쩌면 이 고기는……' 그러면 아이들은 겁에 질려 도망치고 말지. 그럴 때마다 마리안은 냉담한 표정을 짓곤 했어. 피에르는 히죽히죽 웃고 있었고. 그 남자는 자신들이 식인종이라고, 그들이 매일 밤 사람 고기를 먹는다고 아이들이 믿게끔 만들려고 했던 거야.

아이들은 이렇게 고통 받으며 자라났단다. 그러다가 큰아이가 신경증 증세를 보이지 시작했지. 여덟 살 때인 1965년에 그 아이는 자기 아버지가 얼마나 잔인한 사람인지 알게 됐어. 아이는 말수가 적어지면서 모든 일에 흥미를 잃고 무감각한 아이로 변했는데, 기이하게도 아버지는 작은애보다 이 아들을 더 좋아했지. 오직 큰아이에게만 관심을 쏟으면서 애지중지한 거야. 하지만 그 방법은 집요하고 잔인했어. 도대체 피에르는 뭘 원했던 걸까? 난 그걸 알 수가 없다. 결국 큰아들은 심각한 정신적 충격을 받고, 조리 있는 행동을 할 수가 없는 실어증 환자가 되고 만 거야.

바로 그해, 크리스마스가 지나고 며칠 안 돼 사건이 일어났지. 그 아이가 자살을 기도했는데, 다량을 복용할 경우 인체에 특히 심장에 돌이킬 수 없는 결과를 가져오는 니바키니네 정제를 먹은 거야. 새로운 심장이 있어야만 그 아이의 생명을 구할 수가 있었지. 피에르의 운명을 지배한 그 비밀스런 논리를 이해하겠니? 자식으로 하여금 자살을 하도록 만들어놓은 그가 이제는 그 아들을 구할 수 있는 유일한 구세주로 등장한 거야. 피에르는 5년 전에 예순여덟 살 먹은 노인에게 했듯이 심장 이식 수술을 하기로 결심했다. 방기에 있는 자기 집에 수술실을 꾸미면서 방부 조치까지 해놨지. 하지만 가장 중요한 게 빠져 있었어. 거부반응을 보이지 않을 심장을 구할 수가 없었던 거야. 하지만 멀리서 찾을 필요가 없었어. 형제의 인체 기관은 거부반응을 거의 보이지 않는다는 사실을 그는 이미 알고 있었으니까. 제정신이 아니었던 이 의사는 작은아들을 희생시켜 큰아들의 목숨을 구하기로 결심한 거야.

1965년의 마지막 날인 생 실베스트르 축일 밤이었지. 피에르는 수술 준비를 하기 시작했어. 방기에는 축제가 절정으로 치닫고 있었지. 도시 곳곳에서 사람들은 춤추고 마셔댔어. 조르주와 나를 비롯한 모든 유럽인들은 프랑스 대사관으로 초대돼서 파티를 열었지.

그런데 피에르가 수술 준비를 하고 있는 동안 그의 운명은 역사에 의해 뒤바뀌고 있었어. 그날 밤, 장 베델 보카사가 무장 군인들과 함께 쿠데타를 일으킨 거야. 약탈과 방화, 살인이 일어났지. 승리를 축하한다는 명목으로 보카사는 방기 교도소에 갇혀 있던 죄수들을 죄다 석방시켰어. 생 실베스트르 축일이 악몽의 시간으로 변한 거야. 그런데 도시가 온통 혼란에 휩싸인 가운데 특별한 사건이 하나 일어났단다.

석방된 죄수들 가운데는 아프리카에서 피에르에게 희생된 아이들의 부모들이 끼여 있었어. 피에르가 그 얼마 전부터 잔인한 실험을 다시 시작했던 거지. 이 의사는 보복을 당할까 두려웠던 나머지 갖가지 구실을 대서 부모들을 감옥에 가뒀던 거야. 그래서 석방된 부모들이 복수를 하려고 곧장 피에르의 집으로 달려간 거란다. 밤 12시가 되자 피에르는 마지막으로 수술 도구들을 점검했지. 두 아이는 이미 마취된 상태였어. 심전도가 작동하기 시작했지. 수혈되는 혈액과 체온이 체크되고 있었고, 도관이 주입될 찰나였어. 그런데 바로 그때 죄수들이 들이닥친 거야. 그들은 철책을 부수고 정원으로 들어왔지. 그리고는 앞을 막아서는 하인을 죽인 다음 하인의 총으로 하인의 아내와 아이들을 죽였어.

피에르는 뭔가가 부서지는 요란한 소리와 고함을 들었지. 집 안으로 돌아간 그는 사냥총을 끄집어내서 침입자들을 한 명씩 차례로 쏴서 쓰러뜨렸어. 침입자들은 숫자상으로는 많았지만 피에르의 적수가 되지는 못한 거야.

그런데 가장 중요한 일은 다른 곳에서 일어나고 있었어. 작은 애를 남편이 데리고 가는 것을 본 마리안이 이처럼 혼란스런 틈을 타 수술실로 들어간 거야. 마리안은 튜브랑 케이블을 뽑아버리고 작은아들을 수술용 시트로 꼭 감쌌지. 그리고 그 아들을 품에 안은 채 화염에 싸이고 유혈이 낭자한 시가지 속으로 도망친 거야.

마리안은 공포에 휩싸여 있는 프랑스 대사관으로 달려갔지. 모든 백인들이 영문을 모르는 채 대사관 안에 숨어 있었어. 도대체 어디서 날아오는지 짐작조차 하기 힘든 총알에 맞아서 여러 명이 죽거나 부상을 입었고, 정원은 화염에 휩싸여 있었지. 바로 그때, 나는 대사관 창문을 통해서 마리안의 모습을 보게 됐어. 그녀가 빨간 흙으로 더럽혀진 푸른색 줄무늬 원피스를 입고 불길 속에서 홀연히 나타난 거야. 시트에 싸인 어린 아들을 품에 안고 말야.

나는 아이가 군인들의 총에 맞아 부상을 입었나보다 생각하면서 밖으로 뛰어나갔어. 내가 취해 있었기 때문에 마리안의 모습이 춤을 추듯 흔들리고 있었지. 그 애가 소리쳤어. '그 사람이 이 애를 죽이려고 해, 넬리! 이 애의 심장을 도려내려고 한단 말야, 알겠어?' 마리안은 아주 짧은 시간에 모든 얘기를 쏟아냈단다. 큰아들의 자살 시도, 심장 이식 수술의 필요성, 남편의 계획 따위를 말야. 마리안은 마취에서 아직 깨어나지 못한 아이를 꼭 껴안으면서 거친 숨을 몰아쉬었어. '이 아이만이 제 형의 목숨을 구할 수가 있어. 그러니까 이 애는 없어져야 해. 완전히 말야.' 마리안은 이렇게 말하고 나서 의식이 없는 아이의 두 손을 붙잡더니 불에 타고 있는 덤불숲에 깊숙이 집어넣는 거야.

친구는 지글지글 타는 아들의 작은 손바닥을 살펴보면서 같은 동작을 되풀이했단다. '이젠 지문도, 이름도 없어! 아무것도 없어! 비행기를 타, 넬리. 이 아이를 데리고 멀리 가줘. 이 애는 더 이상 존재하면 안 돼, 절대로! 이 아이가 살아 있다는 사실을 절대 그 누구에게도 알리면 안 돼.' 그러고 난 마리안은 아이를 내 발밑의 붉은 흙 위에 내려놓았지. 나는 비틀거리며 떠나던 친구의 뒷모습을 죽을 때까지 잊지 못할 거다, 루이. 난 내가 다시는 마리안을 만나지 못할 거라는 걸 알고 있었어."

넬리가 입을 다물었다. 나는 불에 탄 내 두 손을 내려다보았다. 눈물 때문인지 눈앞이 심하게 흔들렸다.

"오, 주님…… 이럴 수가……."

"그래, 루이. 그 아이가 바로 너란다. 피에르 세니시에가 네 아버지야. 1965년 생 실베스트르 축일의 그 지옥 같은 혼란은 너의 두 번째 탄생이었고, 다행이 너에게 특별한 기억을 남기지는 않았지. 피에르의 가족은 그날 밤 집이 전소되는 바람에 사망한 것으로 알려졌다. 하지만 사실은 그렇지 않았어. 어디론가 도망을 쳤던 거야. 마리안은 피에르에게 네가 불에 타 죽었다고 말했단다. 피에르는 큰아이의 생명을 유지시켜서 콩고의 한 병원에서 심장 이식 수술을 했다는구나. 아이는 곧 거부반응을 보였지만, 어쨌든 네 아버지는 아들에게 최초의 심장 이식 수술을 하는 데 성공한 셈이지.

그 뒤로 피에르는 완전히 다른 사람으로 살았어. 이름을 바꾸고, 성형을 해 얼굴도 어느 정도 바꿨지. 이때부터 피에르는 다른 사람들의 심장을 도둑질해서 30여 년 동안이나 식물인간 상태에 있는 아들에게 이식시키고 있어. 피에르는 아직도 찾고 있는 거야, 루이. 심장을 찾으러 전 세계를 돌아다니고 있어. 큰아이의 몸이 전혀 거부반응을 보이지 않을 네 심장을 찾고 있는 거야.”

나는 두 손으로 내 얼굴을 움켜쥐었다. 솟구쳐 흐르는 눈물 때문에 숨이 막힐 정도였다.

“아냐…… 아냐…… 그럴 리가 없어…….”

넬리가 말을 계속했다.

“그날 밤 나는 마리안의 말을 따랐지. 조르주와 나는 비행기를 한 대 전세 내서 프랑스로 갔단다. 파리로 돌아가서 너를 병원에 입원시켰어. 그리고 너에게 새로운 신원을 만들어줬지. 그 당시 우리는 터키 안타키아에 파견될 예정이었다. 나는 네 이름을 우리가 머무르게 될 그 도시의 옛 이름인 앙티오슈로 지으면 재미있겠다고 생각했지. 새 신원 증명 서류를 발급받는 데는 아무런 어려움이 없었어. 조르주가 정부 내에서 상당한 영향력을 갖고 있었으니깐. 그래서 넌 ‘루이 앙티오슈’가 된 거란다. 너에게는 지문이 없었어. 네 신분증에 찍은 지문은 조르주가 파리 시체 공시장(公示場)에 가서 물에 빠져 죽은 어떤 어린애의 손에서 찍어 온 거야. 우리는 너의 이력을 다시 썼지. 넌 아프리카에서 불에 타 죽은 한 백인의 아들이 된 거야. 너 혼자만 살아남은 거지. 이렇게 해서 우리는 너를 ‘재창조’한 거다.

그러고 나서 너를 키워줄 유모를 구했지. 유모에게 돈을 주고 교육을 맡긴 거야. 우리들로부터, 과거로부터 멀어진 루이 앙티오슈는 아무것도 걱정할 게 없었어. 나는 멀리 떨어져서 대모 노릇이나 하면서 네가 어려움 없이 살아갈 수 있도록 도와주기만 하면 됐어. 물론, 너를 맡은 이상 우리도 피에르로부터 멀리 떨어져야 할 필요를 느꼈어. 두려웠거든.

당연히 거기에는 대가가 있었어. 마리안이 엄청난 액수의 돈을 줬거든. 하지만 그 돈이 나에게 선물한 건 공포와 이 술이었어. 달콤한 상류사회의 사치와 호화스러움도 있었지만 말야. 그러나 난 확신한다. 난 최선을 다했어. 네가 온전히 다른 인물로 세상을 편안히 살아가는 데 조금도 부족함이 없게 말야. 완벽했지.

하지만 한 가지 실수를 하고 말았다. 그건 너에게 막스 뵘을 소개시켜줬다는 거야. 그 스위스인이 너의 비밀을 알고 있었거든. 내가 언젠가 정신이 좀 없는 상태에서 다 털어놔버린 거야. 나는 그 사람을 친구로, 조르주나 나처럼 늙은 '아프리카인'으로 생각했었다. 지금 생각해보니 막스 뵘 역시 피에르를 알고 있었고, 이제는 죽어버려서 그 이유를 정확히 알아낼 수는 없지만 아마 너를 이용해서 네 아버지에게 복수를 하려는 어떤 음흉한 음모를 꾸몄던 것 같다. 바로 그런 목적에서 너에게 황새들을 추적하라는 일을 맡긴 것 같아."

나는 계속 눈물을 흘리면서 소리쳤다.

"그런데 피에르는 지금 누구죠? 누구냐구요, 빌어먹을! 말해줘요. 제발 부탁이에요. 무슨 이름을 쓰며 숨어 살고 있죠?"

넬리가 술잔을 단숨에 비웠다.

"'세계는 하나'를 창설한 피에르 도와노야."

제6장

운명의 심판

현지 시각으로 1991년 10월 4일 22시 10분. 나의 운명이 캘커타에서 결정된다는 것. 그것은 논리적이고 완벽하며 돌이킬 수 없는 사실이었다. 썩어가는 지옥이나 다름없는 이 인도의 도시야말로 내 모험의 마지막 폭력을 용인할 수 있을 만큼 처참한 배경을 제공해주었던 것이다.

에어 인디아의 여객기에서 내리는 순간 축축하고 구역질나는 냄새가 마치 계절풍의 마지막 헐떡임처럼 느닷없이 코로 쏟아져 들어왔다. 열대가 다시 한번 뜨거운 문을 열어서 나를 들여보낸 것이다.

나는 눈이 부실 정도로 반짝거리는 사리를 입은 뚱뚱한 부인네들과 짙은 색 정장 차림의 키가 작고 마른 남자들 뒤를 따라 걸었다. 마지막 기착지인 대카에서 나는 카트만두 행 비행기로 갈아타는 관광객들과 헤어지고 벵골인 여행자들과 합류했다. 나는 조국으로 돌아가는 인도인들, 그리고 헛된 대의명분에 헌신하는 선교사들과 간호사들 사이에서 다시 혼자가 되었다.

공항 건물 천장에서 수많은 선풍기들이 느릿느릿 돌아가고 있었다. 온통 회색투성이였으며, 모든 것이 다 미지근했다. 한쪽에서는 한 노동자가 삽으로 흙을 파내고 있는 중이었다. 그 옆에서는 아이들이 얼굴을 감춘 채 앙상한 가슴을 내보이고 있었다. 캘커타는 아무런 가식 없이 나를 맞았다.

사흘 전, 브래슬러 부부의 집을 나온 나는 눈물도 흘리지 않고 두려움도 느끼지 않은 채 다시 자동차를 몰고 시골길을 지나 파리로 돌아갔다. 바로 그날, 나는 인도 동부에 자리 잡은 벵골 지방으로 갈 수 있는 비자를 신청하려고 인도 영사관에 들렀다.

"관광객이신가요?"

자그마한 여자가 의심스런 눈길로 이렇게 물었다. 나는 머리를 끄덕이며 그렇다고 말했다.

"캘커타에도 가시나요?"

나는 아무 말 없이 다시 한번 고개를 끄덕였다. 그 여자가 내 여권을 가져가면서 말했다.

"내일 이맘때쯤 다시 오세요."

그날 하루, 그 어떤 생각도 나의 의식을 뚫고 들어오지 못했다. 나는 그저 마룻바닥에 앉아 내 얄팍한 여행 가방과 총알이 장전된 총을 물끄러미 바라보면서 시간이 흘러가기만을 기다렸다.

다음날 아침 8시 반, 인도 비자가 찍힌 여권을 찾아서 곧장 샤를드골 공항으로 달려갔다. 나는 내 목적지까지 가능한 한 빨리 갈 수 있는 모든 비행편을 전부 다 예약해놓았다. 오후 12시에 이스탄불 행 비행기에 올라탄 나는 이스탄불에서 다시 페르시아 만에 자리 잡은 바레인 섬으로 가는 비행기로 갈아탔다. 그리고 그곳에서 다시 내 마지막 기착지인 방글라데시의 수도 대카까지 간 것이다. 계속해서 기다리고 갈아타기를 서른네 시간, 나는 드디어 벵골 지방의 주도(州都)인 캘커타에 도착했다.

앰배서더라는 이름을 가진 택시를 탔는데, 1950년대에 나온 이 자동차는 벵골에서는 가장 흔히 볼 수 있는 표준형이었다. 공항에서 안내받은 대로 유럽인 구역의 서더 가에 자리 잡은 파크 호텔의 주소를 운전사에게 보여주었다. 풀만 무성한 시골길을 10분쯤 달리고 난 뒤부터 은근한 더위가 벵골의 도시 위로 밀려오기 시작했다.

그 늦은 시각에도 캘커타에는 사람들이 우글거리고 있었다. 수천에 달하는 어렴풋한 윤곽들이 밤의 먼지 속에서 그 모습을 드러냈다. 얼굴에 그늘이 진 짧은 소매 셔츠 차림의 남자들, 맨살을 드러낸 배가 어둠 속에 잠겨 있는 현란한 사리 차림의 여자들. 처녀들의 이마에 붙여진 색깔 있는 점이라든가 몇몇 행인들의 눈동자만 눈에 들어올 뿐, 얼굴은 확실히 알아볼 수가 없었다.

길옆에 늘어선 건물들의 모습도 확실히 구분되지가 않았다. 말하자면, 그 내벽이 굶주린 갈색 얼굴과 팔, 다리로 이루어진 어둠의 창자 속을 지나가고 있는 것이었다. 어디를 가나 사람들이 우글거렸다. 자동차들은 서로 부딪치고, 클랙슨은 끊임없이 울렸으며, 철망이 쳐진 전차들은 인파를 헤치고 엉금엉금 기어가는 판국이었다. 이따금씩 요란한 행렬이 나타나곤 했다. 빨간색과 노란색, 푸른색의 헐렁한 옷을 걸친 사람들이 자극적인 향 연기 속에서 타악기를 두드리며 단조로운 가락을 소리 높여 줄기차게 읊고 있었다. 죽음, 축제, 그리고 장례 행렬이 내 시야에 나타났다가 사라지고 나면, 이번에는 나병 환자들이 자동차에 달라붙어 차체를 어루만지기도 하고 유리창을 두드리기도 했다.

캘커타의 가장 진기한 구경거리가 어둠의 혼란을 뚫고 방울을 울리며 나타났다. 인력거꾼들이었다. 그 사람들은 낡은 자동차의 배기가스를 들이마시며 인력거를 끌고 비쩍 마른 다리로 껑충껑충 뛰어다니거나, 여기저기 갈라진 아스팔트 길 위를 느릿느릿 걸으면서 도시를 휩쓸고 돌아다녔다.

하지만 그 온갖 냄새에 비하면 인간들은 아무것도 아니었다. 화가 나서 난폭하게 날뛰는 잔인한 짐승처럼 대기 속을 떠돌아다니는 그 견디기 힘든 악취에 비하면 말이다. 토사물, 곰팡이, 향, 향료……. 밤은 엄청나게 커다란 썩은 과일과 흡사했다.

택시가 서더 가로 들어섰다. 파크 호텔에서 가명을 대고 2백 달러를 루피로 바꿨다. 내 방은 2층 계단 끝에 있었다. 방은 작고 더럽고 악취가 풍겼다. 주방 쪽으로 나 있는 문을 열었다. 도저히 견딜 수가 없었다. 재빨리 창문을 닫고 문에 빗장을 질렀다. 얼마 전부터 나는 계속 코를 훌쩍거리며 가래침을 뱉어내고 있었다. 내 목과 코에는 거무스름한 액체가 가득 차 있었고, 셔츠 깃에는 때와 먼지가 잔뜩 묻어 있었다. 캘커타에 도착한 지 겨우 30분이 안 됐는데, 벌써 몸속에서부터 중독된 것이다.

더럽기는 매한가지인 것 같은 물로 샤워를 한 다음 옷을 갈아입었다. 그러고 나서 여러 조각으로 분해돼 있던 글록을 다시 조립하기 시작했다. 천천히, 그러나 확실한 동작으로 실탄 열여섯 발을 탄창에 집어넣은 다음 개머리판 속에 끼웠다.

권총이 든 가죽 케이스를 혁대에 달고 그 위에 상의를 걸쳤다. 거울을 봤다. 영락없는 대사관 직원 아니면 세계은행의 파견 근무자처럼 보였다. 밖으로 나갔다. 맨 먼저 나타난 아스팔트길로 접어들었다. 인도와 차도의 구분 없이 인파가 득실거리는 그 미로에서는 거지들이 쭈그리고 앉은 채 내게 애원의 눈길을 보내고 있었다. 인도인, 네팔인, 중국인이 달러가 있으면 바꾸자고 내게 접근했다. 건물 잔해에 불과한 것처럼 보이는 고만고만한 가게들에서 역겨운 냄새가 풍겨 나왔다. 차를 끓이는 냄새, 둥글넓적한 빵을 굽는 냄새, 카레를 만드는 냄새……. 어두컴컴한 가게 안에는 자욱한 연기가 가득 차 있었디. 드디어 나는 시장 건물이 서 있는 광장을 발견할 수가 있었다.

불이 여기저기 피워져 있었고, 볼과 눈이 쑥 들어간 얼굴들이 화로 주위에 모여 있었다. 수백 명은 됨직한 사람들이 광장 주위에서 담요를 한 장만 덮은 채 죽음처럼 깊은 잠에 빠져 있었다. 물기를 머금은 길바닥은 여기저기서 불빛을 반사하며 반짝이고 있었다.

그 소름 끼치는 불행과 뭐라 이름붙이기도 힘든 악취에도 불구하고 그 장면은 왠지 눈부신 광채를 발하고 있는 듯 보였다. 그곳에서 나는 뜻하지 않게 열대야의 색다른 광경을 목격하게 된 것이었다. 연기와 향기에 가려 흐릿해 보이는 그 검은색과 푸른색과 회색은 이 나라 현실의 단면을 살짝 보여주는 것 같았다.

나는 어둠 속으로 더욱 깊숙이 들어갔다. 어디로 가는지 신경도 쓰지 않은 채 왼쪽이나 오른쪽으로 꺾기도 하고 비스듬한 방향으로 걷기도 했다. 지금은 좁은 시장 골목을 걷고 있는데, 포장이 제대로 안 된 이곳에는 먼지와 잡다한 물건들이 잔뜩 쌓여 있었다. 이따금씩 열린 문 사이로 내부를 들여다보면, 넓은 창고에서 사람들이 희끄무레한 전등 불빛을 받으며 개미처럼 허리를 구부린 채 엄청나게 큰 바구니를 나르거나 끄집어내고 있었다.

하지만 이곳은 그다지 활기찬 분위기가 아니었다. 벵골인들은 좌판 앞에 쭈그리고 앉아서 라디오를 듣고 있었다. 이발사들은 이골이 난 듯한 표정을 지으며 머리를 깎고 있는 중이었다. 벽에 핏자국이 길게 이어져 있는 걸로 봐선 낮에는 도살장으로 쓰이는 듯한 장소에서 탁구 비슷한 이상한 놀이를 하는 사람들도 있었다.

그리고 도처에 쥐들이 돌아다니고 있었다. 엄청나게 크고 힘이 세 보이는 쥐들이 꼭 개처럼 제멋대로 왔다 갔다 하는 것이었다. 시든 샐러드 잎을 야금야금 갉아먹고 있던 쥐가 사람의 발에 걸리기도 했다. 그러면 그 사람은 쥐가 꼭 무슨 가축이라도 되는 양 발로 걷어차는 것이었다.

그날 밤 나는 그 도시와, 도시가 불러일으키는 공포에 익숙해

지려고 애를 쓰면서 오랫동안 걸었다. 호텔로 통하는 길로 접어
들었을 때는 새벽 3시였다. 서더 가를 거닐면서 나는 그 불행의
냄새를 다시 한번 들이마셨다가 목에 꽉 들어찬 검은 액체를 또
다시 내뱉었다.

나는 살짝 미소를 지었다.

그렇다, 캘커타는 가장 이상적인 장소였다.

죽이는 데, 혹은 죽는 데.

새벽에 다시 샤워를 하고 5시 반에 호텔 방을 나와 로비로 내려갔다. 로비래 봤자 나무가 몇 그루밖에 없는 정원 가장자리에 단을 만들고 그 위에 나무로 카운터를 세워놓은 곳에 불과했다. 그곳에서 꾸벅꾸벅 졸고 있는 벵골인에게 이것저것 물어봤지만, 그 사람은 하우라 다리 근처에 '세계는 하나' 무료진료소가 있다는 것밖엔 아무것도 몰랐다. 사람들이 항상 길게 줄을 서서 차례를 기다리고 있으니 못 찾을 리가 없다는 것이었다.

"비렁뱅이하고 불치병 환자들뿐이에요."

그는 혐오스럽다는 표정으로 이렇게 말했다. 나는 고맙다고 말하고 호텔을 나왔다.

밖은 아직 어둑어둑했다. 낡아빠진 호텔들, 그리고 영국식 아침식사와 '탄두르(흙으로 만든 원통형의 인도 화덕―옮긴이)'에 구운 닭고기를 뒤죽박죽 섞어놓고 파는 기름투성이의 간이식당들이 늘어서 있는 서더 가는 잿빛에 잠겨 있었다. 인력거꾼 몇 명이 클랙슨 대용으로 매단 방울을 꼭 붙잡은 채 인력거 위에서 꾸벅 꾸벅 졸고 있었다. 한 쪽 눈이 없는, 웃통을 벗은 한 남자가 사암 (砂巖)으로 만든 잔에 담겨 나오는 생강차인 '차이'를 한 잔 마시고 가라며 잡아끌었다. 나는 향기가 너무 진한 뜨거운 차이를 두 잔이나 마신 다음 택시를 찾아 걷기 시작했다.

5백 미터쯤 갔더니 여기저기 금이 가고 희끄무레해 보이는 빅토리아 여왕 시대의 오래된 궁전이 길 양쪽에 솟아 있었다. 그리고 궁전 앞 인도 위에는 수백 명이나 되는 사람들이 때에 전 수건을 쓴 채 쭈그리고 앉아 있었다. 손가락도 없고 얼굴도 문드러진 환자들이 내 쪽으로 다가왔다. 나는 걸음을 빨리했다.

드디어 자와할랄 네루 가가 나타났다. 폐허가 된 박물관들이 길 양쪽에 늘어서 있는 대로(大路)였다. 길 양쪽에는 거지들이 갖가지 구경거리를 보여줬다. 구경꾼들은 볼 만하다고 생각되면 몇 루피씩 집어줬다. 나는 택시를 잡아타고 정남쪽에 있는 하우라 다리 쪽으로 향했다. 태양이 온 도시를 비추고 있었다. 전차 레일이 풀이 무성한 포장도로 사이에서 반짝거렸다. 교통은 아직 혼잡한 편은 아니었다. 수레를 끄는 남자들만이 차도를 따라 말없이 달려가고 있었다. 인도 가장자리의 도랑을 흐르는 물로 세수를 하는 남자들도 있었다. 침을 퉤퉤 뱉으면서 밧줄로 혀를 싹싹 긁는가 하면 더러운 물을 몸에 뿌리기도 하는 것이었다. 그 뒤쪽에서는 아이들이 반쯤 불에 타서 바람이 불 때마다 조금씩 무너져 내리는 쓰레기 더미를 열심히 뒤지고 있었다. 나이 든 여인들은 덤불숲에서 똥을 치우고 있었다.

언제부터인지 엄청나게 많은 인파가 쏟아져 나와 가게와 기차, 전차를 가득 메우기 시작했다. 날씨가 더워지면 더워질수록 캘커타는 더 많은 사람들은 쏟아내는 것이었다. 택시를 타고 가다보니 사원들과 뼈만 앙상한 암소들이 눈에 띄었다. 그리고 사두개 교도들도 나타났다.

이윽고 나는 택시에서 내렸다. '세계는 하나' 무료진료소는 고가도로 밑에 자리 잡고 있었다. 무료진료소는 사실 행상들이 득실거리는 인도 변에 쇠기둥으로 천막을 받쳐놓은 것에 지나지 않았다. 천막 안에서는 얼굴색이 환한 유럽인들이 약품 상자를 뜯기도 하고, 식수통을 설치하기도 하고, 식량이 든 통조림을 나눠주기도 하면서 분주히 움직이고 있었다. 무료진료소는 이런 식으로 30미터(그러니까 식량을 나눠주고 치료를 해주고 선행을 베푸는 길이였다.)쯤 펼쳐져 있었다. 그 뒤로는 병자와 절름발이, 그리고 굶주린 사람들이 끝이 안 보일 정도로 길게 줄지어서 있었다.

귀 후벼주는 가게 뒤쪽으로 가서 조심스럽게 앉은 나는 더 나은 세상을 위해 애쓰는 그 단원들이 일하는 모습을 유심히 살펴보았다. 벵골인이 자신들의 일터, 혹은 불행한 운명을 향해 줄지어 가는 모습을 바라보기도 했다. 어쩌면 그들은 하루를 시작하기 전에 칼리 신에게 염소 한 마리를 바치거나 더러운 강물에 목욕을 하러 가는 것인지도 몰랐다. 더위와 악취 때문에 머리가 지끈거렸다.

드디어 9시가 되자 한 남자가 나타났다. 나는 직감적으로 알아봤다. 그 남자는 다 해진 작은 가죽 가방을 손목에 걸고 혼자 걸어왔다. 나는 있는 힘을 다해 일어나서 그를 자세히 관찰했다. 피에르 도와노, 아니 피에르 세니시에는 키가 크고 야윈 편이었다. 밝은 색깔의 면바지와 짧은 남방셔츠를 입고 있었다. 얼굴은 갸름한 편이었다. 높은 이마, 회색빛 곱슬머리……. 도발적인 느낌을 주는 각진 턱 때문인지 다른 사람의 시선을 의식해서 짓는 듯한 미소조차 냉혹해 보였다. 피에르 도와노. 피에르 세니시에. 심장을 훔쳐내는 자.

나는 본능적으로 권총 손잡이를 움켜쥐었다. 그러나 그저 한 번 지켜보자는 생각뿐 뚜렷한 계획은 없었다. 거지와 병자들의 숫자가 점점 더 불어났다. 반바지 차림의 예쁜 금발 아가씨들이 천사 같은 표정을 지으면서 인도인 간호사들을 도와서 반창고를 붙이거나 약을 나눠주는 일에 열중하고 있었다. 나환자들과 병든 노인들은 약이나 통조림을 받으면 고맙다는 표시로 머리를 한 번 끄덕이고는 어디론가 사라지곤 했다.

11시 15분, 피에르는 다시 떠날 준비를 했다. 가방을 잠그고 난 그는 몇 사람과 미소를 교환한 뒤 인파 속으로 모습을 감췄다. 나는 멀찌감치 떨어져서 뒤를 밟았다 그렇게 많은 사람들이 바글거리는 속에서 그가 내 존재를 알아차릴 가능성은 전혀 없었다. 반대로 나는 50미터 앞에서 걸어가는 큰 키를 분명히 볼 수가 있었다. 우리는 그렇게 20분가량 걸었다. 이 남자는 누구에게 보복을 당할지도 모른다는 걱정 따위는 하지 않는 것 같았다. 하기야 두려울 게 뭐 있겠는가? 그야말로 캘커타에서는 성자요, 모든 사람에게 칭송을 받는 인물인데. 게다가 그를 둘러싸고 있는 인물들이야말로 가장 훌륭한 보호막이 아니겠는가.

그가 걸음을 늦췄다. 우리는 잘 정돈된 거리로 들어섰다. 도로도 한결 넓어졌고, 인도도 그렇게 더럽지는 않았다. 사거리를 돌아서자 또 다른 '세계는 하나' 진료소가 나타났다. 니는 그와의 간격이 2백 미터가량 유지되도록 애썼다. 그 시간의 무더위는 숨이 막힐 정도였다. 내 얼굴에서는 땀이 줄줄 흘러내렸다. 나는 오래 전부터 길바닥에서 살아온 듯한 어떤 가족 옆의 그늘로 가서 더위를 피했다. 나는 그들에게 차 한 잔 얻어 마시자고 부탁했다.

시간은 흘러갔다. 나는 자선 행위를 계속하고 있는 그의 일거수일투족을 자세히 살펴보았다. 상상하기 힘들 정도의 끔찍한 범죄를 저지른 그자가 이곳에서는 착한 사마리아인으로 통한다고 생각하니 그저 기가 막힐 따름이었다.

작전을 바꾸기로 했다. 그가 떠나기를 기다렸다가 이곳에서 간호사로 일하는 유럽 여성들에게 다가가 아는 체를 하며 말을 걸었다. 30분 뒤, 나는 도와노 가족이 브라만 계급 출신의 부자에게서 사들인 마블 팰러스라는 저택에 살고 있다는 사실을 알아냈다. 그는 그 집에도 무료진료소를 차릴 생각이라는 것이었다. 나는 황급히 걸음을 옮겼다. 한 가지 생각이 떠올랐던 것이다. 마블 팰러스에서 기다렸다가 거기서 죽이자! 그의 수술실 안에서.

택시를 잡아타고 살루맘 바자르로 향했다. 인파와 좁은 길과 클랙슨 소리가 30분쯤 계속된 후에 택시는 진짜 시장 속으로 들어섰다. 택시는 구멍가게에 부딪치거나 여자들의 사리에 닿을 듯 말 듯하면서도 요리조리 잘 빠져나갔다. 욕설이 비 오듯 쏟아졌고, 태양은 지금 당장에라도 폭발할 듯 쨍쨍 내리쬐고 있었다. 길이 꼭 개미 창자처럼 점점 더 좁아지고 깊어지는 것 같았다. 그러다가 넓은 정원이 불쑥 나타났는데, 그 정원의 종려나무 숲 사이에 흰색 기둥이 받치고 있는 저택이 우뚝 서 있는 것이었다.

나는 운전사에게 큰 소리로 물었다.

"저기가 마블 팰러스요?"

운전사가 고개를 돌리더니 금이빨을 드러내고 웃으며 그렇다고 대답했다.

요금을 건넨 뒤 밖으로 나왔다. 내 눈을 의심하지 않을 수 없었다. 높은 철책 문 뒤에서 공작과 영양들이 한가로이 노닐고 있었다. 정원 문은 아예 닫혀 있지도 않았다. 나를 제지할 만한 수위도, 보초도 없었다. 잔디밭을 가로질러 계난을 올라간 나는 저택 안으로 들어갔다.

크고 환한 회색 방이 나타났다. 내부는 대리석으로 꾸며져 있었는데, 다양한 색깔과 모양을 한 대리석의 어느 부분은 장밋빛이 감돌았고 또 어느 부분은 푸르스름했다. 전체적으로 대리석에는 차가운 아름다움이 느껴졌다. 방안에는 르네상스 스타일의 우아한 남녀 조각상들이 가득했다. 나는 숲 속의 나무처럼 빽빽하게 들어찬 그 흉상들 사이를 지나갔다. 그들의 차가운 시선이 나를 지켜보는 듯한 느낌이 들었다. 반대편의 문은 돌로 만들어진 발코니와 안마당으로 이어졌다.

마당으로 걸어 나갔다. 정교하게 다듬은 창문들이 인상적인 건물 정면이 눈에 들어왔다. 시원하고 고즈넉한 이 마당은 마블 팰러스의 거대한 성벽에 둘러싸여 있었다. 이 안마당이야말로 마블 팰러스의 심장이라 할 만했다. 안마당을 둘러싼 건물의 창문과 난간, 기둥의 조각술은 인도의 전통과도, 빅토리아 여왕 시대의 건축술과도 아무 관계가 없었다. 이탈리아 르네상스 시대의 저택 안을 걷고 있다는 느낌이 다시 한번 들었다.

정원에서는 열대수가 자라고 분수에서 솟구치는 물이 바람에 가볍게 떨리고 있었다. 그 비현실적인 장소에서는 허무의 분위기가, 고독한 평온이, 은밀한 꿈과도 같은 그 무언가가 느껴졌다. 조각상들은 가까스로 거기까지 뚫고 들어온 햇살을 맞이하러 나가는 듯한 포즈를 취하고 있었다. 도대체 극도의 혼란에 빠져 있는 캘커타 한가운데 이런 곳이 있으리라고는 상상이나 할 수 있을까? 새들이 즐겁게 지저귀는 소리가 들려왔다.

안마당을 따라 나 있는 통로를 걸었다. 흰 새들이 들어 있는 커다란 새장들이 담을 따라 매달려 있는 모습이 곧 눈에 띄었다.

"그건 까마귀야. 흰 까마귀지. 좀처럼 보기 힘든 종류야. 몇 년 전부터 여기서 키우고 있어."

고개를 돌렸다. 마리안이었다! 내가 늘 상상했던 그대로의 모습으로 어머니가 내 앞에 서 있었다. 어머니는 흰머리를 가지런히 모아서 틀어 올렸고, 얼굴은 오랫동안 햇빛을 못 본 사람처럼

헬쑥했다. 단지 놀라운 것은 두 눈동자가 초점을 잃고 있다는 점
이었다. 눈앞이 흐려지고 두 다리는 후들후들 떨렸다.

나는 무슨 말이라도 입 밖에 꺼내려 했으나, 얼어붙은 입에서
는 단 한 마디도 나오지 않았다. 대신 계단 위에 털썩 주저앉아
창자 깊숙한 곳에 들어 있던 것까지 다 토해내고 말았다. 나는
기침을 하다가 엄청나게 많은 담즙을 또다시 토해냈다. 드디어
나는 목구멍에서 기어 나오는 듯한 목소리로 중얼거렸다.

"죄, 죄송합니다, 저는……."

마리안이 말했다.

"네가 누군지 알고 있단다, 루이. 넬리가 전화를 했었어. 정말
이상한 재회구나."

그리고 나서 어머니는 깊은 회한에 젖은 목소리로 덧붙였다.

"루이, 내 아들 루이."

나는 입에 묻은 피를 닦고 고개를 들었다. 내 친어머니. 가슴
이 벅차서 말이 나오지를 않았다. 나는 겨우 입을 열었다.

"눈은……?"

마리안이 차갑고 엷은 미소를 지으며 대답했다.

"누구도 평화롭지 않은 세월이었다. 시신경을 다쳐서 장님이
나 다름없는 사람이 됐어. 사물의 흐릿한 윤곽만 겨우 볼 수 있
을 정도지."

마리안이 말을 이었다.

"네 형은 정원 저쪽에서 자고 있다. 가서 한번 보겠니? 차도
끓여놨단다."

마리안을 따라가니, 한 남자가 소파에서 잠을 자고 있었다. 그 옆에는 김이 모락모락 나는 찻주전자를 올려놓은 쟁반이 놓여 있었다. 머리카락이 하나도 없고 석고처럼 새하얀 그 남자의 얼굴에는 마치 자그마한 끌로 새겨놓은 듯한 주름살이 깊게 패어 있었다. 꼭 어린애 같은 자세로 잠을 자고 있었으나, 나이는 그를 둘러싸고 있는 대리석보다 더 많아 보였다.

그 낯선 사람의 얼굴 생김새는 나와 흡사했다. 나처럼 약간 퇴폐적인 분위기가 느껴지는 얼굴에 툭 튀어나온 이마, 왠지 그늘이 드리워진 듯한 눈언저리……. 하지만 그의 몸은 나의 몸과는 전혀 닮은 데가 없었다. 상체의 두 팔은 뼈가 드러나 보일 정도로 야위었고, 허리도 가늘었다. 흉곽 부위에는 큼지막한 붕대를 두르고 있었다. 프레데릭 세니시에, 나의 형.

마리안이 소곤거리듯 말했다.

"자고 있다. 깨워볼까? 지난번 수술은 아주 잘 됐다. 9월에 수술을 했지."

어린 고모운의 얼굴이 내 기억 속에 떠올랐다. 배가 사정없이 찢기는 것 같은 아픔이 느껴졌다. 바깥세상은 존재하지도 않는다는 듯 마리안이 이렇게 덧붙였다.

"그분만이 이 아이의 생명을 유지시킬 수가 있어."

나는 낮은 목소리로 물었다.

"어디 있죠?"

"뭐 말이냐?"

"수술실 말예요."

마리안은 아무 대답도 하지 않았다. 이제 노파가 돼버린 어머니의 숨결이 불과 몇 센티미터 거리에서 느껴졌다.

"지하실에 있다. 하지만 누구도 거기 가서는 안 돼. 너 설마……."

"피에르는 언제 그곳으로 내려가죠?"

"루이……."

"몇 시에 내려가느냐구요?"

"밤 11시경이야."

상반신이 불규칙하게 오르락내리락 하는 형의 얼굴을 계속해서 바라보았다. 그의 셔츠 위에 불룩하게 감겨 있는 붕대에서 눈을 뗄 수가 없었다.

"어떻게 해야 거기 들어갈 수 있어요?"

"너 미쳤구나."

나는 다시 침착해졌다. 피가 일정한 간격을 두고 파도처럼 혈관 속으로 밀려들어오는 것만 같았다. 고개를 돌려 어머니를 바라보았다.

"그 수술실 안으로 들어갈 수 있는 방법이 있나요?"

어머니가 눈을 내리깔며 말했다.

"없다. 그곳은 문이 없어."

나는 그것이 무슨 뜻인지 알아차렸다. 그리고 어머니에게서 더 이상의 대답을 들을 수 없다는 것도 알았다. 의자를 박차고 일어나 집안으로 뛰어 들어갔다. 수술실로 통하는 길은 아마 은폐돼 있을 것이다. 집안 여기저기를 살피며 비밀의 문을 찾고 있을 때 뒤에서 기척이 들렸다. 어머니였다.

"루이, 한 가지 약속할 수 있겠니?"

나는 대답하지 않았다.

"나는 내 아들을 지키고 싶다. 약속해라, 그 사람을 만나지는 않겠다고."

나는 한동안 침묵을 지키다 그 상황에서 할 수 있는 최선의 대답을 지어냈다.

"좋아요. 장소만 확인하겠어요. 그리고 사라지겠어요. 영원히⋯⋯."

마리안은 소파에 한 손을 짚은 채 쓰러질 듯한 자세로 한 방향을 가리켰다.

"내 손이 지금 뭘 가리키고 있니?"

그 손은 복도 끝에 놓인 육중한 장식장을 향하고 있었다. 높이가 2미터에 폭은 1미터가 조금 넘어 보이는 장식장은 과연 문을 숨길 만한 물건이었다.

"장식장?"

마리안이 고개를 끄덕였다. 눈물을 흘리고 있었다.

"내 눈이 이렇게 됐을 때 차라리 감사한 기분이었다. 장님처럼 산다면 오히려 마음이 편할 줄 알았지. 하지만 눈은 이래도 난 여전히 모든 걸 본단다. 루이, 날 속일 생각은 마라. 알겠니?"

마리안은 손바닥을 펼쳤다. 열쇠가 놓여 있었다. 어머니에게로 다가가 꼬옥 포옹을 한 뒤에 열쇠를 집어 들었다. 그러고는 쏜살같이 밖으로 뛰어나갔다.

마블 팰러스, 자정.

장식장은 보기보다 무겁지 않았다. 바퀴가 감춰져 있었기 때문이었다. 장식장 뒤로 난 계단을 내려가자 무겁고 독한 냄새가 나를 맞았다. 그것은 너무나 진해서 나도 모르는 사이에 내 살갗의 땀구멍에 스며들 것만 같은 죽음의 냄새, 악의 냄새, 어둠이 분비하는 즙의 냄새였다.

계단을 다 내려갔더니 단단하게 빗장을 질러놓은 문이 나타났다. 어머니가 준 열쇠를 꽂았다. 열쇠는 딱 맞았다. 육중한 문이 열렸다. 어디선가 어렴풋이 인기척이 나는 것 같았지만 개의치 않고 권총을 꽉 움켜쥔 채 아버지의 실험실 안으로 들어갔다.

온화한 냉기가 전신을 휘감았다. 이윽고 끔찍한 악몽이 시작됐다. 막스 뵘의 사진에서 본 그 광경이 눈앞에 그대로 펼쳐진 것이다. 흰 네온등이 켜져 있는 방은 말 그대로 시체의 숲이었다. 시체들이 갈고리에 매달려 있었는데, 뺨과 안면 연골, 눈구멍을 뚫고 나온 갈고리의 예리한 끝부분이 불길한 광채를 발하고 있었다. 모두 인도 아이들이었다. 시체들이 삐걱거리는 소리를 내면서 좌우로 가볍게 흔들리거나 제자리에서 빙그르르 돌 때마다 차마 눈 뜨고 볼 수 없을 만큼 끔찍한 상처들이 보이곤 했다. 절개된 흉곽, 살덩어리에 꼭 줄무늬를 그려 넣은 것 같은 사상. 툭 튀어나온 뼈……. 그리고 피, 피, 피…….

냉기와 두려움으로 인해 온몸의 털이 곤두서는 것 같았다. 무의식중에 방아쇠를 당길지도 모른다는 생각이 들었다. 집게손가락을 총신 위에 수평으로 올려놓은 다음 눈을 크게 뜨고 힘겹게 앞으로 나아갔다.

방 한가운데에 타일이 깔려 있고, 그 위에 인간의 머리들이 놓여 있었다. 고통으로 인해 일그러진 얼굴들, 최후의 표정이 화석처럼 그대로 굳어버린 얼굴들. 눈구멍 밑에는 푸르스름한 무리가 고통을 상징하듯 초승달 모양으로 길게 드리워져 있었다. 모든 머리들은 목 부분에서 또렷하게 절단돼 있었다.

나는 그 푸줏간의 도마를 따라 앞으로 걸어 나갔다. 짙은 갈색 피부의 작은 팔들과 가느다란 다리들이 서로 얽혀 있었다. 그리고 그 위에는 성에가 얇게 끼어 있었다. 내 심장이 미친 듯이 고동치기 시작했다.

그런데 그 끔찍한 몰골의 팔다리 밑에 뭔가 있는 것 같아서 자세히 살펴보았더니, 세상에, 그건 생식기였다. 잘려나간 소년들의 성기. 생선처럼 놓여 있는 소녀들의 불그스레한 외음부. 소리를 지르지 않으려고 입술을 깨물었다. 뭔가 뜨거운 것이 목구멍으로 치밀어 올랐다. 내 상처가 방금 다시 열린 것이다.

온 정신을 집중시켜 귀를 기울이며 앞으로 나아갔다. 방들이 계속 이어졌다. 앞으로 나아갈수록 온도는 점점 더 낮아졌다. 드디어 마지막 문을 발견했다. 문은 잠겨 있지 않았다. 손잡이를 소리 없이 돌렸다. 내 가슴은 터질 듯이 빠르게 요동쳤다.

그곳은 수술실이었는데, 텅 비어 있었다. 백색 빛을 발하는 볼록한 등 아래 수술대가 놓여 있고, 그 주위에 유리로 된 선반이 설치돼 있을 뿐이었다. 수술대 역시 비어 있었다. 그날 밤에는 아마 그자에게 끔찍한 일을 당하는 사람이 아무도 없는 모양이었다.

내가 안으로 살짝 몸을 숨기려는 찰나였다. 느닷없이 옷감 구겨지는 소리가 났다. 고개를 홱 돌리는 것과 동시에 뭔가 예리한 것이 목에 박히는 느낌이 들었다. 피에르 세니시에였다!

그가 주사기를 내 몸에 꽂은 채 내려다보고 있었다. 나는 외마디 소리를 지르고 뒷걸음질 치면서 주사기 바늘을 빼냈다. 하지만 너무 늦었다. 이미 나의 감각은 둔해지기 시작했다. 나는 총을 겨눴다. 나의 아버지는 놀란 듯 두 팔을 저으면서도 천천히 앞으로 걸어 나오면서 은근한 목소리로 말했다.

"설마 아버지한테 총을 쏘지는 않겠지? 그렇지, 루이?"

그가 천천히 다가왔기 때문에 나는 어쩔 수 없이 뒤로 물러서야만 했다. 글록을 들어 올리려고 했지만 내 손목에서는 이미 힘이 다 빠져나간 뒤였다. 나는 수술대에 부딪혔다가 퍼뜩 눈을 떴다. 1백 분의 1초 정도나 될 아주 짧은 순간 깜빡 잠이 들었던 모양이었다. 눈부신 불빛을 받자 현기증이 일었다. 그가 다시 입을 열었다.

"난 사실 이런 순간이 오기를 원하진 않았다, 아들아. 그러나 운명의 신이 널 내게 보내줬으니, 너와 내가 먼 옛날에 하다가 말았던 일을 다시 시작해서 네 형을 구해야겠다. 네 어머니는 자기 감정을 숨길 수가 없었단다, 루이. 여자들이란 원래 다 그런 거니까……."

바로 그 순간, 문이 쾅 하고 닫히는 소리에 이어 다급한 발소리가 들려왔다. 어머니가 차가운 어둠 속에 모습을 나타냈다. 어디를 다쳤는지 얼굴이 온통 피투성이였다. 나는 다리가 후들거렸다. 안간힘을 다해서 권총을 움켜쥔 나는 아버지를 향해 방아쇠를 당겼다. 그러나 방아쇠를 당겼다는 것은 나의 생각일 뿐, 마비된 내 손가락은 방아쇠를 당길 만한 힘마저도 잃어버린 듯 움직이지 않았다.

나는 온 정신을 집중해서 다시 손가락에 힘을 모았다.

"안 돼!"

그 순간 외마디 소리가 들려왔다. 그것은 어머니의 목소리도 아버지의 목소리도 아니었다. 그것은 그 괴물이 예리한 메스로 자기 아내의 목을 자르는 것을 보는 순간 내가 지른 고함이었다. 나는 다시 '안 돼!'라고 소리치려고 했지만 그것도 나의 생각뿐, 소리는 목에 걸려 나오지를 않았다. 나는 권총을 손에서 놓치면서 뒤로 나둥그러졌다.

순간, 폭음이 울렸다. 아버지의 상반신이 산산조각나면서 피가 사방으로 튀었다. 환상을 보는 것 같았다. 하지만 그건 환상이 아니었다. 바닥에 고꾸라진 나는 자동소총을 들고 계단 위에 서 있는 집시 출신 난쟁이 의사, 밀란 듀리크의 모습을 보았다.

밀란 뒤리크 역시 내 아버지가 희생시킨 사람들 중 하나였다. 1960년대에 뒤리크는 교외의 빈터에 사는 수많은 집시 아이들 가운데 한 명이었다. 그는 이리저리 떠돌며 자유롭고 행복하게 살았다. 한 가지 가슴 아픈 일이 있다면 그것은 그가 고아라는 사실이었다.

불행히도 그는 피에르 세니시에의 마수에 걸려들고 말았다. 1963년에 그는 뇌이에 있는 파스퇴르 병원으로 보내졌다. 어린 뒤리크는 당시 열 살이었다. 피에르 세니시에는 그를 받아들이자마자 즉시 두 다리에 포도상 구균을 감염시키기 위해 종지뼈의 움푹 들어간 부분에 주사를 놓았다. 순전히 실험을 위해 그런 짓을 한 것이었다. 수술은 불이 나기 며칠 전에 이뤄졌다. 그런데 뒤리크는 이미 불구가 됐음에도 불구하고 필사적으로 화염 속을 빠져나왔다. 뒤리크는 그 실험실에서 유일하게 살아남은 아이였다.

그 후 그는 파리의 한 병원에서 세심한 진찰과 치료를 받았다. 진찰 결과, 위험에서는 일단 벗어났지만 연골에 병균이 침투했기 때문에 신체적 성장이 멈춰버릴 것이라는 통보를 받았다. 듀리크는 '사고로 인한 난쟁이'가 된 것이다.

이 집시 소년은 이후 밤낮을 잊고 열심히 공부한 덕택에 정부 장학금을 받게 됐다. 그는 프랑스어는 물론 불가리아어, 헝가리어, 알바니아어 등을 완벽하게 익히는가 하면 집시어까지 깊이 파고들었다. 그리고 자기 민족의 역사를 연구하면서 집시들이 인도에서 긴 여행 끝에 유럽으로 건너왔다는 사실을 알아냈다.

듀리크는 의사가 돼서 집시들이 수백만 명씩 모여 사는 발칸 반도로 가 의술을 베풀기로 결심했다. 그는 뛰어난 학생이었다. 스물넷에 대학 공부를 끝냈고, 인턴 과정도 성공적으로 마쳤다. 또 그는 베를린 장벽 저편에 사는 자기 동족 속에 정착해 살 수 있는 허가를 보다 쉽게 얻어내기 위해서 공산당에도 가입했다. 하지만 그는 자신에게 너무나 많은 고통을 안겨준 의사를 찾으려고 하지 않았고, 파스퇴르 병원에서 있었던 일을 기억에서 지워버리려고 무진 애를 썼다.

15년 동안 밀란 듀리크는 자동차를 끌고 동유럽 전역을 돌아다니며 인내심을 가지고 열성을 다해 집시들을 치료해주었다. 감옥에 갇힌 적도 한두 번이 아니었다. 여러 번 기소를 당하기도 했지만, 그때마다 풀려났다. 집시 의사인 그는 다른 의사들이 거부하는 자신의 동족을 보살폈다.

그런데 비가 오던 바로 그날, 내가 그의 집 문을 두드린 것이었다. 얼굴 모습이 다름에도 피에르 세시니에와 닮았다는 인상을 주는 나의 등장은 잊고 있던 두려움을 다시 불러일으켰다. 그리고 그 두려움은 그로 하여금 나의 행적을 뒤쫓게 했다. 놀라운 것은 피에르에 대한 그의 두려움이 결국에는 악을 응징하는 강렬한 용기로 변했다는 점이었다. 그러나 사실, 그것은 놀라운 일이 아닐지도 모른다. 그것은 어쩌면 어둡고 추운 그늘에서 자라난 종족의 한 사람으로서 그가 택한 당연한 삶의 귀결인 것이다.

시간이 흐를수록 나와 피에르 세니시에가 혈연으로 맺어진 관계일 거라는 그의 확신은 한층 굳어졌다. 마침내 10월 5일 아침, 듀리크는 '세계는 하나' 무료진료소 근처까지 나를 미행했다. 거기서 그는 피에르 도와노를 보았다. 피에르 도와노, 그가 바로 피에르 세니시에였던 것이다. 듀리크는 그 순간 모든 것을 깨닫게 됐다. 세니시에가 아무리 성형 수술을 하고 이름을 바꿨다 해도 그 눈빛, 얼굴에서 풍기는 분위기, 그리고 직감적으로 느껴지는 악의 냄새까지는 바꾸지 못했던 것이다. 듀리크는 마블 팰러스까지 나를 따라왔다. 대결의 시간이 다가왔음을 그는 알고 있었다.

하지만 듀리크는 대리석으로 지은 이 저택 안으로 제시간에 들어오지 못했다. 사방이 너무 깜깜했기 때문에 저택 안으로 들어오다가 나를 놓쳐버린 것이다. 안마당으로 통하는 계단을 올라간 그는 방마다 뒤지고 다니다가 한쪽 끝 방에서 부상을 입고 갇혀 있는 마리안을 발견했다. 왜 아내가 그렇게 흥분돼 있는지 알아내려고 남편이 그녀를 고문한 것이었다.

듀리크는 마리안을 풀어주었다. 그녀는 아무 말 없이 지하실 쪽으로 달려갔다. 그녀는 내가 위험에 빠졌다는 것을 알고 있었던 것이다. 마리안이 수술실 안으로 들어서는 순간 듀리크는 이제 겨우 대리석 계단을 내려가고 있었다.

그 이후에 일어난 일은 내 영혼에서 영원히 지워지지 않으리라. 피에르 세니시에의 공격, 어머니의 목을 자른 그 예리한 메스, 권총을 손에서 놓친 채 나둥그러진 나, 느닷없는 총성⋯⋯. 듀리크가 나타나 우치 자동소총을 갈겨대는 순간 나는 환상을 보고 있다고 생각했다. 나는 내 수호천사가 아버지의 악마 같은 손에서 나를 구해줬다고 생각하면서 어둠 속으로 빨려 들어갔다.

듀리크는 아직 살아 있는 수술실의 아이들을 마취시킨 다음 강력한 살균제를 주입시켰다. 그리고 불구가 된 그 아이들이 이 저주받은 자들의 도시 안에서 제자리를 찾기를 기원하면서 도망치도록 도와주었다. 그러고 나서 그는 프레데릭을 발견했는데, 형은 어머니를 부르며 그녀의 품안에서 죽었다고 한다.

내가 깨어났을 때는 이미 듀리크가 시체들을 화장하기 위해 수술실에 모아둔 뒤였다. 그의 이야기를 듣고 나는 아무 말도 할 수 없었다. 단지 이렇게 물었을 뿐이다.

"세니시에 부부는요?"

듀리크는 변함없는 말투로 대답했다.

"다른 시체들과 함께 태우든지 아니면 강가의 칼리 가트로 실어가든지 둘 중 하나를 선택해요. 칼리 가트는 인도 전통에 따라 시신을 화장시키는 곳이오."

"어린애들의 시신도 싣고 가면 안 됩니까?"

"너무 많아요, 루이."

"피에르 세니시에는 여기서 태워요. 어머니와 형은 칼리 가트로 실어가고요."

이 순간부터는 화염과 무더위의 연속이었다. 인간의 시신이 꽉 들어찬 그 무시무시한 가마에 불을 지피자 고기를 불에 구울 때 나는 냄새가 진동하기 시작했다. 밖으로 삐져나온 팔다리들을 다시 불속에 집어넣을 때의 내 마음은 공허 또는 허무 그 자체였다. 짙은 연기는 안마당으로 나 있는 채광 환기창을 통해 빠져나갔다. 우리는 그 연기가 하인들과 동네 사람들의 관심을 끌 것이라는 사실을 알고 있었다. 그들은 불을 끄러 올 것이고, 불에 탄 시신들을 발견할 것이다.

나는 다리를 제대로 움직일 수 없는데도 불구하고 어린 뒤리크가 빠져나오는 데 성공했던 파스퇴르 병원의 화재를 생각했다. 어머니가 내 목숨을 구하기 위해 내 두 손을 화염 속에 집어넣었던 당시의 상황도 머리에 그려보았다. 뒤리크와 나는 둘 다 불의 아들이었다. 그리고 우리는 가족과의 마지막 인연을 태워버린 것이다.

나는 눈앞에 펼쳐지는 길만 뚫어지게 바라보고 있었다. 내 두 뺨 위로 눈물이 흘러내렸다. 어머니와 형의 시신을 거두어, 뒤리크의 표현에 의하면 '더 이상 잘할 수 없을 정도'로 정중히 화장을 마치고 대카 행 비행기에 올랐을 때, 나는 폐허 위에 선 것처럼 처참한 기분이었다.

마치 불에 탄 살덩어리가 목구멍에 걸린 듯한 느낌이었다.

며칠 뒤 캘커타에서는 수술실에 불이 나는 바람에 비극적인 죽음을 맞이한 프랑스 출신 의사 피에르 도와노와 그의 가족의 장례식이 수만 명이 운집한 가운데 거행되었다. 유럽에서는 그의 죽음이 거의 화제에 오르지 않았다. 피에르 도와노 의사는 하나의 전설이기는 했지만, 그것은 아득하고 비현실적인 전설이었다. 하지만 그가 벌인 사업은 그의 죽음과 상관없이 계속되고 있다. '세계는 하나'는 그 어느 때보다 눈부신 발전을 거듭하면서 선행을 베풀고 있는 것이다. 신문과 방송에서는 피에르 도와노가 1992년도 노벨상을 사후 수상 형식으로 받을 가능성이 있다고 점치기도 했다.

시몬 리키엘은 노련한 솜씨로 여러 각도에서 다이아몬드 사건을 수사했다. 1991년 10월 24일, 케이프타운 경찰은 이제 노인이 된 닐스 반 되텐을 체포했다. 교외 주택가에 숨어 살고 있던 그는 체포될 당시 잔뜩 겁을 집어먹은 상태였다고 한다. 친구들과 두목이 차례로 사라져가는 걸 보면서 안심하고 있었을 이 보어인은 자신이 저지른 범죄를 순순히 털어놓았다. 그는 밀수 조직에 관련된 이름들과 장소, 날짜를 알려줬다.

사라 가버는 이스라엘로 이송됐다. 그녀는 수용소에 감금된 채 마치 키부츠에서처럼 들판에서 강제 노동을 하고 있다. 출발점으로 다시 돌아간 셈이다. 사라의 재판은 아직 열리지 않았지만, 수사 과정에서 여러 가지 새로운 사실이 밝혀짐에 따라 소송 기록은 그녀에게 상당히 유리하게 작성된 것으로 알려졌다.

나는 사라에게 편지를 여러 통 보냈으나 아직 답장이 없다. 그 같은 침묵 속에는 이스라엘 땅에서 나를 그토록 매혹시켰던 자존심과 기개가 담겨 있는 게 아닌가 하는 생각이 든다. 이 아름다운 처녀가 가지고 있던 다이아몬드와 다이아몬드를 판 돈은 현재 발견되지 않고 있다.

심장에 읽힌 수수께끼로 말하자면 그 어떤 공식 서류에도 나타나지 않고 있다. 오직 시몬 리키엘과 밀란 듀리크, 그리고 나 자신만이 그 진실을 알고 있다. 그리고 우리는 이 비밀을 무덤 속으로 가지고 갈 것이다.

밀란 듀리크는 나와 헤어지면서 이렇게 한마디 던졌다.

"이제 우리는 다시 만나서는 안 됩니다, 루이. 결코 만나서는 안 돼요. 우리의 만남은 서로의 상처를 덧나게 할 뿐이오."

그는 내 손을 잡더니 있는 힘을 다해서 움켜쥐었다. 그 순간, 내 손이 불구라는 데 대한 콤플렉스가 나의 내부에서 영원히 사라지고 있음이 느껴졌다.

돌연, 가슴속에서 황새 떼가 일제히 날아올랐다.

〈끝〉

《황새》의 작가 장 크리스토프 그랑제는 1961년 파리 출생으로, 소르본 대학에서 귀스타브 플로베르를 전공했다. 1989년 그는 스물두 살의 나이로 국제담당 전문기자가 되어 《파리 마치》, 《선데이 타임스》, 《내셔널 지오그래픽스》 등의 잡지와 일을 했다.

그 후 프리랜서 저널리스트로 전업, 세계 곳곳을 돌아다니며 르포 기사를 썼고 이때의 체험은 그의 문학작품에 결정적인 영감을 제공해주었다. 이 기간 동안의 활동으로 작가는 1991년에는 로이터 상을, 1992년에는 월드 프레스 상을 수상하였다.

1994년 처녀작 《황새》를 발표, 일반 독자보다 평단으로부터 호평을 받았다.(문학계는 이 작품이 '풍부한 상상력'으로 넘쳐난다고 극찬했다.) 이어 1998년에 발표한 《크림슨 리버》는 대중에게서도 열렬한 환영을 받아 영화화되기도 했다. 그의 작품 활동은 계속되어 2000년 《돌의 집회》, 2004년 《늑대의 제국》, 그리고 2004년에는 《검은 선》이 출판되는 등 꾸준히 이어지고 있다. 그 밖에도 작가는 영화 시나리오와 만화 원작을 쓰는 등 다양한 분야에서 활발한 집필 활동을 하고 있다.

《황새》는 1994년에 발표한 이후 1998년과 1999년에 재판을 찍었으며 1999년에는 포켓판으로도 발행되었다. 이 작품은 영화화될 예정으로 작가 자신이 이미 시나리오를 썼으며, 〈라빠르망〉으로 잘 알려진 질 미무니 감독이 연출할 계획이다.

이 야심찬 작품에서 작가는 악, 범죄, 과학의 타락, 잔혹함에 대한 인간의 믿을 수 없을 만큼 무시무시한 능력 등 그 이후의 작품에서 반복적으로 등장하게 될 모든 주제에 접근한다. 추리소설, 첩보소설, 과학소설, 연애소설, 서스펜스 스릴러소설로도 읽힐 수 있는 《황새》는 작가의 장기가 가장 잘 발휘된 작품으로 유럽 문단에서 작품성과 대중성을 동시에 갖춘 것으로 평가받고 있다.

이 혼합 장르에 되풀이해서 등장하는 많은 주제들을 대단히 능숙한 솜씨로 버무린 이 작품은 공포에서 폭력, 사랑으로 그리고 다시 폭력과 공포로 서서히 분위기를 몰아가다가 작가의 다른 작품들보다 더 충격적인 결말로 이어진다.

루이 앙티오슈는 오랫동안 계속해온 공부를 이제 막 마친 삼십 대의 대학생이다. 그는 양부모의 친구인 수수께끼 인물 막스 뵘의 제안을 받아들인다. 막스 뵘이 고리를 달아놓은 황새들이 갑자기 사라진 이유를, 유럽에서 아프리카까지 횡단하는 황새 떼를 직접 추적하면서 알아내는 것이다. 그러나 황새를 쫓는 이 긴 여행은 결국 막스 뵘을 포함하여 잔인하게 살해된 시체들이 즐비하게 널린 진정한 의미의 입문여행이 된다. 어린시절 불에 타 흉측한 흉터로 뒤덮인 손과 불확실한 과거를 가진 이 루이 앙티오슈가 자기 자신의 기원을 찾아 지옥으로 향하는 끔찍한 여행이 시작된 것이다.

하지만 겉보기에 전혀 위험하지 않은 이 황새들이 어떤 끔찍한 비밀을 감추고 있는지를 도대체 누가 작품 초반부에서 짐작할 수 있겠는가? 도대체 누가 황새를 따라가는 길이 피와 폭력으로 얼룩지리라고 생각할 수 있겠는가? 루이 앙티오슈는 과연 동유럽과 중동, 아프리카, 그리고 인도에서 무엇을 발견할 것인가? 그렇다, 이제 그는 그가 상상할 수 있는 것보다 훨씬 더 참담한 비극을 체험하게 된다.

또한 이 작품은 현실에 깊이 뿌리를 내리고 있다. 그리하여 작가는 황새의 이동을 추적하면서 동유럽권에서의 집시에 대한 인종차별을, 중동에서의 이스라엘과 팔레스타인의 극렬한 대립을, 아프리카에서의 독재자들의 역할 등을 고발하고 있다.

앞에서도 언급했던 것처럼 장 크리스토프 그랑제의 스타일은 《지옥의 묵시록》을 연상시키는 이 처녀작에서 잘 드러난다. 지리적인 설정이나 주인공이 사용하는 장비에서도 알 수 있듯이 작품은 확고한 자료를 기초로 하고 있으며, 행위 묘사는 간결하고 효율적이다. 등장인물 역시 탁월한 솜씨로 세세히 묘사되고 있어서 꼭 살아 꿈틀거리는 듯하다.

줄거리로 말하자면, 이것 또한 작가의 또 다른 강점이라 할 수 있을 것이다. 이야기는 아주 탄탄하게 잘 짜여 있고 곳곳에서 예상치 못한 방향으로 전개되기 때문에 독자가 이 작품을 단숨에 읽어 내려가지 않는다는 건 정말 어려운 일일 것이다. 작품의 리듬은 서서히 고조되어가며, 특히 후반부의 서스펜스는 손에 땀을 쥐게 한다.

《황새》는 이미 1996년에 옮긴이에 의해 번역되어 타 출판사에서 출판된 바 있다. 그러나 얼마 후 출판사 사정으로 절판되어 내심 아쉬웠다. 독자들 역시 인터넷상으로 재출간을 희망하기도 했다. 그러던 중 랜덤하우스코리아의 재출간 결정에 따라 옮긴이가 다시 번역하였고 이 책은 다시 독자와 만나게 되었다. 출판사와 편집자에게 감사 드린다.

옮긴이 이재형

옮긴이_이재형

한국외국어대학교 불어과 및 동 대학원을 졸업했다. 상명대학교, 강원대학교, 한국외국어대학교에서 강사를 역임하였으며, 현재 몽펠리에에 머물면서 프랑스어 전문 번역가로 활동하고 있다. 역서로는 막스 갈로의 로마인물소설 시리즈인 《콘스탄티누스의 선택》《아우렐리우스의 두 얼굴》 등과 《사막의 정원사 무싸》《간디와 마틴 루터 킹에게서 배우는 비폭력》《카사노바의 스페인 기행》《프로이트 평전》《이중설계》《엑또르 씨의 사랑 여행》《카트린 드 메디치》《레제르 만화 컬렉션 2》《눈 이야기》《세 의사》 등이 있다. woon5607@yahoo.com

황새 2

© Jean-Christopher Grangé, 1994

초판 1쇄 발행 | 2008년 3월 28일
초판 2쇄 발행 | 2008년 5월 30일

지은이 | 장 크리스토프 그랑제
옮긴이 | 이재형

발행인 | 양원석
편집인 | 정석진
기획진행 | 박윤희 · 최낙중
내지디자인 | 디자인 아베끄 (02)3143-4947
표지일러스트 | 조용준

펴낸곳 | 랜덤하우스코리아(주)
출판등록 | 2004년 1월 15일 제2-3726호
주 소 | 서울시 강남구 삼성동 159 오크우드호텔 별관 B2
편집 문의 | (02)3466-8890 **팩스** | (02)3466-8951
구입 문의 | (02)3466-8955
홈페이지 | www.randombooks.co.kr

ISBN 978-89-225-1779-7 (04860)
       978-89-225-1777-3 (set)

값 10,000원